Allitera Verlag
Krimi

WERNER GERL, geboren 1966 in Mainburg, studierte Germanistik und Geschichte und lebt mit seiner Frau in München. Er schrieb für diverse Satire-Magazine und ist seit 1999 als Kabarettist (»Der pure Mannsinn«) unterwegs. Ferner schreibt er Theaterstücke (u.a. »Der Männerrechtler«). Seine kriminelle Seite lebt er mit den Reihen um die Münchner Kommissarin Tischler (»Champagner für den Mörder«) und um Marc Bourée, den Detektiv, der Menschen verschwinden lässt (»Die Spur des Terroristen«), aus. Außerdem veröffentlichte er Kurzkrimis in verschiedenen Anthologien (z.B. »Finsterböses Bayern«, Allitera 2014). Gerl ist Mitglied im Syndikat und Mitorganisator des Münchner Krimitags.

Werner Gerl

Mord auf Entzug

Kriminalroman

Allitera Verlag
Krimi

Weitere Informationen über den Verlag und sein Programm unter:
www.allitera.de

Februar 2017
Allitera Verlag
Ein Verlag der Buch&media GmbH, München

Umschlaggestaltung: Johanna Conrad, Augsburg
ISBN print 978-3-86906-917-3
ISBN epub 978-3-86906-918-0
ISBN pdf 978-3-86906-919-7
Printed in Europe

1

Von einer frischen Leiche hatten sie am Telefon gesprochen. Eigentlich ein Widerspruch in sich, dachte Irene Rosen, als sie mit quietschenden Reifen vor der Pathologie hielt. Semmeln konnten frisch sein oder der Atem der Alkoholsünder, die immer glaubten, ein paar Pfefferminzbonbons könnten sie vor dem Röhrchen retten. Es gab auch Leute, die frühmorgens frisch sein konnten, zu denen zählte die Kommissarin nicht. Zumindest nicht an diesem Morgen. Kein Wunder nach der grausigen Nacht, die ihr noch in den Gliedern steckte.

Sie eilte in das Institut für Rechtsmedizin, eine Tüte mit einem Buttercroissant in der Hand und einen Becher Kaffee vom Bäcker nebenan. Er war heiß und weitgehend geschmacklos, machte aber wenigstens halbwegs wach. Allerdings dampfte er in der kühlen Pathologie umso mehr, was nicht sehr pietätvoll wirkte.

Sie bekomme eine neue Kollegin, hatte man ihr angekündigt, direkt von der Polizeischule und unbeleckt von jeglichen Erfahrungen. Andrea Popolo, ein seltsamer Name, der klang, als würde er ein kleines Gesäß bezeichnen, aber den Kalauer wollte Irene Rosen für sich behalten.

Als die Kommissarin in den ihr gewiesenen Raum trat, nahm sie jedoch einen jungen Mann wahr, Mitte 20, dunkles, kurzes Haar mit strengem Seitenscheitel und eine militärische Haltung, als hätte er eine Schneeschaufel verschluckt. Irene Rosen wartete darauf, dass der junge Mann salutierte, doch er blickte sie nur erwartungsvoll an. Neben ihm lag eine Leiche auf einer Bahre.

»Ich suche eine neue Kollegin«, sagte die Kommissarin und

biss in ihr Croissant, sodass ein paar Brösel auf den Boden der Pathologie fielen.

»Das bin ich«, sagte der junge Mann mit unverändert steifer Haltung.

»So kann man sich täuschen. Sie sehen auf den ersten Blick gar nicht nach Frau aus, aber wenn ich genau hinschaue …« Rosen lächelte und nahm einen Schluck von ihrem Kaffee.

»Mit Verlaub, Sie unterliegen einem populären Irrtum. Andrea ist im Italienischen ein männlicher Vorname«, entgegnete der junge Polizist sachlich.

»Oh, Sie sind Italiener?«

»Si«, antwortete er, aber nur um seine Herkunft zu betonen. »Genau genommen bin ich Deutscher mit italienischem Migrationshintergrund.«

»Drücken Sie sich immer so bürokratisch aus?«

»So wurde es mir beigebracht. Ist das falsch?« Popolo blickte seine neue Vorgesetzte unsicher an.

Rosen winkte ab.

»Man hat mich hierher geschickt, da Sie heute Morgen bedauerlicherweise nicht erreichbar waren«, sagte der junge Italiener fast entschuldigend.

»Sorry für die Verspätung, aber der Wecker hat den Weg alles Irdischen angetreten. Kaufen Sie sich nie ein chinesisches Modell. Außer Sie wollen jeden Tag nach einer anderen Zeitzone aufstehen.«

»Danke für den Tipp, ich werde mir nie einen chinesischen Wecker kaufen«, entgegnete Popolo mit nachgerade heiligem Ernst.

Die Kommissarin starrte dieses Exemplar unvergleichlicher Höflichkeit und Ernsthaftigkeit einen Moment lang an. »Und irgendjemand hat in der Nacht das Handy ausgeschaltet und eine Decke auf das Telefon gelegt. Vermutlich war das ich, aber ganz sicher bin ich mir zu dem Zeitpunkt noch nicht.

Nebenbei gesagt, heute habe ich eigentlich meinen freien Vormittag.« Sie knüllte raschelnd ihre Croissant-Tüte zusammen und verstaute sie in der Jackentasche.

»Bedauerlicherweise sind Sie als leitende Ermittlerin für den Fall vorgesehen«, entgegnete der junge Italiener.

»Ist schon gut. Wissen Sie, wer mich vertreten hat?«

»Kommissar Obermeier.«

Natürlich, dachte sich Rosen, unsere *lame duck*, wie man es bei Politikern ausdrückte. Kollege Obermeier stand kurz vor seiner Pension und wollte sich keinen Mord mehr aufhalsen.

»Waren Sie bei der Besichtigung des Tatorts dabei?«

»Nein. Kommissar Obermeier sagte, er arbeite lieber allein.«

Das stimmte bedingt. Er arbeitete nur lieber ohne Anfänger. Seit er die ihm verbleibenden Tage, wenn nicht sogar Stunden bis zu seiner Pensionierung zählte, arbeitete er genau genommen überhaupt nicht mehr gern. Dann gibt es wenigstens kein Kompetenzgerangel, dachte sich Rosen, als die Tür aufgerissen wurde und polternde Schritte den Raum füllten.

»Da sind Sie ja endlich. Haben Sie gestern zu viel gesoffen, oder was?« Die Stimme von Doktor Molfred hallte in der kühlen Stille der Pathologie.

»Ich war mir sicher, die Kundschaft würde nicht davonlaufen«, entgegnete Rosen, die dem forensischen Arzt in gegenseitiger Abneigung verbunden war.

»Sollte ich einmal Zeit haben, lache ich darüber. Aber das war eine verdammt tödliche Nacht in und um München. Im Nebenraum hat ein Junkie, der sich ins Nirwana gespritzt hat, ein Rendezvous mit mir. Und gerade haben wir zwei neue Kunden bekommen. Mit Tempo 190 gegen eine Hauswand gedonnert. Wann führt man in diesem Scheißland endlich ein Tempolimit ein? Die Arbeit geht einem in dieser Stadt nicht aus.«

»Wem sagen Sie das«, seufzte die Kommissarin.

»Ihnen und Ihrem Kollegen, alle anderen in diesen Räumen können mich nicht mehr verstehen. Hier – fürs Poesiealbum.« Er drückte Popolo den Autopsiebericht gegen den Bauch.

»Der Bericht ist vorläufig, nur der erste Eindruck.« Molfred hob kurz die Hand, wandte sich um und marschierte mit wehendem Kittel davon.

Unsicher streckte Popolo seiner Vorgesetzten den Bericht entgegen, doch die schüttelte den Kopf. »Erst einmal will ich mir den Toten genau anschauen.«

Da lag also die frische Leiche. Das grelle Licht der Lampe über der Bahre und die Sterilität der grünen Kacheln verliehen dem Toten etwas Eisiges, ja Wächsernes, als wäre er kein Mensch, der noch vor wenigen Stunden geatmet, vielleicht sogar gelacht und getrunken hatte, sondern eine aussortierte Mangelkopie von Madame Tussauds.

Popolo räusperte sich leise. »Ich hatte vor Ihrem Eintreffen ein wenig Zeit, mir das Opfer anzusehen«, hob er zaghaft an.

»Okay«, entgegnete die Kommissarin, die sich noch nicht imstande fühlte, einen mit medizinischen Begriffen durchtränkten Bericht von Molfred zu lesen. »Was haben wir?«

»Es war eine Frau.«

Skeptisch blickte die Kommissarin auf die zweifellos männliche Leiche. »Dann haben die Chirurgen aber ganze Arbeit geleistet.«

»Wie meinen?«, fragte Popolo irritiert.

»Wenn der mal eine Frau war, hat man die primären männlichen Geschlechtsmerkmale aber bestens hingekriegt. Das meine ich.«

Popolo schüttelte den Kopf. »Nein, ich bin der Auffassung, der Mörder war eine Frau.«

»Ich mag keine Mörderinnen«, seufzte die Kommissarin. »Aber wie kommen Sie darauf? Wurde das Opfer mit Chanel No. 5 vergast?«

»Nein«, antwortete Popolo und wollte gerade zur Erklärung anheben.

»Wurde er mit 'nem Stöckelschuh erschlagen?«

»Um Himmels Willen. Nein.«

»Dann wurde er totgelabert?«

»Nein, man hat ihm das Herz durchstochen.« Erwartungsvoll blickte Popolo die Kommissarin an.

»Ist das in Italien eine typische Frauentätigkeit? ›Hey Gina, haste Lust auf Kino?‹ ›Nein, gerade heute passt's mir gar nicht, ich muss Mauro noch das Herz perforieren.‹« Die Kommissarin trank den letzten Schluck ihres scheußlichen Kaffees und blickte Popolo an. In dem Moment bereute sie ihre Schroffheit und wollte sich schon entschuldigen, aber ihr Kollege kam ihr zuvor.

»Nein, so spielt es sich in der Regel nicht ab, wenngleich süditalienische Frauen durchaus eifersüchtig sein können. In ihrem Furor greifen sie gern zu kleineren Stichwaffen. Doch hier scheint mir der Fall etwas anders zu liegen. Ich bin überzeugt, das ist das Werk einer verstoßenen Geliebten.«

»Weil er ihr Herz gebrochen hat, hat sie seins durchbohrt?« Rosen blickte ihren Kollegen mit hochgezogenen Augenbrauen an.

»Exakt das könnte das Motiv sein. Die Mörderin war zudem eine religiöse Fanatikerin, der Oberkörper ist übersät mit kleinen okkulten Zeichen.« Popolo zeigte auf drei Male der Leiche. Sie sahen aus, als wären sie eingeritzt, eine dunkelrote, fast schwarze dünne Kruste hatte sich darüber gebildet. Das erste Wundmal bildete ein Auge mit einem Dreieck.

»Das magische Auge. Erstaunlich, wie gut man die Form erkennen kann, finden Sie nicht?« Popolo taute allmählich auf.

Die Kommissarin nickte anerkennend. »Da war ein echter Künstler am Werk. Vielleicht sollten wir unsere Nachforschungen in der Akademie beginnen.«

»Und hier«, fuhr Popolo fort, ohne auf die Spötteleien einzugehen, »die anderen beiden Motive: ein Zirkel mit einer Kelle und ein Pentagramm, das Symbol des Teufels. Wir haben es vielleicht mit einer Satanistin zu tun.«

»Dann müssen wir ja höllisch aufpassen«, bemerkte Rosen ironisch, obwohl sie auch von den seltsamen, exakt definierten Zeichen fasziniert war.

»Und der Tote hat Wunden an den Handinnenflächen.«

Irene Rosen blickte ihren jungen Kollegen erwartungsvoll an. »Und was sagt Ihre Theorie dazu?«

Popolo war in seinem Element. »Stigmata. Ich denke, er sollte Jesus ähnliche Wundmale bekommen.«

»Kollege Popolo, ich weiß Ihre Beobachtungsgabe zu schätzen. Aber das war nicht meine Nacht und das ist bislang nicht mein Tag. Deshalb bin ich noch nicht zurechnungsfähig. Aber wollen Sie ernsthaft die steile Theorie aufstellen, dass eine Satanistin ihrem Ex-Lover die Wundmale Jesu zugefügt hat, weil dieser sie verstoßen hat?«

»So formuliert klingt es ein wenig albern«, gab Popolo zu, »aber rein phänomenologisch könnte man diese Möglichkeit in Betracht ziehen.«

Die Kommissarin konnte sich bei dieser Ausdrucksweise ein Schmunzeln nicht verkneifen, schaute sich dann aber die Leiche genau an. Langsam schritt sie einmal um die Bahre. Die tödliche Wunde war tatsächlich ein dünner, sauberer Stich ins Herz, nicht die Tat eines Berserkers oder eines Wahnsinnigen. Irene Rosen studierte ausgiebig die Zeichen und daraufhin auch die Füße und Hände.

»Die Male sind ungewöhnlich«, sagte sie schließlich. »Da gebe ich Ihnen vollkommen recht. Aber an den Füßen sind keine Wunden, was der Theorie mit den Jesus-Stigmata widerspricht. Und die Schnitte stammen nicht von einer scharfen Klinge.« Rosen fuhr sich durch das Haar. »All das ist sehr seltsam. Wer ist das Opfer eigentlich?«

»Severin Tobler.«

»Ergibt mit ›one‹ Schweizer Schokolade«, grinste die Kommissarin. Allmählich kehrten ihre Lebensgeister zurück.

»Wie meinen Sie? Mit oder ohne?«

»Ich meine, der Name klingt nach Toblerone.«

»Oh nein«, wehrte Popolo ab, »das ist der Tobler.«

»Dass es nicht die Tobler ist, haben wir ja bereits geklärt.«

»Ja, aber … kennen Sie ihn wirklich nicht?«

»Nein, und ich fürchte, dafür ist es jetzt zu spät. Wieder eine vertane Chance.«

Für Popolo war es, als hätte die Kommissarin die Bundeskanzlerin nicht gekannt oder – noch schlimmer – Meryl Streep oder Bud Spencer, seine beiden Lieblingsschauspieler. »Das ist Severin Tobler, der Leiter des ›Katharsis‹.«

»Da hab ich noch nicht gegessen.«

»Nein, das Katharsis ist eine Suchtklinik, ach was, es ist *die* Suchtklinik schlechthin. Da gehen die ganzen Promis hin. Lola Ries war schon da und Thomas Martin.« Popolos Augen leuchteten, als er die Namen der Schauspielerin und des Sängers nannte.

»Ach Gott, diese Fünf-Sterne-Irrenanstalt?« Die Kommissarin verdrehte die Augen. Sie hatte vom Katharsis schon einiges gehört und gelesen, vor allem wenn wieder ein Star dort eingeliefert wurde. Manche kamen sogar aus Amerika oder Frankreich, weil sie die Anonymität und Abgeschiedenheit dort schätzten. »Wo sie irgendwelchen versoffenen Stars die whiskymarinierten Lebern trocken legen. Und da muss ich hin? Gute Nacht.«

»Nein, freuen Sie sich doch. Wir treffen dort bestimmt Dön-Base.«

»Diesen Rapper? Bei dem Kerl reicht ein Lied schon für lebenslänglich.«

»Ich finde ihn cool. Nur, wie sollen wir ihn begrüßen … Mit Dön-Base oder Zlatan Goric. So heißt er wirklich!«

Die Kommissarin freute sich zwar, dass ihr neuer Kollege langsam auftaute und ein gewisses Temperament zeigte, doch sie sah sich gezwungen, ihn sogleich einzubremsen.

»Vorerst begrüßen Sie ihn gar nicht, Popolo. Ich fahre nämlich allein ins Katharsis.«

»Aber ich …« Popolo hätte ein Schlag mit einer Keule nicht härter treffen können. Er hatte sich bereits auf einen Besuch in der Suchtklinik gefreut. Doch sogleich nahm er wieder seine militärische Haltung an. »Jawohl, Frau Kommissarin.«

»Sie stöbern dafür in Toblers Leben. Und vergessen Sie die Freundinnen von Tobler nicht. Sollte eine Metzgerin von Beruf sein oder von mir aus auch Messerwerferin im Zirkus, können Sie sie gleich verhaften.«

Die Kommissarin beschlich ob ihres Sarkasmus und ihrer Schroffheit ein ungutes Gefühl, schließlich fand sie ihren neuen Kollegen sympathisch und seine Unsicherheit als Novize verständlich. Aber sie wollte allein ins Katharsis. Denn sie hatte eine dunkle Vorahnung, dass sie dort jemanden treffen würde, von dem Popolo nichts wissen sollte.

2

Im Salon des Katharsis hatte sich etwas verändert. Nicht die Möbel, die mit ihrem Neo-Biedermeier einen Hauch von 19. Jahrhundert verbreiteten und an Salons aus bürgerlicheren Zeiten erinnerten. Auch nicht die anderen Einrichtungsgegenstände wie die vierreihige Zeitschriftenauslage, die alles zu bieten hatte, was der prominente Kunde gern las. Alle Pop- und Rockmagazine für die Sänger und Gitarristen, die das Heroin aus ihren Blutbahnen vertreiben wollten, die Glamour- und People-Magazine für die Stars und Sternchen aus dem Film- und Fernsehbereich, die es plötzlich für erstrebenswert hielten, ein Leben ohne Alkohol und Koks zu führen.

Nein, alle Einrichtungsgegenstände waren an ihrem Platz, sogar der menschlichste Teil des Inventars, Lola Ries, die gealterte Diva, die vor einigen Monaten einen Journalisten der Vogue verklagte und – wie böse Zungen behaupten – ihn auch noch von zwei Weißrussen verprügeln ließ, weil sich dieser erdreistet hatte zu behaupten, sie würde ihren 70. Geburtstag feiern. Ob es sich bei der abgedruckten Geburtsurkunde tatsächlich um eine Fälschung handelte, konnte nie bewiesen werden. Verblühte Schönheiten machen gerne ein Staatsgeheimnis aus ihrem Geburtsjahr – den Geburtstag hingegen posaunen sie gern hinaus, denn auf standesgemäße Geschenke will man schließlich nicht verzichten. Diamanten zählen nach wie vor zu den besten Freunden einer Frau. Wie auch Handtaschen von Chanel.

Natürlich sah Lola Ries noch gut aus, und das nicht nur, weil sie diversen Chirurgen die Yacht am Mittelmeer finanziert hatte. Ihre lange leuchtend rote Mähne hatte auch im Alter noch Fülle und Schwung und eine nicht unerhebliche erotische Ausstrahlung, ebenso wie ihr laszives Lächeln und ihr strahlender Blick. Und auch ihre Lippen waren noch weich und voll wie Seidenkissen.

Die Schauspielerin gehörte zum Inventar des Katharsis, denn die Zahl der Entziehungskuren, die sie wohlgemerkt begonnen, nicht beendet hatte, überstieg sogar die Zahl ihrer Ehen, und die lag immerhin bei vier.

In den 60er- und 70er-Jahren avancierte sie zu einem Star des Boulevardtheaters. Schließlich klopfte das Fernsehen an, was zu einer Zeit, in der es nur drei Programme gab, etwas Besonderes war. Sie glänzte in überdrehten Comedy-Produktionen und später auch in romantischen Komödien. Doch eine neue Garde von Comedians des Privatfernsehens ließ sie so alt aussehen, wie sie war. Und auch im Kino waren Jüngere gefragt. Für die Diva brachen harte Zeit an, schließlich war das Rampenlicht für sie nicht weniger als ihr Lebenselixier. Jedes Bild von ihr auf einem Titelblatt war ein Jungbrunnen. Doch als dieser versiegte, verfiel sie dem Alkohol. Folglich drehte sie in den 80ern nur noch unfreiwillig gruselige Filme wie »Die verrückte Hexe lässt die Töpfe knallen«. Dieses Machwerk brachte ihr in den Medien den wenig schmeichelhaften Spitznamen »Miss Kartoffel« ein. Daraufhin prügelte sie einen Journalisten krankenhausreif. Ihre alkoholbedingten Aussetzer und Skandale häuften sich und so schlossen sich für sie die Pforten der Studios.

Dafür verbrachte sie viel Zeit in diversen Entzugskliniken. Im Katharsis war sie bereits zum dritten Mal, was ihr immerhin einen Mengenrabatt von 20 Prozent bescherte. Sie saß wie auch so viele Tage zuvor an ihrem angestammten Platz im Salon.

Alles war wie immer, nur war eine Verbindungstür, und zwar die, die zu Toblers Büro führte, mit einem rot-weißen Band versiegelt. Darauf stand »Polizeiabsperrung«.

Lola Ries massierte sich das straffe Gesicht und gab sich einer ihrer Lieblingsbeschäftigungen hin, dem Lästern anhand einschlägiger Hochglanz-Magazine. Auf dem Tisch vor ihr lag ein Knirps, den sie immer mit sich trug, obwohl es seit Tagen nicht geregnet hatte. »Ja, das geschieht dir recht, du Knallcharge«, lachte Lola heiser auf, als Laura Groß hereinkam.

»Gut gelaunt, Lola?«, fragte die Psychologin des Hauses, einen Laborbericht in der Hand. Sie setzte sich auf das Sofa, von wo aus sie Lola schräg gegenüber saß.

»Katja Riemann hat bei Dreharbeiten die Reinigungsmilch mit dem Kleister für die Kulissen verwechselt. Ihr Gesicht musste abgespachtelt werden und jetzt sieht sie aus, als hätte sie in ›Die Schöne und das Biest‹ die falsche Rolle bekommen. Das passt zu ihr.« Lolas Augen leuchteten. Jedes Missgeschick einer bekannten Schauspielerin war ein großer Triumph für sie.

»Ich fand die Riemann bisher ganz gut«, meinte die Psychologin, allerdings weniger aus Überzeugung. Vielmehr wollte sie Lolas weitere Ausführungen hören.

»Gut? Schätzchen, ich bitte dich. Ihre größten Erfolge waren Comic-Verfilmungen. Mit Til im ›Bewegten Mann‹ und die Mama von Bibi Blocksberg, das waren ihre Paraderollen. Und selbst da spielt sie immer noch die Mega-Zicke. Oh nein, der Kleister passt gut zu dieser blassen Schauspielerin.«

»Ich glaube eher, Sie sind auf Riemanns Erfolg neidisch.« Groß sprach solche Sätze gern ausdruckslos und unbetont. Das verstärkte ihre Wirkung, ihrer Meinung nach zumindest.

»Ach Darling«, lachte Lola gekünstelt auf, »du darfst diesem Siegfried Freud nicht alles glauben.«

»Der heißt Sigmund Freud.«

»Dann halt Sigmund Freud. Die Riemann ist die Bonsai-Ausgabe einer Diva, wie ich sie war. Was soll mich die kratzen?

Wissen Sie übrigens, was Mary Boyle angeblich zur Verlobung bekommen hat?« Lolas Augen leuchteten.

»Wer ist das?«, fragte Groß nach.

»So ein dummes Hollywood-Sternchen. Einen Goldring. Unfassbar. Das ist ja wie bei den Klo-Charts!«

Groß stutzte. »Wie bei was?«

»Na bei den Klo-Charts. Kennen Sie die nicht? Diese Pariser Penner?«

»Ach, Sie meinen die Clochards«, verbesserte Groß und setzte ein für Akademiker typisches überlegenes Lächeln auf.

»Komm Schätzchen, langweil mich nicht mit deinem schlechten Französisch. Einen ordinären Goldring! Zur Hochzeit reißen sie wahrscheinlich von den Coladosen die Ringe ab. Mein zweiter Mann, Martin Sieler, Gott sei seiner Seele gnädig, Martin hat mir Juwelen geschenkt und sie in einem Pool versteckt, der mit Rosenblättern gefüllt war. Das hat Stil, das ist Grandezza.«

»War das bei ihrer ersten oder zweiten Hochzeit mit Sieler?«

»Bei der zweiten. Bei der ersten war der Pool voll mit Champagner. Das waren Zeiten.« Mit einem schwelgenden Gesichtsausdruck lehnte sich Lola zurück.

»Ja, Zeiten, in denen Sie noch im Alkohol schwammen.«

»In dieser Sportart war ich reif für Olympia«, gluckste Lola Ries selbstironisch.

Plötzlich stand Groß auf und meinte fast drohend: »Hauchen Sie mich mal an, Lola!«

»Hey, warum so misstrauisch?«

»Bitte anhauchen!«

Lola Ries dachte nicht daran und wandte sich ab. »Ich habe mir heute die Zähne noch nicht geputzt!«

»Anhauchen!« Laura Groß ließ nicht locker.

»Schätzchen, tu dir das nicht an. Ich hab gestern Knoblauch gefuttert. Roh, fünf Zehen.«

»Anhauchen!« Die Psychologin sprach weiterhin freundlich, aber bestimmt.

»Damit kann ich drei ausgewachsene Vampire vertreiben.« Ries blickte die Psychologin abwehrend an.

»Mag sein, aber mich nicht.«

»Sie sind ja noch bissiger als Gräfin Dracula.«

Widerwillig hauchte Lola ihre Psychologin an und fauchte dabei noch leise wie ein wildes Kätzchen.

»Sie riechen nicht nach Knoblauch, sondern nach Pfefferminzbonbons«, kommentierte Groß den Atemtest.

»Hey, will ich als Miss Tzatziki rumlaufen?«

»Mir scheint, Sie wollen nicht als Miss Bourbon rumlaufen.« Die Psychologin kannte ihre Pappenheimer.

»Ich bin trocken wie Wasa Knäckebrot.«

»So? Ihre Leberwerte sprechen eine feuchtere Sprache. Die sind in letzter Zeit ziemlich auffällig.« Groß wedelte mit dem Laborbericht.

»Ich bin eben eine auffällige Frau«, lachte Lola Ries.

»Mit auffälligen Schwankungen bei den Leberwerten.«

Nun brach die alte Diva erst recht in Gelächter aus. »Schätzchen, in meiner besten Zeit hatte ich Schwankungen von einer Seite des Boulevards auf die andere. Bei meiner vierten Hochzeit schwankte ich so, dass ich fast den Pfarrer geheiratet hätte.«

»War das die mit Marc Sauer?«

»Sie kennen sich aber gut aus mit meinen Männern!«, sagte Lola Ries spitz.

»Sie sind ja auch zum dritten Mal hier«, entgegnete die Psychologin prompt.

»Wiederholungstäter kommen immer wieder gern zurück. Hierher in die schönste Ausnüchterungszelle der Welt. Wie sieht es eigentlich mit ihrem Liebesleben aus, Schätzchen?«

»Bestens«, antwortete Groß knapp, aber Lola blickte sie durchdringend wie erwartungsvoll an.

»Meine Ohren wollen Details hören, Details.«

»Ich bin mit dem Mann meiner Träume zusammen. Mehr Details müssen Sie nicht wissen.«

»Das ist aber nicht mehr dieser Harald, mit dem Sie bei meinem letzten Aufenthalt zusammen waren, oder?« Ries ließ nicht locker.

»Sein Name ist Heiner. Nein.«

»Ich dachte, ihr wolltet heiraten, ihr Turteltäubchen?«

»Das dachte ich auch. Aber vor einem Jahr hatte es sich ausgeturtelt.«

Lola Ries machte mit den Fingern eine Pistole nach. »Bumm. Haben Sie ihn abgeschossen.«

»Er hat's überlebt.« Damit zog Laura Groß einen Schlussstrich unter das Gespräch. Sie stand auf, ging zur Tür und drehte sich dann kurz um. »Wir sehen uns morgen um zehn zur Sitzung.« Leise schloss sich die Tür.

»Endlich ist die Kuh verschwunden«, brummte Lola Ries. »Mit dem Mann ihrer Träume ist sie zusammen … Die Kerle, von denen dieses Mondkalb träumt, will ich gar nicht kennenlernen.«

Dann nahm sie ihren Knirps. Er diente ihr weder als Sonnen- noch als Regenschirm, er hat eine ganz andere lebenserhaltende Funktion. Es handelte sich nämlich um einen präparierten Knirps mit integriertem Flachmann. Lola drehte ihn am Knauf auf, nahm einen tiefen Schluck und schüttelte sich. »Bourbon mit Minzgeschmack. Schmeckt wie Zahnpasta on the rocks.« Dann wandte sie sich zu dem Tatort und prostete zur abgesperrten Tür. »Auf dich, Tobler, und deinen süßen Tod. Mögest du in der Hölle schmoren.«

3

Zu Popolos großer Überraschung wurde er an seinem ersten Tag nicht als Kaffeeholer vom Dienst behandelt. Ganz im Gegenteil, er sollte sogleich etwas Wichtiges erledigen.

»Du bist der Richtige für den Job, Ragazzo«, lächelte der Noch-Kommissar Obermeier und klopfte Andrea altväterlich auf die Schulter.

»Und welche Aufgabe haben Sie mir zugedacht?« Popolo nahm wieder seine militärische Stellung ein.

»Sie dürfen die Witwe besuchen und ihr ein bisschen auf den Zahn fühlen. Aber mit Engelszungen. Das zarte Geschöpf müssen Sie mit Samthandschuhen anfassen.« Obermeier lächelte wissend.

»Ich war Jahrgangsbester in sensibler Gesprächsführung«, entgegnete Popolo und erntete einen kurzen Lacher. »Dürfte ich mir noch eine Frage erlauben? Warum soll gerade ich der Richtige für diese Aufgabe sein?«

»Ich weiß nicht, ob du so ein Frauenversteher bist, aber die Frau verstehst du bestimmt am besten von uns allen.«

Dann drückte Obermeier seinem jungen Kollegen einen Ausdruck mit Adresse in die Hand und empfahl sich.

Das Anwesen der Toblers lag am Rande von Berg, einem Ort am Ostufer des Starnberger Sees. Der Kies knirschte, als Kommissar Popolo die Auffahrt hochfuhr. Summend schloss sich hinter ihm das Portal. Die ganze Farbenpracht der oberbayerischen Flora leuchtete unter dem blauen Sommerhimmel, ein Meisterwerk der Gartenkultur, das jedoch gegenüber dem menschlichen Gesamtkunstwerk, das den Polizisten in der Eingangstür erwartete, verblasste.

Dolores Maria Tobler hatte volle Lippen, die nicht zum Sprechen, sondern nur zum Küssen gemacht waren, dunkle Mandelaugen, die die Hormone jedes Mannes binnen Sekunden zum Siedepunkt brachten, und welliges schwarzglänzendes Haar, das sie als Model für jede Shampoo-Werbung qualifizierte. Und dazu besaß sie noch die passenden Rundungen, die von ihrem eng anliegenden Kleid betont wurden. Diese Krone weiblicher Latino-Schönheit war nichts anderes als ein personifizierter Schlüsselreiz und ein Mann, der bei diesem Anblick nicht an etwas Schmutziges dachte, musste wahlweise impotent, homosexuell oder schwer geisteskrank sein. Kommissar Popolo war nichts dergleichen.

»Sie musse sein die Polizistemann, der habe angerufe«, hauchte Dolores mit einer Stimme, weich wie eine Garnitur Samtkissen, veredelt mit einem leicht rauchigen Timbre. Einst benutzten die Wesen mit magischen Kräften Zauberstäbe, bei der Witwe Tobler genügte ein Wort und Kommissar Popolo war verzaubert und seines Willens beraubt.

»Ja, ich binne die Polizistemann, der habe angerufe«, sagte er wie paralysiert.

»Eh, komme du auch ausse Mexiko?«, fragte die schwarze Witwe.

»Si äh no. Ich meine, ich komme aus München. Mein Vater stammt aus der Gegend von Tarento. Das ist in Apulien.« Popolo war aus seinen Träumen gerissen.

»Warum spreche du dann meine Akzente, eh?« Leicht säuerlich blickte sie ihn an. Sie fühlte sich veräppelt.

»Nein, ich äh bin ver... verkühlt.«

»Bei funfundzwanzig Grade in die Schatten?«

Zur Demonstration zog Popolo ein Papiertaschentuch heraus, in das er eine Menge heiße Luft hineintrompetete. »Die Klimaanlagen. Sie verstehen?«

Dass man wegen Klimaanlagen einen Schnupfen bekam,

verstand Dolores Tobler selbstverständlich, dass man deshalb mit spanischem Akzent sprach, nicht unbedingt, allerdings war sie es gewohnt, dass Männer in ihrer Nähe nervös wurden und unsinniges Zeug daherredeten.

Sie gingen in die Villa. Tobler hatte Geschmack und auch das nötige Geld, um seinen Geschmack auszuleben. Popolo war erstaunt, denn das Foyer war im klassischen Stil der römischen Antike eingerichtet. Die Wände zierten Mosaike mit Motive aus Ovids Metamorphosen. Narzissus und Echo, Pygmalion, Venus und Adonis, sie alle huldigten dem Geist des Altertums – und der Schönheit Dolores.

Weniger klassisch eingerichtet war das Wohnzimmer, aber nicht weniger luxuriös. Es war angenehm klimatisiert. Die Südseite bildete eine große Glasfront mit Schiebetür zum hinteren Teil des Gartens. Dort stand ein muskulöser Gärtner, bekleidet mit nichts anderem als einer grünen Latzhose, und schnitt akribisch die Rosen. Eine Wand diente als Heimkino, die beiden anderen als Galerie. Dolores zeigte Popolo, der sich mit Kunst nicht auskannte, und mit moderner schon dreimal nicht, mit großem Stolz die Bilder. Richter und Rothko, die Namen sagten ihm genauso wenig wie die Gemälde selbst. Auf dem dritten Bild war jedoch Elvis zu sehen.

»Das Foto vom King ist aber schmutzig geworden«, bemerkte Popolo.

»No, isse uberarbeite von Andy Warhol«, korrigierte ihn Dolores.

»Warhol? Der mit den Suppendosen?«, fragte Popolo unsicher.

»Si«, lächelte Dolores. Popolo würde abends dank Google noch herausfinden, dass diese drei Bilder Originale waren mit einem Marktwert von gut und gern 20 Millionen Euro.

Als sich Dolores Tobler in ihren anthrazitfarbenen Lounge-Sessel fallen ließ, zog sie ihr Kleid straff. Es war schwarz. Die

Witwe signalisierte also mittels Kleidung Trauer, eine Trauer, die das Gesicht nicht unbedingt ausstrahlte. Die perfekt geschminkten Augen ließen nicht darauf schließen, dass ihnen übermäßig viel Tränenflüssigkeit entglitten war.

»Frau Tobler«, hob Popolo an, wurde jedoch sofort unterbrochen. Die Witwe beugte sich nach vorne, dabei tiefe Einblicke gewährend. Ihre glänzenden Rehaugen blickten ihn hypnotisch an.

»Nennen Sie mich Lolita«, hauchte sie verführerisch.

Popolo schluckte. »Frau, äh Lolita«, fuhr er unsicher fort. »Erst einmal möchte ich Ihnen mein aufrichtiges Beileid zu dem schweren Verlust aussprechen.« Das hatte er auf der Polizeischule so gelernt.

»Gracias«, entgegnete sie ohne geheuchelte Todestrauer.

Popolo suchte erst das unverbindliche Gespräch, er wollte eine Brücke bauen und das Vertrauen der Witwe erlangen, bevor er zu seinem eigentlichen Anliegen kam.

»Haben Sie eine Ahnung, wer Ihren Mann ermordet haben könnte?«, fragte er schließlich mit sanfter Stimme.

»No. Vielleicht diese verruckte Manner von die Dienstage.« Sie schenkte sich ein Glas Zitronenwasser ein und bot auch Popolo eins an, was der angehende Kommissar dankend annahm.

»Welche verrückten Männer?«, fragte Popolo überrascht.

»No lo sé«, sagte sie auf Spanisch und zuckte mit den Achseln.

Popolo war nun auch klar, warum man ihn geschickt hatte. Auch wenn er in Deutschland geboren war, sprach er fließend Italienisch und verstand so auch leidlich Spanisch, zumindest die Brocken von Dolores Tobler.

»Severin wasse jede Dienstage bei Societe mit verruckte Manner. Wasse nix por Señoritas und geheime.«

Dolores versprach ihm, die nötigen Unterlagen zu suchen, wusste jedoch nicht genau, wo sich diese befanden.

»Frau Tobler, es tut mir leid, aber die Frage muss ich Ihnen stellen: Hatte Ihr Mann eine Geliebte?«

»Si y no«, meinte sie sibyllinisch. Aber ihr Gesichtsausdruck verdunkelte sich.

»Was heißt das?« Popolo runzelte die Stirn.

»Sie isse weg. Weggelaufe.«

Popolo erfuhr, dass Tobler ein Jahr lang ein Verhältnis mit Antonia Helmrich hatte. Die Schwester eines Freundes kam, sah und siegte. Sie war für ein Jahr als Ärztin für ein Praktikum an die Klinik gekommen, sah Tobler und siegte im Kampf um sein Herz. Dolores hatte für ihre Nebenbuhlerin eine Reihe spanischer Schimpfwörter auf Lager, die Popolo die Wangen ein wenig zum Erglühen brachten, so derb waren sie.

»Wo befindet sich Antonia Helmrich derzeit?«

»No lo sé, donde esta puta es«, schimpfte die schöne Witwe. Ihre glänzenden Augen hatten sich in Giftpfeile verwandelt.

Sie wusste es also nicht, dachte sich Popolo und glaubte ihr instinktiv kein Wort. »Dann war Ihre Ehe nicht mehr die beste?«, fragte Popolo vorsichtig.

»No. Sie wasse nie die beste. Severin habe mich geheirate für rette mich vor Abschieberung. Eh, ich wasse 19 Jahre, eine klein Señorita und habe gemachte Karriere als Model. Viel Fotos, viel Euro und viel Kokse. Habe mich erwischte Ihre Kollege und Severin habe mich gerettert. Aber wir wasse nie richtig glucklich. Er isse zu alt fur mich und ich binne zu …«, Dolores beugte sich wiederum nach vorn, sodass Popolo ihren Atem spüren konnte, »heiß fur ihn.« Dann lehnte sie sich wieder zurück und blickte den Polizistin durchdringend an. Die Hitze, die Popolo spürte, konnte durch keine Klimaanlage dieser Welt vermindert werden.

»Wir habe alles klar gemacht wege Scheidung«, fuhr sie wieder sachlich und gefasst fort. »Kein Problem. Nada. Ich bekomme eine Millione Abfindung.«

»Aber als Witwe bekommen Sie nun alles.« Popolo witterte seine Spur. Er war sich ja von Anfang an sicher, dass für den Mord nur eine Frau infrage kam. Natürlich musste auch Antonia Helmrich überprüft werden, doch zum gegenwärtigen Zeitpunkt hatte sie kein Motiv. Im Gegensatz zu Dolores.

»No.« Ihr Gesicht verfinsterte sich. »Jetzt bekomme alles die Tobler-Stiftung. Ich bekomme nur unsere Seehaus. Nix grande, nix wie diese Villa.«

Popolo notierte sich den Namen des Rechtsanwalts, der sowohl das Testament aufgesetzt wie auch die Scheidungsformalitäten vorbereitet hatte.

»Es ist nur eine Formalität, aber ich muss alles überprüfen.« Popolo räusperte sich.

»Sie musse überprüfen, wo ich in Nacht von Morde wasse. Si.«

Katzengleich stand sie auf, ging zur Glasfront und rief. »Markus. Adelante.« Der muskulöse Gärtner blickte kurz auf, wischte sich den Schweiß von der Stirn und kam herbei. Er hatte ein kleines Grübchen am Kinn und einen dünnrasierten Wangenbart. Seine Oberarme waren vom Hanteltraining gestählt, sein Blick lässig, selbstbewusst. Er begrüßte seine Chefin mit einem Kuss, der Popolos Blutdruck hochschnellen ließ.

»Sag dem Kommissar, wo wir wasse gestern nachte«, hauchte Dolores.

»Dolores und ich, wir waren bei mir. Die ganze Nacht.« Der Gärtner konnte sich ein vieldeutiges Lächeln nicht verkneifen.

»Gibt es dafür Zeugen?«

»Ja, ungefähr 20. Wir haben meinen Geburtstag gefeiert. Bis in die Puppen, Kommissar. Es war spät, verdammt spät, als wir ins Bett gegangen sind, so ungefähr vier Uhr. Und was wir dann gemacht haben, muss ich ihnen wohl nicht erzählen.« Musste er nicht. So wie er Dolores gleich wieder mit einem Kuss fast verschlang.

Irgendetwas stimmte mit Dolores Tobler und möglicherweise auch ihrem Lover nicht, da war sich Popolo sicher. Die Leute mit den besten Alibis waren ihm immer suspekt.

4

Als Irene Rosen zum Starnberger See fuhr, hatte sie die Klimaanlage ausgeschaltet und dafür das Fenster heruntergelassen, obwohl die erste Strecke des Wegs an der Landshuter Allee vorbeiführte, Münchens schlimmster Feinstaubfalle. Aber ihr gefiel, wie ihr der warme Fahrtwind durch die Haare wirbelte und sie hoffte, er würde ihr den Kopf freimachen. Denn wie Flashbacks kamen die Bilder des letzten Abends immer wieder hoch. Wieder ein Rendezvous. Wieder eine frustrierende Erfahrung.

Es war der vierte Mann, mit dem sie sich traf, seit sie bei diesem Internet-Forum einen Account hatte. »Herzflimmern«. Ein großes Wort für kleine Taten. Scherzhaft hatte sie vor der ersten Erfahrung zu ihrer Freundin Ellie gesagt, sie wisse, woher der Ausdruck Blind Date kam. Weil man blind sein müsse, um eine Ähnlichkeit zwischen Foto und Original festzustellen. Tatsächlich erfuhr sie schnell, wie nah dieser Witz der Realität kam. Ihr erstes Date war ein Mann, der sich als sportlich und attraktiv bezeichnete, obwohl er ein Fall für »The Biggest Loser« war. Aus Anstand und Respekt stand die Kommissarin diese Verabredung zwei Stunden durch, bevor sie sich verabschiedete. Bis zum nächsten Versuch vergingen einige Monate, doch auch dieser verlief kaum besser.

Seit fünf Jahren war Irene Rosen schon solo. Fünf lange Jahre waren verstrichen seit der Katastrophe mit Karl, ihrem Ex-Mann. Fünf Jahre, in denen ihr Körper eine Menge abbekommen hatte, aber nicht das, wonach er sich sehnte. Prügeleien mit Kleinkriminellen, eine leichte Schussverletzung und einige Male schlechten Sex, aber keine Streicheleinheiten und schon gar nicht den Sex, bei dem man die Welt um sich vergisst und am Ende seinen persönlichen Vesuvausbruch erlebt.

Als sie am Luise-Kiesselbach-Platz auf die Garmischer Autobahn fuhr, versuchte sie, diese Gedanken zu verscheuchen. Doch es mochte ihr nicht gelingen, denn sie hatte aus purem Zufall gelesen, dass sich die Wurzel ihres Übels seit ein paar Tagen im Katharsis befand, um ihre Blutbahnen zu entgiften. Ausgerechnet jetzt, da die Kommissarin dorthin berufen wurde. Und sie wollte verhindern, dass Popolo von Diana Hofer erfuhr. Zumindest nicht, bevor sie selbst die Lage sondiert hatte.

Sie ließ das Fenster weiterhin offen, zumal man bis zum Dreieck Starnberg kaum schneller als Tempo 100 fahren konnte. Der Fahrtwind vertrieb langsam die Regenwolken auf ihrem Gemüt und sie spürte nur noch die Sonne, die wärmende Sonne, die sich in diesem Sommer viel zu selten gezeigt hatte, wie so oft.

Das Katharsis war das letzte Überbleibsel eines gutsherrlichen Hofs. Es lag erhaben auf einem sanften Hügel mit Blick auf den Starnberger See. Freddy Tobler war im Jahr, als die Titanic gegen einen Eisberg stieß, auf den Einfall gekommen, gelbe Rüben und Erbsen in überdimensionierte Konservendosen zu packen. Und dafür wurde er im besten Fall belächelt, von vielen in der Lebensmittelbranche aber sogar verspottet, gab es doch damals noch jede Menge echter Hausfrauen, die ihre Vorräte selbst machten, und Restaurants setzten noch nicht auf Fertigfutter. Krankenhäuser, Altenheime und die eine oder andere Großkantine orderten die Gemüsekübel, aber das Unternehmen schrieb rote Zahlen. Zwei Jahre lang, bis Wilhelm II. meinte, er müsse den Österreichern und ihrem senilen Kaiser Franz Joseph Beistand leisten und deshalb Frankreich und Russland den Krieg erklären. Der Stellungskrieg im Westen und der deutsche Vormarsch im Osten nach der Schlacht bei Tannenberg bescherten dem Industriellen Bilanzen, deren Gewinnkurven so steil wie die Eiger-Nordwand aufragten. Der Grundstein für das Familienvermögen der Toblers wurde also in den Schützengräben eines Kriegs gelegt, der nicht zu Unrecht als Urkatastrophe des 20. Jahrhunderts bezeichnet wurde.

Von Bismarck kennt man den berühmten Ausspruch, die erste Generation schafft Vermögen, die zweite verwaltet Vermögen, die dritte studiert Kunstgeschichte und die vierte verkommt vollends. Auf die Toblers traf dies bedingt auch zu. Wolfram, der Enkel des Selfmademans Freddy, verkaufte die Fabrik an einen Lebensmittelkonzern und lebte die Hälfte des Jahres in Monte Carlo, wo er den Reichtum mehrte. Allerdings den Reichtum der lokalen Casinos. Außerdem machten diverse Bars und Spirituosen-Händler gute Teile ihres Jahresumsatzes mit Wolframs enormem Durst, weshalb der Multimillionär in seiner Lebenserwartung deutlich unter dem Durchschnitt blieb. Seine Organe, nicht nur die Leber, wären für Transplantationen denkbar ungeeignet gewesen.

Abgeschreckt vom dekadenten Leben seines Vaters beschritt dessen Sohn Severin neue Pfade. Mit Dosengemüse freilich hatte auch er nichts im Sinn, doch statt den eigenen Leib systematisch zugrunde zu richten, wollte er Kranken helfen, vor allem Suchtkranken. Er promovierte in Medizin mit magna cum laude. Nach einigen Jahren in diversen Kliniken kaufte er einen großen Gutshof am Westufer des Starnberger Sees und ließ ihn zu einer Luxusklinik für Leute umbauen, die allerlei Sorgen plagen, nur keine Finanznöte. Wem die Betty-Ford-Klinik zu prollig war, der wurde bei Tobler fündig. Mit den üppigen Erlösen finanzierte er eine Stiftung, die sich um das Wohl der Bedürftigen und Ausgestoßenen kümmerte.

Das Katharsis hatte lediglich zwölf Betten, was garantierte, dass man unter sich war. Ein Tag kostete zwischen 1000 und 1500 Euro, das garantierte noch mehr, dass man unter sich war. Das Personal bestand aus Psychologen, Ärzten, Fitnesstrainern, Ernährungsberatern und einfachen Krankenschwestern. Sie waren alle diskret und verschwiegen. Wer meinte, er müsse die Eskapaden der Patienten an die Bunte oder Gala ausplaudern, konnte mit vertraglich geregelten Konventionalstrafen in fünfstelliger Höhe belangt werden. Dafür wurde die Belegschaft weit übertariflich bezahlt.

Und Tobler war ein integrer Mann. Seine Angestellten wurden von ihm zuvorkommend behandelt. Das konnte man von der illustren Kundschaft freilich nicht behaupten. Eine Pop-Sängerin zum Beispiel war dafür berüchtigt, dass alle Pflegerinnen ihre Songs auswendig lernen mussten. Und bei jedem falschen Text bekam sie Wutausbrüche, dass ihr der Kamm schwoll.

Das Gästebuch des Katharsis hätte sich wie das Who's Who Deutschlands gelesen. Unternehmer und Börsengurus, Schauspieler und Sänger, Models und Moderatoren, in Ausnahmefällen auch Politiker und Sportler. Aber natürlich gab es kein Gästebuch. Denn zu den Zutaten des Erfolgs zählten absolute Diskretion und Verschwiegenheit. Wie in vergleichbaren Kliniken war es üblich, dass sich die Patienten, die Tobler lieber als Kunden oder Freunde bezeichnete, Pseudonyme geben konnten. Unter den koksenden Ladys erfreute sich der überaus originelle Nickname Schneewittchen enormer Beliebtheit. Rockstars dagegen neigten zu Pseudonymen, die quasi einer verbalen Penisverlängerung gleichkamen. Neben all diesen Stieren und Hengsten verblassten die Manager und Broker, die sich bescheidenere Namen gaben und gern auf Personen aus der Weltgeschichte zurückgriffen. Hier gab es freilich Grenzen. Dschingis Khan und Napoleon waren nicht gern gesehen, aber erlaubt, Hitler und Stalin verboten. Ein

Software-Unternehmer, der gern Konkurrenten durch feindliche Übernahmen auffraß, hatte jedoch auf den Namen des Braunauer Diktators bestanden, der für ihn offensichtlich zur Identifikationsfigur geworden war. Nach längerem Hin und Her gestand man ihm schließlich das Pseudonym Adolf Hiter zu. Die anderen Patienten redeten ihn deshalb allerdings mit einem Körperteil an, das sich am Darmende befindet.

Unter den vielen kleineren wie größeren Scharmützeln im Fegefeuer der Eitelkeiten zählte der Zickenkrieg zu den heftigsten und durchaus amüsantesten. Er erinnerte ein wenig an die Grabenkämpfe und Abnutzungsschlachten des Ersten Weltkriegs. Ein solcher Zickenkrieg tobte auch zu dieser Zeit im Katharsis, allerdings wurde er relativ einseitig ausgefochten.

Das Topmodel Diana Hofer hatte sich den Hass von Lola Ries zugezogen, weil sie im Gegensatz zu der gealterten Diva so manche Titelseite zierte und sogar in einigen Filmen mitgewirkt hatte. Schon als Kind war sie in einem Werbespot für Müsliriegel einem Designer und Modemacher aufgefallen, der sie für seine Kinderkollektion engagierte.

Als Teenie ein Star wurde sie zum Symbol für kühle, unscheinbare Schönheit. Einen Schicksalsschlag später stürzte Diana Hofer jedoch ab. Das exzessive Partygirl ließ keinen Stoff aus und hatte zahlreiche Affären, darunter viele Stars, aber auch ein Polizist. Nachdem sie einem Pariser Modemacher einen Flacon an den Kopf geworfen hatte, war die Zeit für einen Entzug gekommen. Für einen trotz aller Publicity eher scheuen und wortkargen Menschen war das Katharsis dafür der einzig akzeptable Ort.

Als Diana Hofer am Vormittag nach dem Mord in den Salon schlich, plagten sie nicht nur rasende Kopfschmerzen, sie hatte an Beinen und Po mehrere blaugrüne Flecken, die sie sich nicht erklärten konnte. Das lag daran, dass ihr zwei

Dinge fehlten, ihre Brille und die Erinnerung an den gestrigen Abend. Ab einem gewissen Zeitpunkt war alles gelöscht. Und die letzten Momente, an die sie sich erinnern konnte, machten ihr Angst.

Das Topmodel stand noch völlig neben sich. Sie hatte nicht einmal ihre Kontaktlinsen gefunden. Wie eine Blinde hatte sie sich die Treppe hinuntergetastet, hinein in den Salon. Da sie ihren Augen nicht trauen konnte, hörte sie angestrengt in den Raum hinein. Sie vernahm jedoch nichts.

»Dieses miese Stück muss doch hier irgendwo sein«, murmelte sie vor sich hin und suchte mit den Händen nach ihrer Brille.

»Ich sehe nur ein mieses Stück, und das bist du.« Lola Ries hatte amüsiert das vorsichtige Herumtappen ihrer Intimfeindin beobachtet und Mäuschen gespielt.

Hofer erschrak zu Tode. »Lola? Bist du das?«

»Nein, die Schneekönigin ist hier.«

»Du musst mir helfen. Ich habe meine Brille irgendwo verlegt.« Es kostete Diana ein wenig Überwindung, ausgerechnet die Frau um Hilfe zu bitten, die ihr seit ihrer Ankunft das Leben mit ihren Bosheiten schwer machte.

»Du kannst lesen? Respekt, hätte ich dir gar nicht zugetraut.«

»Lass mich in Ruh!«

Den Gefallen tat ihr Lola Ries jedoch nicht. »Was liest du denn gern? Beipackzettel von deinen Glücksbringern in Pillenform? Oder Werbeverträge? Drehbücher eher nicht, die Dialoge deiner Filme passen ja auf einen Bierdeckel.«

Hofer suchte tastend weiter, konnte allerdings die Sticheleien der gealterten Schauspielerin nicht einfach schlucken. »Du redest Müll und du bist Müll.«

»Stimmt, ich bin Problemmüll. Aber nur für dich.« Lola lachte laut über ihren – wie sie meinte gelungenen – Scherz.

»Ich habe nur gute Filme gemacht.« Hofer beging immer wieder den Fehler, sich auf ein Scharmützel mit Lola Ries einzulassen.

»Gut bezahlte zumindest. Fette Gagen für ein dürres Model.« Sie stand auf und ging zu Hofer. »Wie hieß dein letztes Leinwand-Verbrechen?«

»›Die Verhängnisvolle‹. Das weißt du genau.«

Natürlich wusste die alte Diva das genau. Denn jeden Verriss einer jüngeren Schauspielerin verschlang sie genüsslich. »Das war der langweiligste Streifen, seit Andy Warhol acht Stunden lang das Empire State Building gefilmt hat. Weißt du noch, was die Süddeutsche geschrieben hat? Diana Hofer hat die Ausstrahlung eines Glühwürmchens am Tage. Der helle Stern am Modelhimmel entpuppt sich auf der Leinwand als schwarzes Loch.«

»Du bist …« Diana Hofer wollte gerade zu einer Beleidigung ansetzen, aber ihr Sprachzentrum funktionierte an diesem Morgen noch nicht richtig. Wie das ganze restliche Hirn auch.

»… ein großer Star, der im Gegensatz zu dir alles hat, was eine Schauspielerin braucht.« Diesen Satz beendete Lola gern für ihre Rivalin. »Ausdruck, Eleganz, Grandezza. Jede Pore von mir verströmt den Odeur des Erhabenen.«

Nun war Hofer aber doch aufgewacht. »Jede Pore von dir verströmt den Gestank von Johnnie Walker.«

»So was Billiges saufe ich nicht. Und dir spiele ich mit zwei Liter Whisky im Leib noch deinen kleinen Arsch ab, den du dir bei Lloyd's für fünf Millionen versichern hast lassen.«

»Lass mich doch endlich in Ruhe«, schrie Diana hysterisch. »Ich muss zu Doktor Tobler.«

Während Lola lachte, tastete sich Diana zur Bürotür vor und spürte das Plastikband.

»Da bist du ein paar Stündchen zu spät dran. Der Doktor ist von uns gegangen.«

»Wohin?«, fragte Diana mit aufrichtiger Naivität.

»Ins Nirwana.«

»Quatsch. Das macht doch erst um 22 Uhr auf.«

Ries lachte heiser auf und klatschte in die Hände. »Der ist gut, Schätzchen. Der Doktor ist tot, ermordet, der hat abgenippelt.«

»Nein«, schrie Diana Hofer entsetzt. Und eine böse Ahnung beschlich sie.

»Doch, er ist bestialisch aufgeschlitzt worden.« Ries spürte nun, dass sie ihre Gegnerin am Boden hatte und nur noch draufschlagen musste. »Und zwar von dir.«

»Nein, nein. Ich weiß nichts mehr, ich …«, stammelte Hofer. Dann brach sie in Tränen aus und flüchtete tastend zur Tür, die sie laut zuschlug. Das befriedigende Gefühl, einen großen Sieg errungen zu haben, machte sich in Lola breit.

»Die hat wirklich nicht alle Oliven im Glas«, murmelte sie amüsiert. »Aber ich frage mich, wo dieser Hungerhaken seine Brille verlegt hat.« Und sogleich begann Lola Ries zu suchen.

5

Die Fahrt zum Katharsis zog sich länger dahin, als die Kommissarin erwartet hatte. In Starnberg staute sich die Blechlawine, weil sich die B2 auf eine Spur verengte. Über Pöcking führte sie der Weg nach Wieling, einen kleinen Ort mit einigen schön herausgeputzten alten Bauernhäusern, wo die Geranien üppig auf den Balkonen blühten. Von dort bog sie Richtung Aschering. Die Klinik lag unscheinbar auf einer Anhöhe, von der man zwar nicht den See, wohl aber die dunstige Alpenkette sah.

Als Irene Rosen zum Katharsis hochfuhr, hatte sie die Gedanken an die letzte Nacht erfolgreich verdrängt. Bodo war ein geschwätziger Informatiker, der den ganzen Abend redete, als hätte er eine Flasche Salatöl getrunken. Da die Kommissarin sexuell ausgehungert war, lud sie ihn trotzdem auf einen Kaffee ein. Es genügte nicht, dass er beim Küssen tropfte wie ein Kieslaster, nein, das ganze erotische Erlebnis fiel aus, weil bei ihm, so lauteten tatsächlich seine Worte, die Patrone im Drucker gerade leer war. Sicher, es war nicht nett, dass sie ihn daraufhin hochkant hinausgeworfen hatte. Und es schickte sich für eine Kommissarin nicht, dass sie ihren Kummer in Rotwein ertränkte. Aber es war zum wiederholten Mal ein katastrophales Date. Und nun beschloss Irene, die Akte Internet-Flirts endgültig zu schließen, was sie spürbar freier machte.

So hatte sie auf der Fahrt den Kopf und die Zeit, sich die wichtigen Fakten ins Gedächtnis zu rufen. Den vorläufigen Bericht hatte sie genau studiert. Zudem hatte sie Toblers Schlüsselbund mitgenommen, auf dem die Spurensicherung nur dessen Fingerabdrücke gefunden hatte. Den konnte sie gut brauchen, denn vor der Klinik hatte sich erwartungsgemäß eine größere Menschentraube gebildet. Kaum hatte sie die unscheinbare Abzweigung von der Landstraße auf einen Schotterweg genommen, nahm sie schon das Empfangskomitee wahr.

Kameraleute, Fernseh- und Printjournalisten, freischaffende Paparazzi und jede Menge Schaulustige und Autogrammjäger belagerten das Katharsis, wie einst die Römer Alesia. Zahlreiche Autos und Ü-Wagen parkten kreuz und quer in den saftigen Sommerwiesen rund um die Klinik, in denen auch Streuobstbäume angepflanzt waren. Der Trubel begann schon weit vor dem Eingangsportal, sodass die Kommissarin nur noch Schritttempo fahren konnte. Jeder Neuankömmling wurde von der Meute misstrauisch beäugt. Vor allem unter den Freelancern herrschte ausgeprägter Futterneid. Irene Rosen hätte gern das Blaulicht auf das Dach ihres Dienstwagens gesetzt, allerdings konnte man dies als Verstoß gegen die Vorschriften werten und da sie ihr Vorgesetzter derzeit auf dem Kieker hatte, wollte sie nichts unnötig riskieren. Allerdings war es nicht leicht, in die Klinik zu kommen, ohne auf ein paar Journalisten Reifenspuren zu hinterlassen. Ein Fotograf mit einem Objektiv, das vermutlich noch eine Supernova im Andromeda-Nebel aufnehmen konnte, besaß die Dreistigkeit, sie aufzuhalten. Die Kommissarin ließ das Fenster herunter.

»Hey Kollegin, stell dich bitte hinten an. Von welchem Blatt kommst du jetzt noch?«

»Hörst, i kumm vom Wiener Standard und hob a weite Anreise. Und wenn dir wos ned passt, dann geh ham zu deiner Mama«, antwortete die Kommissarin in breitem Wienerisch. Dann stieg sie aus und machte sich einen Zufall zunutze. An der südöstlichen Ecke des Anwesens hatte sie einen Schatten erblickt, vermutlich ein weiterer Schaulustiger, der um die Mauer herumstreunte. Also wandte sie den ältesten Ablenkungs-Trick aller

Zeiten an. »Geh leck, des is doch da Tommy Martin!«, rief sie laut. Sogleich jagte die Meute dem Phantom hinterher.

Irene Rosen aber stieg blitzartig in ihren Wagen, drückte auf den elektronischen Türöffner und fuhr so schnell wie möglich in das Anwesen. Natürlich blieb die Finte nicht unbemerkt und mehrere Journalisten wollten ihr hinterher, doch der gezückte Polizeiausweis und die Drohung, sie wegen Hausfriedensbruchs sofort festzunehmen, wirkten. So schlossen sich die heiligen Pforten der Klinik, ohne dass ein Journalist hereingeschlichen wäre.

Das Katharsis war ein altes Rittergut, das noch an feudalere Zeiten erinnerte. Für die Gartenanlage mochte ein Loire-Schlösschen Modell gestanden haben. Am Südrand war ein großzügiger Teich mit Seerosen angelegt, den ein feiner Flaum aus Blütenstaub bedeckte. Frösche quakten dort, Libellen surrten über den Rohrkolben. Dahinter befand sich ein Garten, der mit seinen Bäumen und Sträuchern und einer rosenumrankten Laube zahlreiche Nischen bot, um sich ungestört zu verlustieren. Und nur die Bienen und Vögel würden Zeugen des Treibens in dem schattigen Park.

Die Kommissarin parkte vor dem dreistöckigen Gutshaus. Zu ihrem Erstaunen war der Vorhof menschenleer. Also beschloss sie, ihrer berufsbedingten Neugier nachzugehen, bevor sie mit den Befragungen begann. Auch wenn die Spurensicherung geschrieben hatte, dass ihnen an den Außenwänden nichts aufgefallen wäre, konnte eine zweite Inspektion nicht schaden. Kaum war sie um die Ecke gebogen, betörte sie süßer Rosenduft.

Die Fenster im Erdgeschoss lagen so hoch, dass sie kaum einzusehen waren, außer man hätte die dicht gepflanzten Blumen zertreten. Doch an der Rückseite befand sich vor der Terrasse eine größere Glasfront. Die Kommissarin schlich sich langsam dort hin und blickte vorsichtig in das Zimmer. Es handelte sich offensichtlich um den Salon. Dort entdeckte sie eine Frau, die ihr bekannt vorkam, eine Schauspielerin, da war sie sich sicher, wenngleich diese kaum zu sehen war. Denn sie tat etwas sehr Seltsames, das die Kommissarin stutzig machte. Die Schauspielerin robbte auf dem Boden herum und warf Kissen durch die Gegend.

Da ging die Tür auf und ein Mann kam herein, einer, der jeden Eisblock mit einem Lächeln zum Schmelzen brachte. Seine Bühne war garantiert nach jedem Konzert mit Slips übersät und er ging nur allein ins Bett, wenn er es so wollte. Tommy Martin hatte die strahlend blauen Augen des Sommerhimmels, dunkle, schulterlange Locken und einen spitzbübischen Gesichtsausdruck, dem man sich kaum entziehen konnte. Er konnte seine Freundin mit ihrer eigenen Schwester betrügen, aber ein Blick genügte und man verzieh ihm alles.

Martin trat ein, tanzend und singend. »I'm just a gigolo, and everywhere I go, people know the part I'm playin'.« Als er die Unordnung sah, hielt er inne. »Lola auf Knien, dass ich das noch erlebe. Hast du deinen Flachmann verlegt?«

Da fiel es der Kommissarin wieder ein. Die Patientin war Lola Ries, von der sie in ihrer Kindheit und Jugend natürlich einige Filme gesehen hatte. Eine wunderbare Komödiantin mit spitzer Zunge. Und was sie just in dem Moment trieb, sah auch nach Comedy aus.

»Nein, Schatzilein. Ich suche zwar Gläser, aber ausnahmsweise welche, aus denen man nicht trinken kann.« Dann stand Lola Ries auf und brachte die Kissen wieder in Ordnung. Tommy Martin aber war beschwingt. Er sang weiter »Just a Gigolo«, nahm die Schauspielerin sanft am Arm und tanzte mit ihr durch den Salon.

»Hey, Schätzchen, du hast heute aber Pfeffer in den Lenden.« Lola war ein bereitwilliges Opfer von Martins blauen Augen, zumal für sie das Schlimmste am Entzug der Sexentzug war.

»I'm so sad and lonely, sad and lonely, sad and lonely, want some sweet Mama, come and take a chance with me, coz I ain't so bad«, sang Martin mit betörend weicher Stimme. Beim letzten Vers nahm er seine Tanzpartnerin in die Tangowiege und küsste sie zärtlich auf die Wange.

»Nein, du bist nicht schlecht, Sweetheart.«

»Aber sad and lonely«, entgegnete Martin, dessen Depressionen in jedem Boulevardmagazin landauf, landab bereits einige Seiten gefüllt hatten. Und wer mit 17 aufgehört hat, die Frauen zu zählen, mit denen er im Bett war, es aber nie länger als drei Monate mit einer ausgehalten hat, galt gemeinhin als beziehungsunfähig. Martin selbst glaubte das nicht. Er war überzeugt, dass die richtige Frau einfach noch nicht dabei gewesen war. Also testete er weiter.

»Ich mach dich glücklich und zweisam«, hauchte ihm Lola ins Ohr. Früher hätte sie allein mit diesem Satz jeden, aber wirklich jeden Mann in die Horizontale gebracht. Aber das war in einem anderen Jahrtausend. Als Martin nur mit einem amüsierten Stirnrunzeln auf das Angebot reagierte und sich aufrichtete, versuchte sie, ihn zu küssen, doch Martin wand sich elegant aus der Umklammerung und versuchte ebenso elegant die Peinlichkeit der Situation aufzuheben.

»Findest du nicht auch, dass ich den Refrain mit etwas mehr Tremolo singen müsste?«

»Für mich hast du genügend Schwingungen.« Lola lachte frivol auf und fasste Martin an den Hintern.

»Lola, ich bin hier, um endgültig trocken zu werden, verstehst du, absolute Trockenheit. Und sei mir nicht böse, aber jeder Kuss von dir hat 0,2 Promille. Da bin ich kaum mehr verkehrstauglich.«

»Ich will ja auch keinen Autoverkehr mit dir haben«, gluckste Lola Ries lasziv.

»Ist der Geschlechtsverkehr nicht strengstens untersagt in diesen keuschen Hallen?«

»Komm, Schätzchen, wer soll denn jetzt noch darüber wachen. Der Alte hat letzte Nacht seine letzte Keuschheitswache gehalten.« Mit dem Kopf wies sie auf den abgesperrten Tatort.

»Und die vermutlich mit geplatzten Trommelfellen.«

»Wieso?«, fragte Lola etwas erstaunt und ging auf Distanz.

Die Kommissarin konnte der Unterhaltung weitgehend folgen, da ein Fenster gekippt war. Allerdings war sie von der gekonnten Show-Einlage und dem einseitigen Flirt so fasziniert, dass sie die Schritte hinter sich nicht wahrnahm. Als eine Pranke auf ihrer Schulter niedersank, erschrak sie so, dass sie einen kurzen Schrei losließ. Ihre kleine Inspektion war damit beendet, dabei wäre das weitere Gespräch sehr aufschlussreich für sie gewesen. Doch nun blickte sie in das erzürnte Gesicht eines ganz in Weiß gekleideten Mannes.

»Was haben Sie hier zu suchen, verdammt noch mal? Ich hole die Polizei«, drohte der Angestellte.

»Keine Panik, die ist schon da.« Blitzschnell hatte sie ihren Ausweis gezückt und Zachie Blanck unter die Nase gehalten. Er war für die Security verantwortlich, durchtrainiert bis in die letzte Faser seines in unzähligen Trainingsstunden gestählten Körpers. Und seine Muskelpracht zu verstecken, wäre seiner Meinung nach ein Verrat an der Natur gewesen. Deshalb kaufte er sich seine T-Shirts gern eine Nummer zu klein.

»Was haben Sie hier zu suchen? Heute Vormittag waren Sie nicht dabei, oder?« Zachie konnte auch verbal den Muskelprotz spielen.

»Damit gleich von Anfang an eines klar ist: Hier stelle ich die Fragen.« Den Satz aus dem kleinen Phraseneinmaleins der Fernseh-Kommissare wandte Irene Rosen immer wieder gern an. »Wo waren Sie in der Mordnacht?« Sie ging sofort in die Gegenoffensive.

»Das habe ich Ihren Kollegen heute Vormittag schon gesagt:

Ich habe Fußball angeschaut, dann noch ein paar Übungen gemacht und ab elf die Matratze belauscht.«

»Gibt es dafür Zeugen?«

»Sehe ich aus wie einer, der alleine schläft?« Breitbeinig stellte Zachie Blanck seine Männlichkeit zur Schau und grinste angeberisch.

»Wenn's nach meinem Geschmack geht: ja«, konterte die Kommissarin. »Für mich sehen Sie nur aus wie einer, der seine Konfektionsgröße nicht kennt. Wie heißt die Unglückliche?«

»Jenny Graf. Aber hören Sie, kein Wort zur Groß«, entgegnete Blanck plötzlich deutlich leiser.

»Wie heißt das Zauberwort?«, grinste die Kommissarin.

»Bitte.« Blanck sah sich um und fuhr flüsternd weiter. »Frauenbesuche beim Nachtdienst, das ist streng verboten. Wenn mich Tobler erwischt hätte, wäre ich gefeuert worden.«

»Und warum haben Sie Ihren Job riskiert?«

»Hey«, rief Blanck und grinste frivol, »wenn Sie Jenny sehen, wissen Sie warum. Die Frau ist zu heiß für diese Welt, die kommt direkt vom Planeten Sex. So eine scharfe Braut …«

»Ist okay«, bremste die Kommissarin seine erotische Hymne auf die ungekrönte Venus Bayerns, um ja keine Erinnerungen an ihr mieses Date hochkommen zu lassen. »Wir überprüfen das. Wer ist die Groß?«

»Unsere Schwester Oberin. Na ja, eigentlich ist sie erst 26, aber sie hat so was Jungfräuliches.«

»Es kann nicht nur Jennys auf dieser Welt geben!«

»Klar, aber die Groß ist immer so, ich weiß nicht, so kühl und kontrolliert. Wissen Sie, diese Psycho-Tussen haben doch alle selbst einen Schlag. Freund hat sie auch seit einem Jahr keinen mehr. Die ist einfach untervögelt.«

»Kommen Sie zur Sache«, forderte Rosen Blanck ungeduldig auf. Dessen Machosprüche nervten sie gewaltig.

»Und wie heißt das Zauberwort?«, grinste der Fitnesstrainer.

»Das Zauberwort heißt: Kreuzverhör auf dem Revier, wenn Sie nicht endlich ausspucken, was Sie zu sagen haben.«

»Hey, nicht gleich beißen. Die Groß ist so eine Überkorrekte. Die hat gleich nach dem Studium hier begonnen. Und innerhalb von zwei Jahren ist sie die rechte Hand des Chefs geworden. Das ist ne Karriere. Wengerbauer, der andere Arzt, ist seit zwölf Jahren hier und teilt sich die Patienten mit Tobler, hat aber keinen so großen Stand. Und heute Vormittag hat die Witwe – die ist auch ein heißer Feger, meine Fresse, haben Sie schon …«

»Zur Sache, Mann!« Die Kommissarin war nahe am Platzen, so nervte sie dieser Blanck.

»Nur ruhig, also die Groß übernimmt kommissarisch die Geschäftsführung. Sie könnte mich also rausschmeißen, wenn Sie erfährt, dass ich mit Jenny rumgemacht habe.«

»Ist für einen Westentaschen-Schwarzenegger wie Sie schon schwierig, eine Frau als Boss zu haben«, sagte Rosen spitz.

»Nur wenn's Frauen wie die Groß sind.« Dann blickte er die Kommissarin an und entgegnete trocken. »Oder Sie.«

»Danke, aus Ihrem Mund ist das ein Kompliment und die Bestätigung, dass die Frauenbewegung doch mehr gebracht hat als scharfe Jennys. Und Sie haben nichts gesehen oder gehört letzte Nacht? Und verschonen Sie mich mit detaillierten Berichten aus Jennys Reich.«

»Nein. Ehrlich nichts«, beteuerte Blanck. »Das Zimmer für den Nachtdienst liegt im Medizintrakt, also abgetrennt von den Räumen der Patienten und auch vom Tatort.«

»Das wollen wir uns doch mal anschauen.« Mit einer Handbewegung forderte sie den Security-Mann dazu auf zu gehen.

»Aber heute Vormittag ist mir etwas aufgefallen«, sagte Blanck nach ein paar Metern. »Ich wurde schnell benachrichtigt, nachdem man die Leiche gefunden hatte. Offensichtlich hatte die Putzfrau im Hauptgebäude ein ziemliches Halligalli veranstaltet, sodass einige Patienten wohl mitbekommen haben, was passiert ist.«

»Und? Gab es verdächtige Reaktionen?«

»Ja, ich denke, wenn jemand mit quietschenden Reifen verschwindet, obwohl er erst zwei Tage hier ist, kommt einem das seltsam vor.«

»Wissen Sie, wer das war?«, fragte die Kommissarin nach.

»Nein, aber das Nummernschild habe ich gesehen.«

»Und sich hoffentlich auch gemerkt«, sagte Irene Rosen, zückte Stift und ihren kleinen Notizblock und notierte sich das Kennzeichen.

»Wenn man bedenkt, wie du Tobler gestern Abend angebrüllt hast, dann wären zerplatzte Trommelfelle schon möglich gewesen. Du warst nahe dran, die Schallmauer zu durchbrechen.« Martin blickte mit hochgezogenen Augenbrauen die Diva an. »Und Schimpfwörter kennst du, Lola! Das bildet, dir zuzuhören. Ich habe mein Vokabular an Kraftausdrücken verdoppelt. Und auch das an Drohungen. Mir haben regelrecht die Weichteile geschmerzt, als ich hörte, was du alles mit seinen vorhattest.«

»Hey, das bleibt unter uns.« Lola hatte schon befürchtet, dass ihre Ausfälle am gestrigen Abend nicht ungehört geblieben waren.

»Tut es«, beschwichtigte Martin.

»Mit deinen Weichteilen hätte ich übrigens etwas ganz anderes vor.« Lola fand Martin viel zu attraktiv, als dass sie nach einer Abweisung schon locker gelassen hätte. Deshalb schmiegte sie sich an den Sänger und hielt ihm ihre Kusslippen hin. Der aber rümpfte nur die Nase.

»Lola, woher nimmst du hier eigentlich deinen Stoff?«

»Hustensaft.« Zur Demonstration hustete sie gekünstelt.

»Diese homöopathischen Dinger gehen ohne Alkohollösung sofort kaputt.«

»Du säufst auch noch den Spirituskocher leer, wenn nichts anderes da ist.«

»Mich dürstet aber mehr nach einem richtigen Mann, nach so einem knackigen«, meinte Lola lasziv und kniff ihn in sein Gesäß.

»Kleiner Hinternwechsel? Knackarsch statt alter Knacker?« Martin spielte auf Heinrich Brick an, Lolas letzten Mann, einen Strumpffabrikanten, der im letzten Sommer mit 82 Jahren seinen Odem ausgehaucht hatte.

»Heinrich hat's noch gebracht im Bett, Schätzchen, auch ohne die blauen Pillen, von denen die Schmierblätter faselten.« Böse Zungen hatten behauptet, eine Überdosis Viagra sei die Ursache gewesen, im Totenschein stand jedoch Herzversagen. »Gott hab ihn selig. Aber auf so eine Prinzenrolle wie dich hätte ich mehr Appetit.«

»Ich mache ganz schnell pappsatt«, wehrte Martin ab. »Wie eine fünfstöckige Cremetorte.«

»Du kennst meinen Hunger nicht.« Doch, den kannte Martin, zumindest aus den Magazinen.

»Mag sein, aber ich kenne meinen. Und auch wenn dich Heerscharen von Chirurgen immer wieder runderneuert haben, du entsprichst nicht meinem Beuteschema.«

»Ich und runderneuert?«, geiferte Lola Ries und verpasste Martin eine Ohrfeige. Just in diesem Moment kam Rufus Ferner herein, der aktuelle Patient Nummer vier.

»Störe ich?«, fragte Ferner scheinheilig.

»Du störst immer«, meinte Martin in einem für ihn ungewohnt scharfen Ton. Er konnte Ferner nicht ausstehen. Und traute ihm keinen Millimeter über den Weg.

6

Dietmar Stiller war aus Überzeugung Anwalt geworden. Und zwar aus der Überzeugung, dass ihm kein anderer Job so viel Geld, Ansehen und erstklassige Kontakte bringen könne. Für Strafverteidiger waren Polizisten Arbeitsbeschaffer, für ihn, den Rechtsberater der Reichen und Schönen, dagegen ein lästiges Übel, mit dem man es sich aber nicht verscherzen durfte, schließlich wandelte der Advokat bei seiner Arbeit oft auf dem schmalen Grat zwischen Legalität und Verbrechen. Deshalb empfing Dietmar Stiller Kommissar Popolo mit seinem gewinnenden Lächeln, bei dem die frisch gebleichten Zähne so schön blitzten. Zwei davon waren bereits so falsch wie sein Mitleid über Toblers Tod, der ihn angeblich tief betroffen machte.

»Sie waren also bei der Witwe«, meinte Dietmar Stiller, »und wollen ihre Angaben überprüfen.«

Popolo bejahte. Das große Büro geizte nicht mit edlem Interieur und flößte ihm Respekt ein. Allein der goldene Brieföffner mit Elfenbeingriff aus dem 16. Jahrhundert durfte das Monatsgehalt eines Kommissars an Wert übersteigen.

Stiller zog aus einem Ordner den Scheidungsvertrag heraus und reichte ihn Popolo, der ihn gewissenhaft studierte.

»Das Papier bestätigt, was Ihnen Frau Tobler gesagt hat. Eine Million Abfindung.«

»Das ist nicht viel, wenn man das Gesamtvermögen betrachtet!« Popolo, der mit dem Gehalt eines Kommissaranwärters in München nur ein bescheidenes Leben führen konnte, brachte diesen Satz nur schwer über die Lippen.

»Bei den meisten wohlhabenden Männern hat es sich herumgesprochen, dass ein wasserdichter Ehevertrag vor Altersarmut schützt. Und daran sind Männer wie ich nicht ganz schuldlos.« Bei Dietmar Stiller blitzten wieder die Zähne und seine Augen noch dazu. Der Ehevertrag war sein juristisches Meisterwerk.

»Und das Testament? Die Witwe behauptet, sie bekäme nur das Strandhaus. Die Klinik und alles andere fiele an eine Stiftung.«

Dietmar Stillers Grinsen ging nahtlos in lautes Lachen über.

»Das hat sie gesagt?«, fragte er wieder einigermaßen gefasst. »Gut, was die Klinik anbelangt, gibt es eine Regelung, dass sie im Todesfall an die Tobler-Stiftung fällt.« Der Anwalt zuckte mit den Schultern. »Aber das restliche Vermögen … und das dürfte sich insgesamt auf ungefähr 45 Millionen Euro belaufen, wenn man den Rothko und den Richter mitrechnet …«

»Und den Warhol?«

»Und den Warhol. Also, das restliche Vermögen … Vielleicht weiß Frau Tobler auch mehr als ich, allerdings hat ihr verstorbener Gatte alle seine rechtlichen Angelegenheiten über mich geregelt. Auf jeden Fall: Es gibt kein Testament.«

Kommissar Popolo fiel die Kinnlade runter.

»Wie? Was? Kein Testament? Das heißt ja dann, dass sie alles erbt?«, fragte er erregt.

»Das heißt es«, nickte Dietmar Stiller lächelnd.

Im Gegensatz zu den luxuriösen Patientenunterkünften war das Zimmer für den Nachtdienst sehr spartanisch eingerichtet. Ein einfaches Bett, ein Tisch, zwei Stühle und zwei kleine Fernseher, bei denen man schon gute Augen brauchte, um einem Fußball folgen zu können. An einer Wand war eine große Schalttafel mit zahlreichen Lämpchen.

»In jedem Zimmer gibt es einen Alarmknopf«, erklärte Blanck. »Wenn ihn jemand drückt, geht hier ein Licht an.«

»Und das registrieren Leute, die nicht allein schlafen können?« Irene Rosen blickte ihn spöttisch an.

»Uns geht nicht nur ein Lichtlein auf, nein, es geht auch ein Glöckchen an. Und das klingelt und klingelt, bis man es ausschaltet. Glauben Sie mir, die Glocke ist nicht zu überhören, egal ob man alleine oder zu zweit schläft.«

»Zu was brauchen Sie eigentlich zwei Fernseher? Für Synchron-Fußball?«

Blanck lachte. »Danke, aber mir hat das Spiel mono schon gereicht. Das war ein Grottenkick, auch wenn es nur ein Freundschaftsspiel war. Wissen Sie, was der Götze gemacht hat, dieser Vollpfosten?«

»Nein, und ich will's auch gar nicht wissen. Wozu ist der zweite Fernseher?«, fragte die Kommissarin erneut, diesmal aber bestimmter.

»Das ist ein Monitor.« Blanck schaltete ihn ein. »Auf der linken Bildhälfte sehen Sie die Überwachungskamera vor dem Tor, auf der rechten die vor der Eingangstür.«

»Respekt. Die hatte ich gar nicht bemerkt.« Die Kommissarin nickte anerkennend. Für solche Geräte hatte sie normalerweise einen sechsten Sinn.

»Ja, die Kletterrose ist nicht nur zur Zierde da«, grinste Blanck.

»Sondern auch, um die Kamera zu verstecken«, ergänzte Rosen.

»Richtig, der Boss wollte das so haben.«

»Und haben Sie gestern Nacht etwas Verdächtiges bemerkt?« Die Kommissarin blickte den Wachmann erwartungsvoll an.

»Ähm, nein.« Blanck entglitten seine Gesichtszüge wie dem Nationalspieler am Abend zuvor der Ball.

»Sie hatten den Monitor ausgeschaltet, stimmt's?«

»Na ja, so ein bisschen«, gab Blanck kleinlaut zu. »Wissen Sie, er stört beim Fernsehen. Und mein Hase wollte ungestört bleiben. Außerdem passiert normal nie etwas.«

»Wenn das die Groß wüsste«, meinte die Kommissarin süffisant.

»Sie werden ihr doch nichts sagen, oder?« Gegen den Schwächeanfall, den Blanck nun erlitt, halfen auch keine Muskelberge.

»Vorerst nicht. Sagen wir, ich habe etwas gut bei Ihnen?« Irene Rosen hatte gern einen Trumpf im Ärmel.

»Gebongt«, sagte Blanck erleichtert und streckte der Kommissarin die Hand entgegen, um den Kuhhandel zu besiegeln.

Daraufhin verließen die beiden den Nachtdienstraum, um die Videobänder der Überwachungskameras zu holen. Damit Signore Andrea Popolo auch weiß, was er diese Nacht zu tun hat, dachte sich die Kommissarin und grinste innerlich.

Auch wenn Martin sie gereizt hatte, tat Lola Ries die Ohrfeige leid.

»Ist schon okay. Ich hab's nicht besser verdient«, brummte Martin.

»Stimmt. Allein für Ihr letztes Album hätten Sie 100 Schläge mit der neunschwänzigen Peitsche verdient.« Rufus Ferner war schon rein äußerlich das Gegenteil des smarten Sängers. Früh hatten sich die Reihen auf seinem Kopf gelichtet und genauso früh hatte ihm sein strenger Blick tiefe Furchen in das mäßig attraktive Gesicht gezogen. Seine braunen Cordanzüge waren auch nicht unbedingt dazu angetan, die Damenwelt Oberbayerns zu beglücken. »Wissen Sie, was Ihr Gesang für sensible Ohren wie meine ist? Akustische Umweltverschmutzung, Herr Martin.« Für Ferner hatte die Musik mit dem Tod Gustav Mahlers 1911 schlichtweg aufgehört. Alles, was unter Rock, Pop und sogar Jazz firmierte, von Techno oder Rap gar nicht zu reden, fiel unter die Kategorie unerträglicher Lärm, manches empfand er als Körperverletzung.

»Meier. Für Sie heiße ich Hans Meier.« Martin war natürlich klar, dass ihn alle Patienten kannten. Aber Ferner gegenüber machte er von seinem Recht auf ein Pseudonym Gebrauch. Er wollte zu dem Autor so viel Distanz wie möglich.

»Ich vergaß. Und von Beruf sind Sie Buchhalter.«

»Bingo. Und alles andere geht Sie einen feuchten Kehricht an.« Martin war schlecht auf Ferner zu sprechen, seit dieser von Lola Ries ertappt worden war, wie er in Toblers Büro die Akten der Patienten durchwühlt hatte. Es gab einen gehörigen Aufruhr und alle verlangten, dass der Autor hochkant rausgeworfen wurde, jedoch beließ es Tobler zur allgemeinen Überraschung bei einer letzten Verwarnung. Obwohl Ries und Martin nicht locker ließen und Ferner verfolgten, konnten sie nicht in Erfahrung bringen, weshalb dieser in ihren Akten geschnüffelt hatte.

Der Autor war zweifellos eine seltsame, schwer zu ergründende Figur. Seine Biografie wies erstaunliche Brüche auf. Und frühe mystische Erlebnisse. In sehr jungen Jahren entdeckte er ein von Farn und Moosen überwuchertes Loch an einem Felsen. Von kindlicher Neugier angetrieben kletterte er hinein, stürzte dabei jedoch in eine Höhle und blieb benommen liegen. Wie durch ein Wunder überlebte er. Drei Tage verbrachte er in der Finsternis, umringt von Fledermäusen. Das Seltsamste allerdings waren die zahlreichen Knochen in der Höhle. Ferner war überzeugt, dass er in einem prähistorischen Friedhof gelandet war. Seine Rettung von der oberbayerischen Gebirgswacht betrachtete er als Wiedergeburt.

War dies nicht ein Wink des Schicksals? Obwohl Kind aufgeklärter atheistischer Eltern, ließ er sich mit 18 taufen und trat einer bibeltreuen christlichen Kirche bei, die mit Vorliebe vor der Apokalypse warnte. Als diese aber zu lange auf sich warten ließ, wandte er sich vom Christentum ab und studierte Geschichte und Archäologie. Wegen seiner provokanten – so Ferners Meinung – beziehungsweise seiner absurden Thesen –

so die Meinung seiner Professoren – wurde ihm der akademische Abschluss verweigert.

Ferner rächte sich mit seinem ersten Buch »Jenseits des Kreuzes«, in dem er seltsame archäologische Spuren als Zeichen heidnischer Götter interpretierte. Das brachte ihm einen Kübel Spott von Seiten der Fachwelt ein, aber gute Platzierungen auf den Bestsellerlisten und Hunderttausende treuer Leser.

Nach zwei Erfolgen mit Sachbüchern ging Ferner dazu über, Thriller zu schreiben. Auch diese polarisierten. Sie faszinierten Millionen und wurden gleichsam von Millionen belächelt.

Nicht belächelt, sondern angefeindet wurde er von Tommy Martin und Lola Ries, die ihn beide mit wenig schönen Worten dazu aufforderten, die Tür von außen zu schließen. Ferner jedoch blieb stur und setzte sich in den Sessel, um die Frankfurter Allgemeine zu lesen. Resigniert zogen Ries und Martin ab. Darauf hatte Ferner gewartet. Sofort sprang er auf und ging zu der versiegelten Tür.

Laura Groß erwartete die Kommissarin an der Eingangstür. Sie sah nicht aus wie die frostige Freudianerin, als die sie vom hauseigenen Bodybuilder geschildert wurde, war also keineswegs unattraktiv, sondern besaß durchaus Ausstrahlung, allerdings eine intellektuelle Ausstrahlung, für die Männer wie Blanck unempfänglich waren. Die Psychologin hatte dunkle, glatte Haare und für die Jahreszeit einen blassen Teint, was aber an ihrer Verfassung liegen konnte.

»Der Mord hat mich sehr mitgenommen«, gestand sie mit dünner Stimme und wischte sich eine Strähne aus dem Gesicht. »Herr Tobler stand mir sehr nahe.« Sie wirkte fahrig und aufgewühlt.

»Das verstehe ich«, entgegnete die Kommissarin. »Dürfte ich Ihnen trotzdem ein paar Fragen stellen?«

»Selbstverständlich«, nickte die Psychologin.

»Wie geht es mit der Klinik weiter?«, wollte Irene Rosen wissen. Sie vernahm ein leises Surren, was sie irritierte, aber sie versuchte, sich auf Groß zu konzentrieren.

»Das entscheidet die Tobler-Stiftung. Der Vorsitzende, Doktor Rafayi, hat mich beauftragt, kommissarisch die Geschäfte zu übernehmen. Das ist mir eigentlich eine Nummer zu groß, aber ich will und kann mich der Verantwortung nicht entziehen, zumal es wohl nicht auf Dauer ist.«

Die Kommissarin nickte verständnisvoll, dachte sich aber, dass die brave Psychologin damit ein Motiv hatte. Der Mord hatte sie in eine leitende Funktion gebracht, die sie ansonsten möglicherweise erst in Jahrzehnten, vielleicht sogar nie erreicht hätte. Karrieristen, zu denen sie offensichtlich gehörte, gingen auf ihrem Weg nach oben über Leichen.

Plötzlich zerrissen zwei Schüsse die Stille. Ihnen folgte ein Schrei, der sich allerdings mehr nach Torjubel als nach Schmerzensbekundung anhörte. Ohne groß zu überlegen, rannte die Polizistin in die Richtung, aus der die Schüsse gekommen waren. Sogleich vernahm sie noch ein krachendes Geräusch. Etwas schien auf den Boden geprallt zu sein.

Als sie um die Ecke des Gutshauses bog, sah die Kommissarin Blanck mit einem Jagdgewehr in der Hand. Er ging auf einen Haufen Schrott zu, der einmal eine Drohne war.

»Keine Sorge, ich habe einen Waffenschein für das Ding«, beschwichtigte er die Polizistin. »Aber ich verteidige hier nur den Hausfrieden und die Privatsphäre unserer Patienten.«

»Die Journalisten lassen also Drohnen über die Klinik fliegen, um an Bilder zu kommen?«, stellte die Kommissarin fest, die sich amüsiert das zerstörte Gerippe des ferngesteuerten Spions ansah. Die schwarze Drohne war ein einfaches Modell mit vier Rotoren, ein sogenannter Quadrocopter. In der Mitte befand sich die integrierte Kamera, deren Objektiv einen gewaltigen Sprung hatte. Dennoch trat Blanck mit voller Wucht darauf, um es endgültig zu zerstören.

»Nichts ist gefährlicher als ein verwundetes Wild«, sagte Blanck grinsend. »Das ist heute schon die zweite Drohne, die ich erwische.«

»Ergibt bald eine schöne Trophäensammlung«, kommentierte die Kommissarin.

»Sie sagen es.« Dann bückte sich Blanck und hob die Drohne auf. »Ich hoffe, ich bekomme keine Anzeige, weil ich das Ding nicht ökologisch korrekt entsorge.« Lässig ging er zu den alten Stallungen, wo sich die Abfallcontainer befanden.

»Die Journalisten werden immer dreister und aufdringlicher. Wir wurden schon öfters von Drohnen observiert und fotografiert. Letzte Woche erteilte Herr Tobler den Befehl, sie gnadenlos abzuschießen«, sagte Laura Groß, die der Kommissarin gefolgt war.

»Haben Sie keine Angst wegen Regressansprüchen?«

»Ach was«, winkte die Psychologin ab. »So ein Gerät kostet bestenfalls 200 Euro. Und die Journalisten würden von uns eine Anzeige bekommen.«

Langsam schlenderten die beiden wieder zum Haupteingang zurück.

»Ich weiß, Sie haben viel zu tun«, hob die Kommissarin an, »aber könnten Sie mir ein bisschen die Klinik zeigen?«

»Natürlich. Ich bin Ihr persönlicher Guide«, entgegnete die Psychologin und der Schatten eines Lächelns kam auf ihre Lippen.

»Zuerst möchte ich gern den Tatort sehen.«

»Sie meinen das Büro von Herr Tobler«, erklärte Laura Groß. »Es gibt zwei Zugänge. Sie kommen über den Flur und das Vorzimmer der Sekretärin hinein oder direkt über den Salon.«

Die Kommissarin entschied sich für die zweite Variante,

auch weil sie diesen Sänger noch einmal sehen wollte. Als die beiden eintraten, erwartete sie jedoch eine Überraschung.

7

Kommissar Popolo kam zu der Einsicht, dass zwei Besuche an einem Tag bei der Witwe Tobler über seine Kräfte gingen. Er konnte auch noch morgen wegen der widersprüchlichen Aussagen über das vermeintliche Testament mit ihr reden. So fuhr er vom Büro Stillers direkt ins Kommissariat. Als er das Radio einschaltete, war er zum zweiten Mal an diesem Tag – nach dem Anblick von Dolores – nahe an einer Herzattacke.

»›CastleNeo‹ pleite. Einer der größten Immobilienskandale der letzten Jahre erschüttert Bayern«, sagte die angenehme Frauenstimme von B5aktuell mit der gleichen Ruhe und Gelassenheit, mit der sie auch den Wetterbericht vorlas. Für den Kommissaranwärter Popolo bedeutete die Nachricht allerdings eine Katastrophe.

CastleNeo war mit aufwendigen Sanierungen bedeutender historischer Bauten groß geworden. Kaum hatte sich die Firma in der nicht eben als einfach verschrieenen Baubranche einen Namen gemacht und sich auf respektablem Niveau etabliert, da verfolgte sie einen ambitionierten Plan. Genial nannten ihn die einen, größenwahnsinnig die anderen. CastleNeo wollte die unvollendeten Projekte Ludwigs II. realisieren. Auf der Agenda stand zuerst Falkenstein, eine Burg aus dem Jahre 1280, die im Dreißigjährigen Krieg von den Tirolern selbst zerstört worden war, damit sie nicht dem schwedisch-protestantischen Heer in die Hände fiel. Allerdings änderte dieses seinerzeit den Weg, sodass die Burg völlig umsonst Opfer der Flammen geworden war. Welch Ironie der Geschichte!

1883 kaufte König Ludwig II. die Ruine, um daraus eine Art Neuschwanstein reloaded zu machen, genauer gesagt eine märchenhafte Raubritterburg. Bei der Planung verschliss der Monarch zwei Architekten. Erst der Regensburger Oberbaurat Max Schultze konnte seine Vorstellungen von Pracht und Glorie erfüllen. Wegen des frühen Todes Ludwigs II. im Starnberger See blieb von dem Bau jedoch kaum mehr übrig als ein paar Skizzen und Bilder. CastleNeo wollte Neu-Falkenstein nach den Entwürfen von Schultz als neue Fünf-Sterne-Touristenattraktion und als Luxushotel bauen. Das billigste Zimmer hätte 1200 Euro pro Nacht gekostet. Um dieses gigantische Vorhaben zu finanzieren – allein für die Bestechungsgelder hatte man einen zweistelligen Millionenbetrag einkalkuliert –, hatten die Betreiber einen Anlagefond eingerichtet, der Renditen versprach, die märchenhafter waren als der Kini selbst. Doch CastleNeo hatte allein schon die Logistik unterschätzt. Immerhin war Falkenstein die höchstgelegene Burg Deutschlands. Zufahrtswege, Kanalisation, Elektrifizierung, all das bereitete schon in der Planung deutlich mehr Probleme als erwartet. Außerdem gab es enorme Widerstände in der Bevölkerung und sogar in der Regierungspartei. Schließlich waren die Kosten wie bei anderen Großprojekten wie Stuttgart21 oder dem Berliner Flughafen explodiert. Im letzten Monat wurde der Bau vorläufig gestoppt. Und an diesem Morgen platzte die Bombe.

»CastleNeo hinterlässt 3,8 Milliarden Euro Schulden. Der Topmanager Christian Hecker ist über Nacht geflüchtet. Nach Auskunft der Staatsanwaltschaft hat er 200 Millionen Euro auf ein Offshore-Konto transferiert.« Wie die Nachrichtensprecherin freundlich vortrug, seien einige Großinvestoren und zahlreiche Kleinanleger um erhebliche Summen geprellt worden. Deren Milliarden waren in den Sand von Neu-Falkenstein gesetzt worden.

Kommissar Popolo wurde abwechselnd heiß und kalt. Er hatte das Gefühl in ein großes schwarzes Loch zu fallen. Deshalb fuhr er an den Straßenrand und stellte den Motor ab. Ihm war, als würde seine Brust zerspringen. Denn einer der geprellten Kleinanleger war er selbst.

Als Laura Groß der Kommissarin die Tür zum Salon öffnete, hatte diese den Sänger und Lola Ries erwartet. Stattdessen sah sie einen großen Mann, der offensichtlich mit einem Dietrich versuchte, die versiegelte Tür zu öffnen.

»Was machen Sie da?«, fragte sie ihn in scharfem Ton.

Schnell drehte sich der Mann um und steckte den Dietrich in die Gesäßtasche seiner Baumwollhosen. Dann nahm er Haltung. »Ich bewundere dieses schöne gelbe Band mit der poetischen Inschrift«, sagte er lächelnd.

»Da steht aber kein Spruch fürs Poesiealbum drauf, sondern ›Kein Zutritt‹. Können Sie lesen?«, fragte Rosen provozierend.

»Mais vraiment«, antwortete der Mann in affektiertem Französisch. »Ich verdiene mein Geld damit.«

»Womit? Mit dem Lesen von Plastikbändern? Anspruchsvolle Tätigkeit. Versuchen Sie's mal mit Packungsbeilagen, das ist Literatur, bei der es wirklich noch um Inhalte geht.«

»Wie geistreich«, meinte er mit der ironischen Arroganz vieler Intellektueller. »Nein, im wahren Leben bin ich Autor.« Er blickte die Kommissarin von oben herab an, als würde er eine Demutsgeste erwarten.

»Im wahren Leben? Und hier sind wir im falschen?« Die Polizistin hielt ihm ihren Dienstausweis unter die Nase. »Wissen Sie, im wahren Leben bin ich Kommissarin Rosen von der Mordkommission, aber hier im falschen Mutter Teresa.«

»Hier ist niemand der, der er zu sein vorgibt«, meinte Ferner sibyllinisch.

»Herr äh … Schwarz hat recht«, wandte die Groß ein. »Deshalb möchte ich Sie bei Ihren Recherchen um größtmögliche Diskretion bitten. Wir haben eine anspruchsvolle Klientel, die nicht noch mehr Publicity verträgt. Man möchte inkognito sein und nicht in den Schlagzeilen.«

»Es genügt, dass die Klinik der Journaille wieder Futter liefert. Schon wieder ein Todesfall, das ist Negativwerbung«, sagte der Mann, der natürlich niemand anderes als Rufus Ferner war.

»Wieso schon wieder einer?«, fragte die Kommissarin nach.

»Vor einem Jahr verstarb hier der Manager von ähm, Hans Meier«, erläuterte der Autor.

»Aber es war kein Mord, er starb an einer Überdosis«, warf die Psychologin ein.

Eine Überdosis in der Entzugsklinik. Welch Ironie, dachte sich die Kommissarin, hier war wirklich das Reich des Scheins.

»Wissen Sie schon Einzelheiten über den grauenhaften Mord an Herr Tobler?«, wollte Ferner wissen.

Irene Rosen nutzte die Gelegenheit, um ihren Lieblingssatz wieder loszuwerden. »Hier stelle ich die Fragen. Woher wissen Sie, dass es ein grauenhafter Mord war?«

»Dazu bedarf es nicht allzu großer Menschenkenntnis. Die Leiche wurde um sechs Uhr morgens von Frau Türün, der Putzfrau, entdeckt und diese schrie so laut ›Man hat ihn abgestochen, man hat ihn abgestochen‹, dass es schwer zu überhören war.«

»Und wo waren Sie zu dem Zeitpunkt?«

»Im Bad, der Körperhygiene halber. Als ich sie so hysterisch schreien hörte, lief ich hinunter und sah nach dem Rechten. Frau Türün war völlig aufgelöst. Ich musste sie beruhigen und verständigte dann die Polizei, wie es sich für einen gesetzestreuen Bürger gehört.« Mit hochgezogenen Augenbrauen blickte er die Kommissarin an.

»Sie warfen keinen Blick in das Zimmer des Toten?«, fragte ihn Rosen skeptisch. Ferner kam ihr so faul vor wie eine Tomate vom letzten Jahr.

»Aber wie denn auch? Ich kümmerte mich um unsere psychisch sehr angeschlagene Reinigungsdame. Ich blieb bei ihr, bis die Polizei eintraf«, beteuerte Ferner.

»Gut, das werden wir nachprüfen.«

»Warum waren Sie eigentlich nicht heute Morgen dabei?«, fragte der Autor die Polizistin spitz.

»Ich arbeite noch an einem anderen Fall.«

»So, wie heißt er denn? Ich hoffe, er ist auch ihr Fall.« Ferner grinste provozierend.

»Was wollen Sie damit andeuten?«, fragte die Kommissarin scharf.

»Nichts, ich bemerke nur, dass Sie noch frisch lackierte Fingernägel haben, ein bisschen Make-up von gestern und einen Hauch von einem Knutschfleck am Hals. Sie sehen zudem etwas verschlafen aus. Ich vermute, Sie hatten gestern ein Date und sind heute nicht aus den Federn gekommen, weil Sie zu lange in selbigen lagen, aber nicht zum Zwecke des Schlafens.«

Treffer und versenkt, dachte sich die Kommissarin, sagte aber nichts dergleichen. »Schluss mit der Märchenstunde, Herr Schwarz oder wie Sie heißen. Mein Privatleben geht Sie gar nichts an. Wo waren Sie zur Tatzeit?«

»Nanana«, Ferner wedelte mit dem Zeigefinger, »so leicht erwischen Sie mich nicht. Woher soll ich den Zeitpunkt des Mordes kennen? Ich war auf jeden Fall ab 20 Uhr auf meinem Zimmer und habe mich der Muse hingegeben.«

»Sie haben also kein Alibi«, sagte Rosen trocken.

»Nun ja, ich könnte mithilfe meines Laptops belegen, dass ich geschrieben habe.«

»Dann müsste ich ja Ihren Laptop zum Verhör mitnehmen«, meinte die Kommissarin ironisch.

»Was wollten Sie in dem Büro, Herr Schwarz?«

»Nichts. Ich wollte nur überprüfen, ob die Tür richtig verschlossen ist. In dem Zimmer ist meine Akte. Und sie enthält kompromittierende Details. Eine Katastrophe, wenn sie in die falschen Hände geriete.«

Irene Rosen war natürlich klar, dass ihr Ferner nur Käse auftischte, aber sie beschloss, ihn sich später vorzuknöpfen.

»Gut. Sie können gehen«, sagte sie und zeigte auf die Tür, doch Ferner setzte sich auf die Couch und nahm eine Zeitschrift.

»Sie gestatten, wenn ich noch etwas hier lese?«

»Ist ja Ihr Beruf«, entgegnete die Kommissarin und ging mit Laura Groß zur versiegelten Tür. Dort hob sie das Absperrband, brach das Siegel und ging hinein. Die Kommissarin studierte erst einmal ausgiebig den Raum. Das Büro war sauber und ordentlich, jede Akte, jeder Stift war an seinem angestammten Platz. Dr. Tobler war mit Sicherheit ein akkurater, wenn nicht sogar penibler Mann. Einzig die weißen Umrisse der Leiche am Boden erinnerten an einen Tatort. Tobler hatte vor dem Schreibtisch gelegen, und das nahezu ausgestreckt auf dem Rücken. Mit dem Kopf Richtung Tür.

»Seltsam«, murmelte die Kommissarin.

»Was ist seltsam?«, fragte Laura Groß, ruderte jedoch gleich wieder zurück. »Entschuldigung, Sie dürfen mir sicher keine Informationen mitteilen.«

»Das ist kein großes Geheimnis, nur eine Beobachtung. Ich vermute, der Mörder war bereits im Zimmer, als Tobler gekommen war.«

»Wie kommen Sie darauf?« Die Psychologin runzelte die Stirn.

»Das verrät mir die Lage der Leiche.« Irene Rosen kniete sich nieder und deutete auf die Umrisse. »Das Opfer stand vor seinem eigenen Schreibtisch, der Täter dahinter, er wurde also vermutlich von Dr. Tobler überrascht.«

»Interessant«, kommentierte Laura Groß fast flüsternd.

»Außerdem hat er seinen Mörder wohl gekannt«, fuhr die

Kommissarin fort, richtete sich aber wieder auf. »Was machen Sie, wenn Sie einen Unbekannten hinter Ihrem Schreibtisch erwischen? Es gibt Ärger, bei Männern vermutlich einen Kampf. Aber schauen Sie sich um – allein der Schreibtisch. Alles ist an seinem Platz und wie mit dem Geodreieck angeordnet, die Tastatur, der Monitor, die Stifte in dem bunten Glasgefäß, das schnurlose Telefon. Und das Foto seiner Frau.«

»Das ist nicht Frau Tobler«, widersprach die Psychologin, »sondern die Freundin des Doktors. Antonia Helmrich.«

Die Kommissarin merkte auf, fragte aber nicht weiter nach. Sie zählte darauf, dass ihr später Popolo die Familiengeschichte haarklein erzählen würde. Außerdem wollte sie sich nicht noch eine Blöße geben. Es war ersichtlich, dass sie ins kalte Wasser gesprungen und kaum vorbereitet war. Sie musterte das Foto von Antonia Helmrich. Es war in einer Weinlaube irgendwo in Südeuropa aufgenommen. Toblers Freundin prostete mit einem Glas Weißwein in die Kamera. Sie hatte braune Haare, die etwas asymmetrisch hinten zusammengebunden waren, und ein offenes, gewinnendes Lächeln. Doch plötzlich hob die Kommissarin den Kopf.

»Haben Sie das gehört?«, fragte sie Laura Groß flüsternd.

»Nein«, antwortete die Psychologin ebenfalls leise.

War es wirklich ein Geräusch oder nur eine Eingebung? Rosen konnte sich bei aller Rationalität auf ihren sechsten Sinn verlassen. Ihrem Bauchgefühl gehorchend schlich sie zur Tür und stieß diese plötzlich auf. Ein dumpfer Schlag ertönte und ein lauter Aufschrei. Grinsend blickte die Kommissarin hinaus und sah, wie sich Ferner die Schläfe rieb.

»Lesen Sie mit den Ohren an der Tür?«, fragte sie spöttisch. »Unter Hörbuch versteht man auf jeden Fall etwas anderes.« Dann wurde sie sachlich, aber im Ton schärfer. »Und jetzt setzen Sie sich bitte auf das Sofa und halten die Füße still.«

Mit schmerzverzerrtem Gesicht folgte er klaglos ihrer Aufforderung. Dann schloss Rosen wieder die Tür. Groß sah sie verwundert an, sagte aber kein Wort.

Die Kommissarin wandte sich wieder dem Tatort zu. In einem Eck stand ein großer Aktenschrank. Rosen nestelte am Griff, er war jedoch verschlossen.

»Darin befinden sich die Patientenunterlagen«, erklärte die Psychologin. »Wenn Sie möchten, kann ich aufsperren.«

»Gern«, entgegnete die Kommissarin. Das war brisantes Material, für die Boulevardpresse und Klatschblätter wären diese Akten Millionen wert gewesen.

»Ich bin mit Ihrem Kollegen heute Morgen den Bestand schon durchgegangen«, erklärte Laura Groß. »Es fehlt nichts und es gibt keinen Hinweis darauf, dass der Schrank gewaltsam geöffnet worden wäre.«

»Ja, ich habe im Bericht schon gelesen, dass die Spurensicherung nur Toblers Fingerabdrücke darauf gefunden hatte«, entgegnete Rosen. »Aber ich möchte gern die Akten der derzeitigen Patienten studieren.«

»Nur die von Dr. Tobler oder auch die von Dr. Wengerbauer? Die beiden Ärzte haben sich die Arbeit geteilt und zweimal wöchentlich die Fälle und die Therapie besprochen«, erläuterte Laura Groß.

»Gut. Ich denke, ich werde mir alle anschauen, wenngleich für uns wohl nur die von Dr. Tobler wichtig sind. Wie viele sind es momentan?«

»Jeder der Ärzte hatte vier Fälle.«

»Na, das ist ja überschaubar«, sagte die Kommissarin.

Groß suchte die Akten heraus und verschloss dann wieder den Schrank. Mit diesen ging sie in die Verwaltung, um Kopien für die Kommissarin zu machen.

Diese studierte in der Zwischenzeit weiter das Büro. An den Wänden hingen zwei Ölgemälde aus dem 19. Jahrhundert. Eines zeigte Bacchus, den römischen Weingott, das andere eine Ansicht vom Starnberger See, eine hochsommerliche Szene mit zahlreichen Booten. Hinter diesem Bild befand sich ganz klassisch der Tresor. Tobler war zweifellos ein Mann mit Traditionsbewusstsein. Die Kommissarin zückte dessen Schlüsselbund und sperrte auf.

Der relativ kleine Tresor war innen mit blauem Samt überzogen. Im oberen Fach lagen ein paar Bündel Geld. Rosen nahm sie heraus. Es waren 50- oder 100-Euronoten, alles in allem rund 20 000 Euro. Unterhalb der Scheine lagen einige Dokumente. Die Kommissarin nahm sie heraus, um sie zu studieren. In dem Moment kam Laura Groß zurück.

»In 15 Minuten sind die Akten kopiert«, sagte die Psychologin.

»Schön«, entgegnete die Kommissarin. Dann zeigte sie auf die Papiere. »Ich bin so frei. Das wird meine Gute-Nacht-Lektüre.«

Das untere Fach war leer. Irene Rosen ließ ihren Blick langsam darüber gleiten, konnte aber keine Hinweise entdecken, dass etwas entwendet worden war. Keine Abdrücke, keine Spuren.

»Fehlt etwas?«, fragte sie sicherheitshalber.

»Es tut mir leid, Frau Rosen, aber ich kenne den Inhalt von Herrn Toblers Tresor nicht«, lautete die wenig überraschende Antwort von Laura Groß.

Doch die Kommissarin war stutzig. Warum hatte Tobler Dokumente und Geld oben aufeinandergestapelt, während unten alles leer war? Das passte nicht zu einem so ordentlichen und aufgeräumten Menschen. Sie war sich sicher, dass etwas im untersten Fach gelegen hatte. Nur was, war die Frage. Und wer hatte es entnommen?

Als Ferner seine Beule an der Schläfe wachsen spürte, betrat zum zweiten Mal an diesem Morgen Diana Hofer den Salon.

Sie war zwar immer noch auf der Suche nach der verlorenen Brille, musste sich aber nicht mehr auf ihren Tastsinn verlassen. Dafür hielt sie sich ein Auge zu.

»Üben Sie für eine Rolle als schöne Zyklopin?«, fragte sie Ferner.

»Geht Sie nichts an«, murmelte Hofer. Sie konnte Ferner nicht leiden. Aber ihr war an diesem Morgen nicht nach Streit. »Ich habe nur eine Kontaktlinse gefunden und suche meine Brille.«

»Ach, diese elegante Gucci-Brille. Bestimmt ein Unikat. Wäre viel zu schade, wenn die Polizei sie fände. Und das auch noch an einem so prekären Ort. Einem Tatort vielleicht?«

Das Model war wie vom Blitz getroffen.

»Haben Sie sie gesehen?«, fragte sie schwer atmend.

»Möglicherweise.« Ferner genoss es, sie zappeln zu sehen, und tat so, als würde er ungeniert weiter den Spiegel lesen.

»Wo, zum Teufel?« Hofer riss ihm das Magazin aus der Hand und blickte ihn mit rotem Kopf an.

»In dem Kämmerchen, in dem sich gerade die Polizei tummelt.« Ferner wies mit dem Kopf auf den Tatort. Hofer sah auch mit einem Auge, dass das Absperrband abgenommen worden war.

»Scheiße«, fluchte sie verzweifelt, »dann werden sie die Bullen finden und …«

»Unwahrscheinlich«, meinte Ferner und blickte das Model mit hochgezogenen Augenbrauen an.

»Und warum nicht?«, fragte Hofer gereizt.

»Darum.« Ferner zog die Brille aus seiner Westentasche und setzte sie sich auf. »Sie haben aber wirklich schlechte Augen. Ich sehe gar nichts mehr.«

»Gott sei Dank«, stöhnte Hofer erleichtert auf.

»Dem würde ich nicht danken, eher mir.« Der Schriftsteller nahm die Brille wieder ab und steckte sie ein.

»Dann eben Ferner sei Dank. Geben Sie sie mir!«

»Moment. Nichts ist umsonst im Leben.« Ferner stand auf. Er überragte das Model um mehr als einen Kopf.

»Haben Sie eine Ahnung, was alles umsonst in meinem Leben ist. Die Drogen, das Saufen, sogar das Essen«, sagte Hofer mit heiserer Stimme.

»Tatsächlich. Ich dachte, bei euch Models wäre gerade die Nahrungszufuhr der geringste Posten.«

»Leck mich.« Das Model hatte die Schnauze von Ferner so voll, dass sie ihm am liebsten eine geklebt hätte. Aber sie wollte etwas von ihm, und da wäre eine Ohrfeige töricht gewesen.

»Darauf verzichte ich gern, Frau Hofer. Ich verlange allerdings eine andere Gegenleistung. Quid pro quo.« Ferner ließ gern seine Bildung heraushängen, das Model aber verdrehte nur genervt die Augen.

»Mann, laber nicht. Was wollen Sie?«

»Schweigen gegen Schweigen.« Zur Verdeutlichung legte der Schriftsteller seinen Zeigefinger auf den Mund.

»Kein Problem, ganz ehrlich, das Gequatsche mit Ihnen ist so ätzend, dass ich liebend gern schweige.« Hofer blickte ihn mit zusammengekniffenen Augen an.

»Diana, wir bewohnen beide derzeit als einzige den Westflügel. Und ich habe gestern Abend nichts gesehen und nichts gehört.«

»Das freut mich.« Diana Hofer dämmerte es langsam, worauf Ferner hinaus wollte.

»Und eine selbige Sinnesverstopfung erwarte ich auch von Ihnen.«

»Ach«, sagte Hofer lächelnd, »dann waren Sie es, der Tobler die Hand mit 'nem Metzgermesser aufgeschlitzt hat.«

»Es handelte sich um eine Damaszenerklinge aus dem 14. Jahrhundert, aber Diana, Sie verstehen nicht, Sie kennen keine Handverletzungen, wenn ich diese Brille nicht kennen soll.«

Hofer nickte. »Okay. Ich kenne kein Schwert.«

»Und niemand war gestern bei mir auf dem Zimmer.« Ferner machte die drei bekannten Affen nach, indem er sich die Augen, die Ohren und den Mund zuhielt. Und Hofer machte ihn nach. Sie hatte nichts gesehen, nichts gehört und könne folglich nichts erzählen. Zum Dank erhielt sie ihre Brille, die sie sich erleichtert aufsetzte.

»Hey, da ist ja ein falsches Glas drin«, monierte Hofer.

»Sie haben noch die Kontaktlinse im Auge«, klärte sie Ferner spöttisch lächelnd auf. Er sah sich wieder einmal darin bestätigt, wie strohdumm doch diese Models und Glamourgirls waren. Und Hofer sah sich darin bestätigt, dass Ferner ein arroganter Widerling war. Aber der Zweck heiligt das Bündnis.

Der Einfachheit halber hielt sich Diana Hofer nun das andere, das mit Linse und Brille doppelt geschärfte Auge zu. Doch genau in dem Moment, als sie im Gehen begriffen war, verließen die Kommissarin und Laura Groß den Tatort. Irene Rosen war bei ihrem Anblick wie vom Blitz getroffen.

»Sie …«, entfuhr es der Kommissarin prompt. Die Polizistin hatte es befürchtet. Vorletzte Woche stand auf der Seite mit Vermischtem, dass Diana Hofer wieder mal auf Entzug sei. Und so groß war die Auswahl an Kliniken nicht.

»Kennen wir uns?«, fragte Hofer überrascht.

»Ich meine, Sie … Sie haben wohl was am Auge.« Die Kommissarin merkte, wie sie zitterte, wie ihre Hände feucht wurden.

»Nur die Linse.«

»Linsen und Brille? Doppelt hält besser?« Irene Rosen versuchte, ihre Beklemmung mit Humor zu überspielen.

»Wenn mal was kaputtgeht«, meinte Hofer lapidar.

»Dann können Sie auch gleich zwei Hosen anziehen«, entgegnete die Kommissarin ironisch.

Mit einem abfälligen Blick verschwand Diana Hofer, ohne zu grüßen. Irene Rosen aber spürte einen Druck auf ihrer Brust, als würde ein Panzer darauf parken. Sie konnte Diana Hofer nicht aus dem Weg gehen. Sie musste das Model vernehmen. Da gab es kein Entrinnen. Die Vergangenheit würde sie einholen. Eines der dunkelsten Kapitel ihrer Vergangenheit.

»Geht es Ihnen nicht gut?« Laura Groß spürte das Unbehagen der Polizistin.

»Nein, alles in Ordnung. Eine Tasse Kaffee wäre nicht schlecht.«

»Die hole ich Ihnen gern«, entgegnete die Psychologin und verließ den Raum.

Plötzlich wurde es still in dem Salon. Ferner las das Nachrichtenmagazin, die Kommissarin grübelte über ihren nächsten Schritt, beschloss dann, systematisch mit den Vernehmungen zu beginnen.

»Herr Schwarz oder wie Sie auch heißen mögen, ich hoffe, Ihr kleiner Zusammenstoß mit der Tür hat nicht zu einem temporären Gedächtnisverlust geführt. Ich möchte Ihnen nämlich ein paar einfache Fragen stellen. Fangen wir mit der allereinfachsten an: Wer sind Sie? Und sollte es die Klinik bedingte Schizophrenie erlauben, wer sind Sie im realsten Ihrer Leben?«

»Wer bin ich?«, hob Ferner an, ohne von seiner Zeitschrift aufzusehen. »Die tiefste aller philosophischen Fragen, schon Kant hat …«

Die Kommissarin war darauf gefasst, dass er mit seinem Gewäsch ankäme. Kurzerhand nahm sie ihm den Spiegel weg.

»Wir lassen jetzt den Herrn Kant Immanuel sein und beantworten wie jeder andere gesetzestreue Bürger auch brav und nett die Fragen deines Freund und Helfers.« Rosen blickte ihn lächelnd an und fuhr in ruhigem, aber sehr bestimmtem Ton fort. »Ansonsten schleppe ich Sie zum Kreuzverhör aufs

Revier. Danach wird Ihr helles Köpfchen schmerzen, dass Ihnen nicht mal eine Tonne Aspirin hilft.«

»Ihre Argumentation ist schlicht, aber überzeugend.« Ferner stand auf, doch die Kommissarin wies ihn an, sich zu setzen, und holte sich selbst einen Sessel heran. Vernehmungen und Verhöre führte sie am liebsten entspannt im Sitzen ohne einen Tisch dazwischen.

»Ich bin der Schriftsteller Rufus Ferner. Vielleicht haben Sie ja etwas von mir gelesen«, stellte er sich bereitwillig vor.

Gott sei Dank nicht, dachte sich die Kommissarin, schluckte aber die Provokation hinunter. Ferner gab sich kooperativ, das durfte sie nicht durch Ironie gefährden. Er erzählte von sich und seinen Büchern.

»Mit ›Rückkehr des Inka‹ schaffte ich den internationalen Durchbruch. Haben Sie's gelesen?«

»Nein, aber davon gehört.« Man hätte in einem Paralleluniversum leben müssen, um diesen internationalen Bestseller nicht zu kennen.

»Der Inka lebt.« Ferners Stimme hob an, seine Augen begannen zu leuchten. »Die Bruderschaft der Blutenden Herzen hat ihn über die Jahrhunderte am Leben gehalten und wartet auf den günstigen Moment, ganz Amerika zurückzuerobern und die weißen Teufel ins Meer zu werfen.«

»Die Spanier werden sich freuen, wenn sie ein paar hundert Millionen Salsa-Tänzer aufnehmen müssen.« Die Kommissarin konnte sich den Scherz einfach nicht verkneifen.

»Sie lachen?« Ferner blickte die Kommissarin mit funkelnden Augen an. »Ich habe Beweise, erdrückende Beweise.« Für den Großteil seiner treuen Leserschaft waren Ferners Thriller nichts als spannende Unterhaltungsromane, für den Autor selbst und einen kleinen Zirkel aber waren es Bücher, die Weltverschwörungen aufdeckten und Einblicke in die geheimsten Zusammenhänge boten.

»Ist in Ordnung, ich will hier nicht mit Ihnen Ihre Theorien diskutieren.« Abwehrend hob die Kommissarin die Hände. »Kommen wir deshalb lieber zu den Fakten. Warum sind Sie hier?«

»Die Flasche«, meinte Ferner wenig überzeugend.

»Sie sehen nicht wie ein Säufer aus«, entgegnete Irene Rosen skeptisch.

»Ich weiß nicht, wie Säufer aussehen, aber ich habe nicht aus purer Sucht getrunken, ich habe das Dionysische gesucht, das Rauschhafte, die Erkenntnis des Göttlichen im Wein.«

»Jetzt verstehe ich auch, warum die in der Kirche Messwein trinken und nicht Karamalz«, kommentierte die Kommissarin ironisch. Alkoholismus als spirituelle Erfahrung, diesen Quatsch konnte er seiner Urgroßmutter auftischen.

»Ratio und Rausch sind zwei Seiten einer Medaille.«

»Dann bin ich aber sehr einseitig veranlagt«, sagte Irene Rosen, obwohl es nicht stimmte, wenn sie an die letzte Nacht dachte.

»Die Wahrheit erkennt nur der, der das Dionysische mit dem Apollinischen verbinden kann, das Wilde mit dem Gezähmten.« Der Schriftsteller gab sich als gelehriger Nietzsche-Schüler zu erkennen.

»Warum wollen Sie dann trocken werden, wenn Sie schon so auf die Philosophie des Saufens stehen?«

»Das Gleichgewicht ging verloren, die Bestie Alkohol hat die Oberhand gewonnen.« Die Kommissarin wusste nicht, welcher Ferner ihr lieber war, der nüchterne Autor oder die berauschte Bestie, sie glaubte ihm aber kein Wort.

»Sie behaupten also, dass Sie gestern Abend ab 20 Uhr auf Ihrem Zimmer waren.«

»Richtig. Ich habe mich meinen Studien gewidmet«, antwortete Ferner und beugte sich nach vorne, als wolle er ein Geheimnis verraten. »Ich arbeite nämlich an einem neuen Buch.«

»Ja, was ist es denn diesmal? Die Rückkehr von Odin und Konsorten? Thor, der Behämmerte ist wieder da und wirft alle Christen aus Norwegen raus?« Die Kommissarin konnte sich den Scherz nicht verkneifen und musste selbst ein wenig über ihre Frotzelei lachen. Dabei wusste sie, dass ihre spitze Zunge eine ihrer größten Schwächen als Polizistin war, wenn nicht sogar ihre größte.

»Nein, ich schreibe einen Krimi«, entgegnete Ferner kühl. Er reagierte gelassen auf den Spott. »Und lachen Sie nur über mich. Es gibt viele Zeichen, die nur die Sehenden zu entziffern vermögen, den Blinden bleiben sie verschlossen.«

»Wissen Sie, mit Mystizismus und Verschwörungstheorien habe ich's nicht so, seit Elvis von Außerirdischen entführt wurde.« Irene Rosen war richtig in Fahrt und hätte sich vermutlich ein verbales Scharmützel geliefert, wäre nicht Laura Groß mit dem Kaffee erschienen. Etwas ungelenk trug sie die Tasse, während ihres Studiums schien sie nicht in der Gastronomie gejobbt zu haben, und stellte sie auf dem Tischchen vor dem Sofa ab, dass ein paar Tropfen überschwappten.

»Danke«, sagte die Kommissarin und wandte sich dann wieder Ferner zu. »Gut, sprechen wir lieber über die Mordnacht als über Ihre Bücher. Herr Ferner, gehe ich recht in der Annahme, dass es für Ihre nächtlichen Studien keine Zeugen gibt?«

»Im Erkennen sind Sie vielleicht ein Laie, im Annehmen eine große Meisterin.« Der Schriftsteller hatte seine arrogante Selbstsicherheit wieder gewonnen.

Die Kommissarin schluckte die Provokation wie den Kaffee hinunter. »Haben Sie etwas Verdächtiges gehört oder gesehen?«

»Nein.«

»Dachte ich's mir doch. Und schon wieder eine richtige Annahme.«

»Gehört habe ich natürlich schon etwas. Die Brandenburgischen Konzerte, eingespielt von Masaaki Suzuki und seinem Bach Collegium Japan. Von höchster technischer Brillanz. Sollten Sie unbedingt hören.« Dann summte Ferner den ersten Satz des ersten Konzerts und dirigierte ein fiktives Orchester, dass jedem Luftgitarristen die Spucke weggeblieben wäre.

»Danke«, entgegnete Rosen. »Aber ich höre lieber anderes. Geständnisse zum Beispiel. Die sind meine Lieblingsmusik. Eingespielt von Irene Rosen und ihrem Polizeikollegium. Ein Hochgenuss. Sie dürfen gehen, Herr Ferner, und auf Ihrem Zimmer weiterdirigieren.«

Mit einem Kopfnicken stand er auf. »Ich stehe Ihnen jederzeit zur Verfügung.« Dann ging Ferner ab.

»Frau Groß«, seufzte die Kommissarin, »ich frage mich ernsthaft, wer von uns die sympathischere Klientel hat.«

»Sie meinen, wer sympathischer ist: Ihre Mörder oder meine Promis?«, fragte die Psychologin irritiert nach.

»Exakt. Was halten Sie von ihm?« Die Meinung einer Psychologin war für die Polizistin aufschlussreich.

»Er ist hochintelligent, zweifellos. War wohl schon immer ein Einzelgänger, der sich früh gegen die Eltern auflehnte. Viel weiß ich nicht über seine Biografie. Er hält sich ziemlich bedeckt.«

»Er liebt eben das Mystische«, sagte die Kommissarin und trank ihren Kaffee aus.

»Nur eines weiß ich sicher: Ihm ist nicht zu trauen. Wissen Sie, in der Psychologie hält man heute Pessimisten wie ihn für die realitätsnäheren Menschen. Man sagt, sie neigten weniger zu Lügen, vor allem zu den kleinen Lebenslügen, die uns allen das Dasein erleichtern.«

»Das haben Sie aber schön gesagt.«

Beim Thema Lebenslügen traf die Psychologin einen wunden Punkt. Als Dauersingle sagte sich Irene Rosen auch immer, wenn sie nicht so viel arbeiten würde, dann hätte sie sofort wieder einen neuen Mann, wohl wissend, dass sie ihre Arbeitszeiten selbst besser steuern könnte.

»Ferner ist Pessimist, aber er lügt«, fuhr die Psychologin fort. »Er ist kein Alkoholiker. Alle Tests und Blutwerte haben ergeben, dass er ein Simulant ist, und kein guter dazu.«

Die Kommissarin horchte auf.

»Warum ist er dann hier? Die Tage in einer Entzugsklinik sind ja nicht gerade Ferien auf dem Bauernhof.«

»Und auch nicht billig«, wandte Laura Groß ein. »Ich kann nur spekulieren, aber er und Tobler kannten sich bereits. Das war bei ihrem ersten Treffen deutlich zu spüren, nur nach außen hin ließen sie sich nichts anmerken. Ich glaube, Ferner wollte ihn zur Rede stellen, ich weiß aber nicht, worum es ging.«

Das war eine Spur, dachte sich die Kommissarin. Sie hatte Ferner von Anfang an misstraut.

8

Andrea Popolo war überrascht. Überrascht, wie viel man ihm, dem Anfänger, bereits zutraute. Und überrascht, wie wenig bürokratisch die anderen Polizisten zu Werke gingen. Kommissar Obermeier winkte gleich ab, als Popolo einen schriftlichen Bericht ankündigte.

»Ich bevorzuge mündliche Berichte«, sagte er trocken. »Lesen ist so anstrengend.«

So erzählte ihm Popolo von seinen Recherchen bei der Witwe und dem Rechtsanwalt. Dass Lolita Tobler eine erotische Atombombe war, verschwieg der junge Polizist geflissentlich.

»Die Witwe spricht von einem Testament, obwohl es gar keins gibt«, murmelte Obermeier und rieb sich das Kinn. »Seltsame Sache. Wie erklärst du dir das?«

»Im Moment noch gar nicht«, gestand Popolo.

»Schön. Dann bist du ja aufgeräumt.« Obermeier drehte sich auf seinem Stuhl und wandte sich wieder dem Computer zu. Popolo war sich nicht sicher, aber er hatte beim Eintreten einen kurzen Blick auf den Monitor werfen können und glaubte, eine Variante Solitaire darauf entdeckt zu haben. Der junge Polizist räusperte sich.

»Was gibt's noch, Andrea?«, fragte Obermeier und blickte seinen Kollegen über den Rand seiner Lesebrille an.

»Verzeihung, aber was soll ich nun tun?«, fragte Popolo, obwohl es ihm sichtlich peinlich war.

Obermeier lehnte sich weit zurück und lachte. »Hach, die Jugend. Was gäbe ich drum, noch mal so jung zu sein.« Dann ging sein Blick hoch an die Decke. Mit der Antwort konnte Popolo herzlich wenig anfangen, aber er wollte nicht noch einmal fragen und verzog sich.

Da er noch keinen eigenen Arbeitsplatz hatte, wies man ihn ins Büro von Irene Rosen, was Popolo erst äußerst unangenehm war, hatte er doch das Gefühl, in die Privatsphäre seiner ersten Chefin einzudringen. Doch das Zimmer war spartanisch eingerichtet. An den Wänden standen Aktenschränke, darüber hingen Polizeiplakate. Selbst auf dem Schreibtisch standen kaum persönliche Gegenstände. Die beiden Bilderrahmen hätte Popolo umdrehen müssen, um die Fotos zu erkennen, was er natürlich unterließ. Mit gewissem Amüsement entdeckte er eine Comicfigur neben dem PC, einen fetten Kater, der ihm allerdings nichts sagte.

Niemals hätte sich Popolo auf den Stuhl der Kommissarin gesetzt. Das wäre respektlos gewesen. Doch zwei Mitarbeiter beim Dezernat stellten ihm einen Laptop zur Verfügung, für den sie ihm einen kleinen Platz vor Rosens Monitor freiräumten.

So fühlte sich Popolo etwas wohler. Er nahm sein Handy und studierte seine Aufzeichnungen. Stift und Zettel benutzte er für Notizen schon seit Jahren nicht mehr. Schnell stolperte er über einen Namen. Antonia Helmrich. Wenn jemand Bescheid wüsste über ein Testament, dann die aktuelle Herzensdame des Opfers. Sie musste er ausfindig machen. Da es dem Internet zufolge nur eine Ärztin mit diesem Namen gab, gestaltete sich die Suche leichter als erwartet. Sogar ihre Handynummer fand er auf einem Portal.

Popolo rief prompt an. Er vernahm eine helle, selbstbewusste Stimme, die sich jedoch schnell eintrübte. Antonia Helmrich, die auf einem Ärztekongress in Lissabon weilte, hatte noch nicht vom Tod ihres Freundes gehört. Obwohl Popolo die Feinfühligkeit in Person war, flossen bei der Ärztin die Tränen.

»Ich weiß, wie Ihnen zumute ist«, sagte Popolo mit Trauer in der Stimme, »und rufe zu einem späteren Zeitpunkt an.«

»Nein«, schluchzte Antonia Helmrich. »Ich komme mit dem nächsten Flugzeug.« Dann beendete sie das Telefonat.

Irene Rosen hatte in der Zwischenzeit mit Laura Groß über die anderen Patienten gesprochen und diese in den Salon rufen lassen. Lola Ries und Tommy Martin erschienen im Doppelpack.

»Sie wollten uns sprechen?«, fragte Martin kühl. Er lehnte es ab, sich zu setzen und machte deutlich, wie wenig er an einer Vernehmung durch die Polizei interessiert war.

»Ja. Sie sind Tommy Martin und Lola Ries?«

»Nein, ich bin Hans Meier«, widersprach Martin schroff.

»Und ich Greta Garbo.« Die Diva musterte die Polizistin abschätzig.

»Klar, und ich bin Inspektor Columbo«, entgegnete Irene Rosen genervt.

»Frau Rosen«, schaltete sich Laura Groß ein, »hier hat jeder sein Pseudonym. Damit wahren wir die Diskretion. Das hat Herr Ferner vorhin auch gemeint, als er sich als Herr Schwarz ausgab. Aber diese Regelung gilt natürlich nicht für Sie. Herr Martin, Frau Ries, das ist Kommissarin Rosen, sie leitet die Ermittlungen im Mordfall Tobler. Es wäre wichtig, wenn Sie ihre Fragen beantworten.«

»Sehr erfreut«, meinte der Popstar und gab der Kommissarin wie zur Versöhnung die Hand. Millionen Frauen auf der ganzen Welt wären dabei in Ohnmacht gefallen, die Kommissarin wunderte sich nur über seinen laschen Händedruck.

»Also, was gibt's Schätzchen, ich habe nicht den ganzen Tag Zeit, ich muss eine neue Rolle einstudieren.« Lola Ries blieb bei ihrem nassforschen Ton.

»Wie Sie wissen, wurde Herr Tobler gestern Abend ermordet«, fuhr die Polizistin fort, wurde aber sofort unterbrochen.

»Ja«, quäkte Lola Ries, »langweilen Sie uns nicht mit dem,

was wir wissen. Kommen Sie zur Sache. Was hat er eigentlich gestern Abend hier gesucht?«

»Wieso?«, fragte die Kommissarin überrascht zurück.

»Weil er Montag abends um sechs immer zum Kegeln geht und erst am nächsten Tag kommt. Und dann mit einer ziemlichen Fahne, dafür hab ich ein Näschen«, antwortete Ries patzig.

»Oh ja«, bestätigte Martin, »Lola riecht eine Schnapspraline zehn Meter gegen den Wind.«

»Bin ein kleines alkoholisches Trüffelschweinchen.« Ries gluckste auf, sodass man erahnen konnte, wie viele Liter Sprit diese Kehle schon hinuntergeflossen waren. »Aber wussten Sie das mit Toblers Kegelabend nicht?«, fragte sie die Kommissarin vorwurfsvoll.

»Nein, ich hatte noch …«, versuchte diese sich zu rechtfertigen, aber Lola Ries fiel ihr ins Wort.

»Dann machen Sie doch erstmal Ihre Hausaufgaben und recherchieren ein bisschen, bevor Sie uns hier aufmarschieren lassen. Ich komme mir ja vor, wie in einem schlechten Agatha Christie-Film.« Theatralisch schwang sie die Arme und blickte genervt zur Decke.

»Stimmt das mit dem Kegeln?«, fragte die Kommissarin Laura Groß.

»Ja, Herr Tobler ging seit Jahren montags gegen 18 Uhr aus dem Haus und kam erst am nächsten Morgen wieder. Gestern muss er aus irgendeinem Grund nach 20 Uhr zurückgekommen sein.«

»Also«, fragte Ries genervt, »können wir jetzt gehen?«

»Nichts da«, sagte Irene Rosen bestimmt, »zu meinen Hausaufgaben zählt auch diese Frage: Was haben Sie gestern Abend ab 20 Uhr gemacht?«

Lola Ries lachte frivol auf und machte ein entsprechendes Gesicht. »Tommy war bei mir, die ganze Nacht«, hauchte sie und ihr Gesicht spannte sich wie ein Segel im Orkan.

»Sie wollen also ernsthaft behaupten, sie hätten die Nacht miteinander verbracht?«, fragte sie die beiden skeptisch.

»Ja, aber mit Karten spielen und Fernsehen«, gestand Martin.

Ist schon klar, dachte sich die Kommissarin, der weiß genau, dass ich ihm die Sex-Nummer mit der gealterten Diva nicht abkaufen würde. Offensichtlich hatten es beide nötig, sich ein Alibi zu geben.

»Haben Sie irgendetwas gesehen oder gehört?«

»Ja. ›Zur Sache, Schätzchen‹ haben wir gesehen«, sagte Lola Ries zum ersten Mal in normalem Ton. »Mit dieser Uschi Glas. Wussten Sie, dass eigentlich ich für diese Rolle vorgesehen war?« Lola Ries erwartete wohl Nachfragen, weshalb sie doch nicht in dem Film mitgespielt hatte, aber niemand tat ihr den Gefallen.

»Ich meine, haben Sie etwas außerhalb Ihres Zimmers gesehen oder gehört«, konkretisierte die Kommissarin ihre Frage.

»Ja, die Vöglein zwitscherten und die Grillen zirpten«, meinte Lola Ries provozierend.

»Etwas, das mit dem Mord zu tun haben könnte«, sagte die innerlich schon kochende Kommissarin bestimmt.

»Drücken Sie sich doch verdammt noch mal genauer aus.« Plötzlich wurde die Schauspielerin laut und grob. »Nein, ich hab verflucht noch mal nichts gehört und gesehen.«

»Ich auch nicht.« Martin zuckte mit den Schultern.

Irene Rosen holte einmal tief Atem, um sich zu beruhigen. Das Verhalten der alten Diva brachte sie auf die Palme, doch sie versuchte, die Contenance zu bewahren.

»Okay«, sagte Irene Rosen. »Warum sind Sie hier?«

»Ohne meinen Anwalt muss ich so etwas nicht sagen.« Ries stellte sich wie erwartet stur.

»Meine Gründe standen vor drei Wochen in jeder Zeitung. Können Sie gern nachlesen.« In Martins Gesicht konnte man erkennen, wie sehr ihn seine mediale Dauerpräsenz nervte. Er war der Prototyp des Superstars, der in jungen Jahren alles tat, damit er auch im letzten Winkel dieses Planeten bekannt war. Und kaum hatte er dieses Lebensziel erreicht, spürte er, wie einen der völlige Verlust der Privatsphäre in der Öffentlichkeit terrorisieren konnte und er versteckte sich hinter Sonnenbrillen und sogar falschen Bärten. Er hatte schon öfter als einst der bayerische König Ludwig II., der sich Wagneropern in leeren Theatern vorspielen ließ, Kinos für Privatvorstellungen angemietet. Das war der Preis des Ruhms.

Andrea Popolo legte ein Dossier über das Opfer an. Er saugte alles aus dem Internet, was er bekommen konnte, und ordnete es streng chronologisch. Allerdings blieb die Suche mühselig. Dr. Tobler stand offensichtlich nicht gern in der Öffentlichkeit. Er bediente zwar die klassischen sozialen Medien, postete aber nur selten die eine oder andere Meldung, und nie Privates. Für einen jungen Mann wie Popolo war das erst einmal suspekt. Warum gab er nichts von sich preis? Dabei hatte er 567 Facebook-Freunde und 322 Follower auf Twitter. Hatte Tobler Geheimnisse?

Von seiner Hochzeit vor gut fünf Jahren wurde in den Klatschblättern freilich ausführlich berichtet. Von Bunte bis InStyle, von Gala bis Echo der Frau, alle durften das glücklich strahlende Paar ablichten und Promis zählen. Eine illustre Gesellschaft hatte sich eingefunden. Wenn der Drogenschutzbeauftragte der Schönen und Reichen sein Ja-Wort gab, musste, durfte man nicht fehlen. Eine ganze Zenturie aus Schauspielern, Sängern und Wirtschaftsbossen feierte mit und lächelte mit gebleichten Zähnen in die Kameras. Andrea Popolo kannte viele der Hochzeitsgäste, zumindest vom Hörensagen. In einem Onlinemagazin fand er sogar eine vollständige Liste mit den Anwesenden. Sicherheitshalber ging er sie durch und stieß auf ein paar wenige Namen, die er nicht zuordnen konnte. Diese prüfte er sogleich und machte sich Notizen. Ungewöhnlich war die Anwesenheit von keinem der Gäste. Ungewöhnlich war lediglich, dass sich einer der Hochzeitsgäste derzeit im Katharsis befand.

Kommissarin Rosens Nerven waren bereits überstrapaziert, als Rufus Ferner in den Salon kam. Er hatte Diana Hofer, sie trug diesmal Brille, im Schlepptau. Willfährig hatte er ihr mitgeteilt, die Polizei wünsche alle Patienten zu vernehmen.

»Sie wollten mich sprechen?«, hauchte das Model mit ihrem dünnen Stimmchen, dem etwas Leidendes anhaftete.

Für die Kommissarin antwortete Lola Ries, deren Tonfall nachäffend. »Ja. Wo waren Sie gestern ab 19 Uhr?«

»Die Fragen stelle ich hier.« Die Floskel kam immer weniger überzeugend. Die Kommissarin spürte, wie sie weiche Knie bekam. Und wie schwer es ihr fiel, kontrolliert und souverän zu bleiben.

»Miss Marple bellt.« Lola Ries ließ nicht locker und schnitt eine Hundefratze, die eindeutig Irene Rosen persiflieren sollte.

»Ich war auf meinem Zimmer«, sagte Hofer kurz angebunden.

»Und was haben Sie da Unanständiges getan?« Wieder parodierte Lola Ries die Kommissarin.

»Schluss jetzt.« Irene Rosen schlug mit der flachen Hand auf den Tisch, dass die Kaffeetasse umfiel. »Ries, Sie haben Sendepause.«

»Die hat sie doch schon seit Jahren«, stichelte Diana Hofer.

»Weil das Programm übervoll mit talentfreien Dummerchen wie dir ist«, entgegnete Lola Ries.

Die Kommissarin bat noch einmal energisch um Ruhe. »Bitte sprechen Sie nur, wenn Sie gefragt werden.« Dann wandte sie sich wieder dem Model zu. »Also, was haben Sie gestern Abend gemacht?«

»Ich habe ferngesehen«, entgegnete Diana Hofer.

»Und was?« Irene Rosen ließ nicht locker.

»Bestimmt Home Shopping Europe.« Ries hatte ein zweites Opfer ihrer Bosheiten gefunden. Genau genommen hatte sie sich seit Tagen auf das Model eingeschossen. »Der neue Bauch-Beine-Po-Trainer für nur noch 999 Euro«, sagte sie mit affektierter Stimme. »Diana steht auf Dauerwerbesendungen, die entsprechen ihrem intellektuellen Niveau.«

»Du Aas«, zischte Hofer voller Abscheu. Dann blickte sie kurz Ferner an. »Nein, ich habe ›Die Vögel‹ gesehen.«

»Mit Vögeln kennst du dich ja aus.« Für Lola Ries derben Humor war kein Wortwitz zu abgedroschen.

»Ein Hitchcock-Klassiker, in dem eine Kleinstadt von Vögeln attackiert wird. Mit Rod Taylor und Jessica Tandy.«

Die Kommissarin runzelte die Stirn. So etwas sagte kein Mensch, das war auswendig aus der Fernsehzeitung gelernt. Und Ferner hatte ihr den Tipp gegeben, sich dieses Alibi zuzulegen. Deshalb hatte sie ihn kurz angesehen, um sich zu vergewissern. Die beiden steckten möglicherweise unter einer Decke. Leider oder auch zum Glück war Diana Hofer eine schlechte Lügnerin.

»Wussten Sie, dass ich in der Bühnenfassung von ›Die Vögel‹ die Hauptrolle gespielt habe?«, warf Lola Ries in die Runde.

»Ja, du hast die Rolle des Aasgeiers gespielt.« Hofer führte den Zickenkrieg weiter.

»Lieber ein Aasgeier als ein Hühnerbrüstchen«, entgegnete die Schauspielerin abschätzig.

»Schluss jetzt mit dem Gezänk.« Die Kommissarin versuchte ein weiteres Mal, ein Machtwort zu sprechen.

»Hey Schätzchen, runter vom Gas.« Lola Ries ließ sich von Polizisten nicht beeindrucken oder maßregeln. In der Hackordnung kam sie lange vor jedem Uniformierten.

»Nennen Sie mich nicht Schätzchen, sonst bekommen Sie eine Anzeige wegen Beamtenbeleidigung.« Der Kommissarin war klar, dass dieses ultimative Mittel ein Eingeständnis war, sich nicht durchsetzen zu können. Es war wie in der Schule. Nur Lehrer, die sich nicht anders zu helfen wussten, gaben lauten Schülern einen Verweis.

»Dann vibriere ich aber vor Angst und verspreche, ich bin ab jetzt eine brave Lola und mache alles, was Sie wollen, Schatzilein.« Provozierend blickte die Schauspielerin Irene Rosen an. Allein ihr Grinsen wirkte schon wie ein ausgestreckter Mittelfinger.

Es war schon schlimm genug, dass Lola Ries die Autorität der Polizistin untergrub, da tat sich eine zweite Front auf.

»Jetzt ist mir wieder eingefallen, warum Sie mir so bekannt vorkommen.« Diana Hofers Gedächtnis war offensichtlich von den Drogen noch nicht vollkommen zersetzt.

Irene Rosen schnürte es die Kehle zu. An diese Geschichte wollte sie nicht mehr erinnert werden, und schon gar nicht in dieser heiklen Situation.

»Kann sein, das spielt jetzt keine Rolle.« Die Kommissarin machte eine abweisende Handbewegung und wollte schnell zur Tagesordnung übergehen, doch Hofer ließ nicht locker.

»Ich hab vor ein paar Jahren mit ihrem Alten gepennt«, sagte das Model mit einem aufreizenden, ja lasziven Unterton zu den anderen. Sie genoss die Demütigung.

»Mit meinem Ex-Alten«, korrigierte die Kommissarin.

»Ich war 17 und er 32, ein Bulle von der Drogenfahndung. Hat mich erst erwischt, aber dann laufen lassen und mir sogar noch Stoff besorgt, wenn ich's ihm besorgte.« Hofer schien stolz auf ihre Tat zu sein.

»Was du dann garantiert getan hast, du Luder«, meinte Lola Ries anerkennend. Das war eine Geschichte ganz nach ihrem Geschmack.

»Klar. Aber dann ist alles aufgeflogen.«

»Ich glaube, ich kann mich sogar an die Geschichte erinnern.« Lola Ries schien in den Tiefen ihres Gedächtnisses zu kramen. »Polizist gibt Model Drogen gegen Sex. Das warst du, Diana? Gratuliere, endlich mal eine gute Story von dir. Und seither hast du einen neuen Dealer?«

»Ich bin clean«, sagte sie lapidar.

»Seither gibt es auf jeden Fall keinen Herrn Rosen mehr, weder bei der Kripo noch bei mir zu Hause.« Die Kommissarin dachte, damit einen Schlussstrich ziehen zu können, doch die Raubkatzen hatten das verletzte Wild gewittert.

»Ach, und seitdem ist die Ärmste auf Liebesentzug?«, stichelte Lola Ries.

»Nein«, bemerkte Ferner, »sie hatte gestern ein spannendes Date, von dem ein angedeuteter Knutschfleck zeugt.«

»Mehr als angedeutet ist wohl nicht, wisst ihr, was ihr Alter über sie gesagt hat?« Hofers Augen funkelten.

»Diana, Schätzchen«, flötete Ries, »ich glaube fast nach einigen Tagen öden Model-Gelabers hast du endlich was Interessantes zu erzählen.«

»Schluss jetzt, das gehört nicht hierher.« Die Kommissarin schrie fast hysterisch auf.

»Oh doch.« Lola Ries hatte Blut gewittert und wollte Blut sehen.

»Diana, lass es gut sein.« Tommy Martin beruhigte die Szenerie. »Haben Sie noch Fragen, Frau Kommissar?« Dem Sänger war klar, dass in dieser Situation eine Fortsetzung der Vernehmung unmöglich war. Die vier prominenten Patienten hatten sich nebeneinander vor der Polizistin aufgebaut wie eine Mauer.

»Im Moment nicht«, sagte die angeschlagene Kommissarin. »Ich halte fest, ihr vier habt nichts gesehen und nichts gehört?«

»Nichts gesehen, nichts gehört«, antworteten sie im Chor.

»Okay. Dann war es das für heute. Aber ich komme wieder.« Der letzte Satz hätte als Drohung wirken sollen, verpuffte aber wie die vorhergehenden Machtworte.

»Das ist zu befürchten.« Lola Ries verdrehte die Augen.

Grußlos ging die Kommissarin hinaus, begleitet von Laura Groß. Im Gehen hörte sie Lola Ries noch triumphierend ausrufen. »So, die Pute ist abgeflattert. Diana, schieß doch mal los …«

Irene Rosen war in ihrer Karriere noch nie so gedemütigt worden. Sie war gegen eine Mauer des Schweigens und der Verachtung gerannt. Laura Groß brachte ihr noch die kopierten Akten, dann stieg die Kommissarin in ihren Wagen und fuhr nach München. Sie fühlte eine riesige Leere in sich. Und eine Wut, für die sie kein Ventil hatte.

9

So wenig Dr. Tobler im Fokus der Paparazzi und Journalisten stehen wollte, so gern ließ sich Dolores ablichten. Popolo fand zahlreiche Bilder von ihr auf diversen Partys und Galas, wo sie mal neben Heidi Klum posierte, mal neben dem unvermeidlichen Dieter Bohlen und einmal sogar neben Eva Longoria. Niemals aber mit ihrem Mann. Offensichtlich liebte sie den Jetset, denn ihre digitale Spur im Internet zeigte sie beim Wasserskifahren in Monaco, beim Großen Preis von Italien in Imola und sogar beim Pferderennen in Ascot.

Dann stieß Popolo auf ein Bild, das die schöne Witwe ganz anders zeigte. Vor eineinhalb Jahren wickelte sie ihren Lamborghini um einen Baum und verursachte nicht nur einen Schaden von rund 300 000 Euro, sie zog sich auch einen Trümmerbruch in beiden Beinen zu. Die Ärzte flickten sie zwar nach allen Regeln der Kunst zusammen, aber es blieben Narben. Und Schäden. In den Knochen steckten so viele Schrauben, dass sie großen Magneten besser aus dem Weg ging. Auf High Heels würde sie für den Rest ihres Luxuslebens verzichten müssen. Fraglich blieb außerdem, ob sie noch für den Catwalk geeignet war, auch eine atemberaubende Schönheit konnte man nicht watschelnd anschauen.

Popolo ertappte sich, wie er Mitleid für Lolita empfand. Eine Rose mit einem sichtbaren Knick. Nachdem er seine Empathiephase überwunden hatte, legte er auch für Dolores ein Dossier an. Mitten in seine Arbeit stürmte Kollege Obermeier in das Büro. Er machte einen gehetzten Eindruck.

»Andrea, lass alles liegen und stehen. Wir haben einen Notfall.« Dann winkte er ihm kurz zu und ging wieder hinaus. So schnell er konnte, lief Popolo hinterher.

»Was ist passiert?«, fragte er.

»Andrea, du bist doch ein junger Bursche, ein echter Ragazzo.«

»Ich bin 23«, entgegnete Popolo, der nicht recht wusste, was die Frage sollte.

»Ihr Jungen, ihr kennt euch doch alle so gut mit dem Computer aus, oder? Ihr habt's doch schon im Kinderwagen mit der Playstation rumgedaddelt.«

Popolo eilte dem Kommissar hinterher. So schnell hatte er ihn noch nie erlebt.

»Ich hatte nie ein großes Faible für Computerspiele«, entgegnete Popolo fast entschuldigend.

»Egal. Du musst mir helfen. Mein PC geht nicht mehr.«

Schon hatten sie Obermeiers Büro erreicht. Der altgediente Polizist wies den Anfänger an, Platz zu nehmen. Popolo sah ein eingefrorenes Bild mit ein paar Minen und einem hohen Zählerstand. Der Mauszeiger bewegte sich nicht mehr. Offensichtlich war der Computer hängen geblieben. Mitten unter einer Partie Minesweeper.

»Ich bin kurz davor, meinen Rekord einzustellen. Kriegst du das noch hin?«, fragte ihn Obermeier hoffnungsvoll.

Die Kommissarin hatte bei der Rückfahrt den längeren Weg über Possenhofen gewählt, nicht um das Sisi-Denkmal zu bestaunen, sondern um den schöneren Weg am Ufer entlang zu nehmen. Sie hielt kurz am großen Badeparkplatz an und setzte sich an den sommerlichen See. Sie war zu aufgewühlt, um ruhig Auto zu fahren. Die Schmach saß tief. Als sie an der Klinik losfuhr, waren ihre Gedanken von Rache vergiftet. Am liebsten hätte sie alle in Beugehaft gesteckt und dort nach Art von Guantanamo Waterboarding ausprobiert. Und wer ihr dann immer noch blöd kam, sollte mit Stromstößen traktiert werden. Schnell aber hatte sie sich wieder im Griff.

Das Glitzern des sommerlich blauen Sees war Yoga für ihre Seele.

Als sie sich beruhigt hatte, fuhr sie weiter, ärgerte sich aber über sich selbst und ihren dummen Fehler. Sie hätte von vornherein nur Einzelgespräche führen dürfen. Allerdings war mit dieser Gruppendynamik im Vorfeld nicht zu rechnen gewesen, nie hätte sie geahnt, dass die Patienten einen solch starken Zusammenhalt bildeten. Ganz im Gegenteil, die Kommissarin war davon ausgegangen, dass sie sich gegenseitig anschwärzen würden. Gut, Lola Ries stichelte bei jeder Gelegenheit gegen das Model und Rufus Ferner schien nicht besonders beliebt zu sein, doch das hatte ihr keinen Millimeter weitergeholfen.

Allerdings kam sie nicht ganz ohne Ergebnisse zurück. Der Schriftsteller war ein schlechter aber notorischer Lügner, der eindeutig Dreck am Stecken hatte. Dazu kam die seltsame Geschichte mit der Kontaktlinse und der Brille bei Diana Hofer. Ein Detail, auf das sich die Kommissarin keinen Reim machen konnte, möglicherweise völlig irrelevant, aber es musste geklärt werden. Und zuletzt wollte sie der Frage nachgehen, warum das untere Fach des Safes leer war. Möglicherweise hatte die Spurensicherung etwas gefunden, ansonsten würde sie diese darauf ansetzen.

Der Kommissarin war klar, sie war gegen eine verdammt harte Mauer geprallt. Aber auch die Berliner Mauer war schlussendlich gefallen. Allein konnte sie aber nicht die Abrissbirne spielen, dazu brauchte sie Hilfe. Ihr kam eine Idee, eine verrückte Idee. Zumindest auf den ersten Blick. Über diese konnte sie auch noch länger sinnieren, denn sie fuhr am Ende der Autobahn in den üblichen Stau am Luise-Kiesselbach-Platz.

Als sie im Kommissariat angekommen war, nahm ihre verrückte Idee immer mehr Gestalt an. Ja, sie gefiel der Kommissarin so gut, dass sich ihre Laune schlagartig besserte und sie mit einem Lächeln aus dem Wagen stieg. Allerdings fiel ihr ein, dass ihre Idee möglicherweise mit hohen Kosten verbunden war, weshalb sie mit ihrem Vorgesetzten Rücksprache halten musste. Kriminalrat Schliefing war ein Bürokrat vor dem Herrn, ein Erzbischof der Kirche zum Heiligen Paragrafen. Als Schreibtischtäter hatte er Karriere gemacht. Wenn es um Budgetkürzungen oder neue Computer ging, kämpfte er an vorderster Front, bei gefährlichen Einsätzen in der letzten Reihe. Er und Irene Rosen waren sich nicht sonderlich grün, dafür waren die Temperamente zu unterschiedlich.

Kaum hatte sie die Schwelle zum Kommissariat überschritten, erhielt sie schon die Nachricht, sich umgehend bei Schliefing einzufinden. Normalerweise hätte sie darauf gepfiffen und ihn schmoren lassen, aber da sie auch etwas von ihm wollte, schien es ihr ratsam, ein bisschen Kreide zu fressen.

Schliefing genoss den Spitznamen Danny DeVito, was sich nicht auf seinen Humor bezog, davon war er gänzlich unbeleckt, sondern auf seinen breiten Scheitel und seine Körpergröße, die ihn eher für den Beruf des Jockeys empfahl. Der Kriminalrat empfing Irene Rosen mit seinem üblichen feuchtwarmen Händedruck und einem zerknitterten Gesicht, das sich viele im Kommissariat nicht lächelnd vorstellen konnten.

»Oberkommissarin Rosen, Sie bearbeiten doch diesen Tobler-Fall.«

Er ließ ihr nicht einmal Zeit, auf seine rhetorische Frage zu antworten und fuhr fort. »Weshalb sind Sie heute Morgen nicht erreichbar gewesen?«

Sie erklärte, wie schon vorher Popolo, es sei ihr freier Vormittag gewesen. Allerdings ließ sie den Scherz mit dem chinesischen Wecker und dem chinesischen Telefon weg.

»Ich will Ihnen nicht verhehlen, dass es mir Magenschmerzen bereitet, Sie an diesem Fall zu sehen.« Er blickte sie mit zusammengekniffenen Lippen an.

»Und warum, wenn ich bitten darf?«

»Die Presse giert und geifert nach dieser Story, die würden mir am liebsten die Haut abziehen.« Darin lag der Hase also im Pfeffer, dachte sich die Kommissarin. Das einzige, wovor Schliefing mehr Angst hatte als vor der russischen Mafia und islamistischen Terroristen, war die versammelte Journaille. »Ich muss Sie eindringlich um ein Maximum an Fingerspitzengefühl und Zurückhaltung bitten.«

Die Kommissarin breitete die Arme aus und lächelte. »Diskretion, dein Name ist Irene Rosen.«

»Kommen Sie mir nicht mit solchen Sprüchen!« Schliefing winkte ab. »Diese Aasgeier da draußen wissen genau, wer alles im Katharsis einsitzt. Und die würden zu gern einen von denen als Mörder hängen sehen. Und mindestens genauso gern hätten die einen Skandal. Aber wir werden ihnen keine Munition liefern, verstanden?«

Er wartete, bis die Kommissarin nickte. Das war sein Tick, man musste auch bei rhetorischen Fragen mit Ja antworten, sonst würde er nicht weiterreden.

»Dieser Martin und diese Ries und auch diese Hofer, das sind für die Öffentlichkeit Idole, fast Heilige – und Sie werden sie dementsprechend behandeln. Verstanden?«

»Ich weiß schon, wie ich mit diesen Typen umzugehen habe«, entgegnete die Kommissarin unwillig. Sie wollte sich auf keinen Fall von Schliefing in ihre Ermittlungsmethoden dreinreden lassen.

»Sicher, beispielsweise indem Sie ihnen die Tür gegen den Kopf knallen?« Schliefing sah sie mit bärbeißiger Miene an. Seine Augen funkelten vor Wut über diesen Vorfall. Er sah der Kommissarin aber sogleich an der Nasenspitze an, dass sie sich fragte, von wem er das wisse.

»Ich habe Frau Groß angerufen, um mich nach dem Stand der Ermittlungen zu informieren. Sie hat sich nicht über Sie beschwert, mir aber von Herr Ferners Beule erzählt und mich nochmals um absolute Diskretion gebeten.« Dann beugte sich Schliefing drohend nach vorne. »Also, fassen Sie die Leute beim nächsten Mal mit Ihren allerfeinsten Samthandschuhen an. Verstanden?«

»Ich werde mein Bestes tun«, versprach die Kommissarin.

»Das Beste ist hier nicht gut genug«, bellte Schliefing. »Im Übrigen glaube ich eh nicht, dass der Mörder aus der Klinik kommt. Das Personal wurde bestens bezahlt und behandelt, das können alle bestätigen. Und warum sollte ein erfolgreicher Künstler einen beliebten Klinikdirektor ermorden?«

Weil auch Berühmtheiten nicht besser oder schlechter sind als der Rest auf diesem verrückten Planeten, dachte sich die Kommissarin.

»Das ist doch absurd. Polizeikommissaranwärter Popolo hat Interessantes über die Witwe erfahren. Hören Sie sich das mal an. Ich denke, da haben Sie Ihre Spur.«

Dann wies er ihr die Tür. Kurz zögerte die Kommissarin, ob sie Schliefing von ihrer Idee erzählen sollte, ließ es aber bleiben. Es schien ihr völlig aussichtslos angesichts seiner Äußerungen.

Als die Kommissarin mit Schwung ihr Büro betrat, war sie überrascht, dort Andrea Popolo anzutreffen. Er saß vor seinem Laptop und stierte mit leerem Blick auf den Monitor.

»Was machen Sie hier? Normalerweise sitzen vor meinem Schreibtisch nur Gangster. Was haben Sie verbrochen?«, witzelte Rosen und legte ihre Tasche mit den kopierten Akten auf den Tisch.

»Anlagebetrug«, murmelte Popolo, dem es sichtlich schlecht ging.

»Aber dafür sind wir nicht zuständig«, sagte die Kommissarin, die etwas verwirrt war.

»Ich weiß. Aber ich habe alles verloren.« Dann drehte der junge Polizist den Laptop und zeigte seiner Vorgesetzten die neuesten Nachrichten über den CastleNeo-Skandal.

»Mist«, stieß Rosen aus. »Wie viel haben Sie in den Sand gesetzt?«

»So ziemlich mein ganzes Erspartes. Rund 25 000 Euro.«

»Sie sind aber wagemutig«, entgegnete Rosen, die finanziell auf Nummer sicher ging und ihr Geld lieber auf einem Sparbuch mit 0,5 Prozent Zinsen vermodern ließ, als riskante Aktiendeals abzuschließen.

»Das war eine Empfehlung von einem Finanzberater. Ein guter Kumpel von mir.« Der junge Polizist klang völlig niedergeschlagen.

»Mittlerweile eher Ex-Kumpel, vermute ich.« Die Kommissarin merkte, dass ihr Kollege den Tränen nahe war und versuchte, ihm Mut zu machen. »Noch ist nichts verloren. Die Jungs von der Wirtschaftskriminalität sind diesem Christian Hecker sicher schon auf den Fersen.«

»Wissen Sie etwas über die Ermittlungen?« Popolo war aus seiner Schockstarre wieder etwas erwacht.

»Nein, aber ich kann mich gern erkundigen.«

»Das wäre schön. Kommissar Möhler leitet die Soko CastleNeo, das habe ich schon rausbekommen.«

»Den kenne ich nicht, aber ich verspreche Ihnen, mich mit ihm in Verbindung zu setzen. Großes Indianerehrenwort.«

In Popolos Augen kehrte ein leichter Glanz zurück.

»Kommen wir aber nun zu unserem Fall. Was haben Sie herausgefunden?«, fragte die Kommissarin ihren jüngsten Mitarbeiter.

Er berichtete sogleich von dem Testament, das es erst gegeben hatte und dann wieder nicht.

»Seltsame Sache«, meinte Rosen, »der werde ich nachgehen.«

Dann erzählte er von Toblers Freundin Antonia Helmrich,

die mit dem nächsten Flugzeug kommen würde. Nicht ohne Stolz präsentierte er die beiden Dossiers über die Witwe und den Toten auf seinem Laptop.

»Und wo haben Sie die Akten?«, fragte die Kommissarin nach.

»Welche Akten?« Popolo verstand nicht, was sie wollte.

»Na, die Mappen halt mit den Dossiers!«, lächelte Rosen.

Popolo zog die Stirn in Falten und hob dann eine Augenbraue. »Sie wollen, dass ich das ganze Material ausdrucke?«

»Wenn Sie das mit Ihrem ökologischen Gewissen vereinbaren können. Ich bin so altmodisch. Sehen am Computer ist für mich immer noch ein anderes Sehen, als wenn ich Gegenstände in der Hand habe«, erklärte die Kommissarin. Sie war ein ausgesprochen visueller Mensch, der sich gern in die Dinge vertiefte. Popolo hatte zwar eine gänzlich andere Einstellung zu digitalen Materialien, respektierte aber den Wunsch seiner Vorgesetzten. Ein klassischer Fall von Generationenwandel.

»Und?«, fragte Popolo schließlich erwartungsvoll. »Wie war's im Katharsis? Wen haben Sie alles getroffen? Ist Dön-Base auch dort?«

Die Kommissarin war zwiegespalten. Einerseits wollte sie ihren sympathischen neuen Kollegen, der für sie ja ein Azubi war, nicht anlügen. Andererseits brachte sie die Wahrheit nicht über die Lippen. Also erzählte sie nur sehr beschönigend von den Vorkommnissen und ließ die für sie kompromittierenden Ereignisse geflissentlich aus. Allerdings gab sie zu, dass sie sich schwer tat, die Zungen der Patienten zu lockern. Ihren Plan verschwieg sie ihm ebenfalls, da sie ihm keine unnötigen Hoffnungen machen wollte.

»Eine Satanistin gibt es übrigens nicht im Katharsis«, grinste die Kommissarin. »Aber der Teufel persönlich treibt sich im Körper von Lola Ries herum.«

»Aber es war eine Frau, glauben Sie es mir«, beharrte Popolo auf seiner Theorie.

»Wir werden sehen.«

»Wer ist eigentlich dieser fette Kater, wenn ich fragen darf?« Popolo deutete auf die Comicfigur.

»Sie als Italiener kennen Garfield nicht?« Irene Rosen prustete laut los.

»Sollte ich?«, fragte Andrea erstaunt zurück.

»Ja. Er ernährt sich vorrangig von Lasagne!«

»Ach, immer diese Klischees!« Popolo verdrehte die Augen. »Wir Italiener essen ja nichts anderes als Spaghetti und Pizza!«

»Den hat mir ernsthaft ein Landsmann von Ihnen geschenkt«, erläuterte die Kommissarin. »Ein Mafioso, der eine dieser Geldwäsche-Pizzerien für die Kalabresen betrieb. Trotzdem hatte der Laden eine phänomenale Lasagne.« Rosen nahm den Plüschkater und knuddelte ihn ein wenig. »Ich finde das so nett, dass ich Garfield einen Ehrenplatz einräumte. Den Mafioso habe ich trotzdem verhaftet.«

»Ja, aber die italienische Küche bietet viel mehr. Ich lade Sie einmal in meine Lieblingsosteria ein. Da gibt es Fisch zum Dahinschmelzen.« Popolo führte Daumen und Zeigefinger an den Mund und küsste sie als Zeichen des Genusses.

»Gern. Kommen wir aber wieder zu unserem Fall. Haben Sie die Zeichen schon überprüft?«

»Nein«, entgegnete Popolo, »das wollte ich als Nächstes machen.«

»Das muss noch warten.« Die Kommissarin wühlte in ihrer Tasche herum, zog zwei Speicherchips heraus und überreichte sie ihrem Kollegen. »Bringen Sie das zu den Kollegen von der Video-Abteilung. Da sind die Aufnahmen von der Außenkamera vor der Einfahrt und von der Überwachungskamera vor der Eingangstür drauf. Die sollen das schnellstens checken und mir Bescheid geben, ob sie etwas Verdächtiges gefunden haben.«

»Sehr wohl«, sagte Popolo. Dann stand er auf und eilte hinaus, um wenige Sekunden später wieder hereinzukommen. Er blickte seine Chefin verlegen an. »Entschuldigung, wo muss ich denn hin?«

Nachdem ihm die Kommissarin den Weg zu den Fernsehern, wie sie die Kollegen von der Videoüberwachung nannte, erklärt hatte, überprüfte sie das Kfz-Kennzeichen, das ihr Blanck gegeben hatte. Und erlebte eine Überraschung, denn der Wagen war nicht offiziell auf eine Person zugelassen, sondern auf einen Fuhrpark. Und der kam Rosen bekannt vor.

Der Flüchtige musste ein Patient von Dr. Wengerbauer gewesen sein, Toblers Patienten waren ja noch alle vor Ort. Sie schlug die Patientenakten auf. Zlatan Goric versuchte, seinem Körper das Verlangen nach Crystal Meth auszutreiben. Ein junger Mann, ihn konnte die Kommissarin ausschließen. Annegrete von Tauern, eine betagte Lady, die nach Schnapspralinen süchtig war, gern aber auch die Schokolade wegließ. Nein, auch sie kam nicht infrage. Ludwig Kini hieß der nächste Patient, ein offensichtliches Pseudonym. An heißen Tagen reichte ihm gerade so ein Kasten Bier, stand in der Akte vermerkt. Das war ihr Mann. Ein Anruf beim BKA würde ihr möglicherweise Klarheit verschaffen.

Als Popolo auf dem Rückweg war, hörte er einen Schrei aus Rosens Büro. Erschrocken stürzte er hinein und sah, wie sich seine Chefin weit nach hinten beugte und die Rückenlehne einem Belastungstest unterzog. Sie hatte die Hände theatralisch zum Himmel gehoben – und lachte aus vollem Hals. Beruhigt setzte sich Popolo ihr gegenüber und fragte nach dem Grund ihrer Heiterkeit.

»Ich habe Ihnen doch erzählt, dass jemand aus dem Katharsis geflohen ist, nachdem man die Leiche entdeckt hat.«

Popolo nickte bereitwillig.

»Er ist vor der Presse getürmt. Ihm liegt noch etwas mehr als allen anderen an Anonymität.«

»Und? Wer ist es?« Popolo kribbelte es vor Neugier.

»Damit wollten die vom BKA nicht rausrücken. Aber ihr Mann vor Ort, der Bodyguard des Patienten, war die ganze Nacht bei ihm und liefert ihm damit ein wasserdichtes Alibi.«

Popolo zuckte enttäuscht mit den Schultern. »Und warum haben Sie dann so laut gelacht?«

»Weil sich mein Kollege verplappert hat. Es ist ein bayerischer Bundesminister.« Rosen nannte Popolo den Namen.

»Und der schafft eine Kiste Bier am Tag? Sieht man ihm aber nicht an«, grinste der junge Kommissar.

Lola Ries verlor keine Zeit. Sie besann sich auf ihre Stärken. Eine davon war Theater machen – im umgangssprachlichen Sinne. Sie war also nicht unbedingt eine Kandidatin für den Alma-Seidler-Ring, mit die höchste Auszeichnung, die es im deutschsprachigen Raum für Bühnendarstellerinnen gab. Aber als Dramaqueen war sie in der Szene berühmt-berüchtigt. Sie wählte sorgfältig Kleidung und Accessoires aus. Nach längerem Überlegen entschied sie sich für ein Kleid von Dior mit sommerlichem Blumenmuster und einen ausladenden Hut, der ihr Eleganz und Mondänität verlieh. Dazu schminkte sie sich dezent. Nicht zu viel, aber auch nicht zu wenig. Dr. Wengerbauer erschien ihr von anderem Kaliber als Dr. Tobler, der weiblichen Reizen so gänzlich abhold war, zumindest ihren. Sie übte vor dem Spiegel noch diverse Gesichtsausdrücke und fand, dass sie nichts verlernt hatte. Jedes Lächeln, jeder Wimpernschlag saß noch so wie zu ihren goldenen Zeiten. Ihren Hüftschwung musste sie nicht proben.

So stolzierte sie auf Pfennigabsätzen zum Büro des Arztes. Natürlich versuchte die Sekretärin sie abzuwimmeln, der Doktor habe keine Zeit, er sei in einer Sitzung. Natürlich ignorierte Lola Ries geflissentlich jedes Wort und platzte in das Sprechzimmer des Arztes. Dieser hatte tatsächlich einen Patienten. Der deutsch-kroatische Rapper sah nicht so aus, als würde er sich von einer gealterten Diva vertreiben lassen, zumal er sie weder vom Namen noch vom Gesicht her kannte. Dazu war er zu jung und an dieser Art von Film und Komik, für die Lola Ries stand, nicht interessiert. Die Worte, mit denen er sie bedachte, waren selbst für hart gesottene Ohren nur schwer auszuhalten und Dr. Wengerbauer musste mit all seiner Macht eingreifen, um eine Eskalation zu verhindern. Er versprach Lola Ries, sich sofort um sie zu kümmern, wenn er mit seinem Patienten fertig sei.

Die 20-minütige Wartezeit verbrachte Lola Ries damit, die ausliegenden Zeitschriften zu studieren und sich an allen Ungeschicken der globalen Prominenz zu erfreuen. Als der Rapper aus dem Behandlungszimmer kam, schickte er noch ein paar nicht jugendfreie Verse Richtung Lola, räumte aber das Feld.

Unbeeindruckt rauschte Lola ins Büro. Mit einer ausladenden Geste platzierte sie sich auf der Couch, schlug die Beine übereinander, lüpfte ein wenig den Hut und setzte ihr unwiderstehliches Lächeln auf.

»Wissen Sie, wer ich bin, Doktorchen?«, fragte sie aufreizend.

»Aber natürlich. Ich habe Ihre Serie geliebt«, gab der Arzt unumwunden zu.

Dann habe ich gewonnen, dachte Lola Ries. Dich wickle ich um den Finger wie einen losen Faden.

10

Doktor Dario Rafayi empfing die Kommissarin in seiner Praxis. Irene Rosen hatte Mühe, ihre Belustigung zu verbergen angesichts der Vorher-Nachher-Fotos und der Modelle diverser Implantate, die Wände und Regale zierten. Der Kommissarin fiel ein ungewöhnlich großes Bild auf. Es zeigte eine hübsche Frau mit pechschwarzen Haaren in den besten Jahren, die breit lächelte. Es war ein Lächeln, das von großer innerer Zufriedenheit zeugte. Den größten Raum nahm aber ein großes Bücherregal mit medizinischer Fachliteratur ein.

Der Arzt trug lediglich eine weiße Hose und ein hellblaues Hemd. Aber Rafayi war auch ohne den Autorität ausstrahlenden Kittel eine imposante Erscheinung. Er wirkte sportlich, durchtrainiert bis in die letzte Faser, hatte mit 1,89 Meter Gardemaß und dazu noch ein feines Gesicht mit dunklem Teint. Der Arzt blickte jedoch zutiefst betrübt, der Tod Toblers ging ihm sehr nahe.

»Herr Rafayi, vielen Dank, dass Sie sich für mich ein paar Minuten freigeschaufelt haben.«

»Kein Problem. So mache ich heute Nachmittag wenigstens etwas Sinnvolles. Ich habe Sie zwischen zwei Terminen eingeschoben. In dem einen geht es darum, jemandem das Gesicht zu glätten, einem Mann übrigens.«

»Ob man sich irgendwann mal auch das Hirn liften lassen kann?«, fragte die Kommissarin Dr. Rafayi ein wenig frech.

»Die meisten Menschen denken eh so glatt und bekommen keine Falten vom vielen Grübeln, dass es, fürchte ich, eine zu geringe Nachfrage gibt, um die Forschung in diese Richtung anzukurbeln.« Er lächelte mit einem Mundwinkel. »Aber lassen Sie mich noch meine Ausführungen beenden. In dem anderen Termin geht es um Probleme mit billigen Implantaten.«

»Diese Kundin ist aber weiblich, nehme ich an.«

»Stimmt, aber täuschen Sie sich nicht. Es gibt heute auch zahlreiche Männer mit Implantaten. Muskelpartien, Schultern, Brustkorrekturen. Sie sehen es nur nicht so leicht wie bei Frauen. Das Problem besteht darin, dass immer mehr Pfuscher herumlaufen, je größer die Nachfrage wird.«

Rafayi war Spezialist für plastische Chirurgie. Da er einer der wenigen Perser auf diesem Gebiet war und zudem eine anerkannte Kapazität, wurde er vor allem von der betuchten muslimischen Mittel- und Oberschicht frequentiert. Aber nicht nur von ihr. Er hatte sich einen erstklassigen Ruf erarbeitet und galt als seriöser Arzt, der seine Patienten nicht abzockte und der vor allem sein Handwerk perfekt beherrschte.

»Unsere Disziplin hatte übrigens eine glorreiche Anfangsperiode, wissen sie das?« Rafayi blickte die Kommissarin mit hochgezogenen Augenbrauen an. Dann erläuterte er, dass die Anfänge der plastischen Chirurgie mit den großen Kriegen des 20. Jahrhunderts zusammenfielen. Den Soldaten des Ersten Weltkriegs, denen Handgranaten das Gesicht zerfetzten, wurde mithilfe dieses jungen Gebiets der Medizin ein halbwegs menschenwürdiges Dasein beschert.

»Heute behandeln Sie andere Kriegsschäden«, grinste die Kommissarin, die sich ihre Spitzen nicht verkneifen konnte. Allerdings hatte sie den Eindruck, der persischstämmige Arzt konnte mit dieser Provokation umgehen.

»Der Kampf um Schönheit und die ewige Jugend schlägt mancherlei Narben, da haben Sie recht.« Diesmal lächelte er mit beiden Mundwinkeln.

Dr. Rafayi war der Kommissarin sympathisch, aber wie alle prinzipiell verdächtig.

»Darf ich fragen, warum Sie diesen Job machen, Doktor?

Sie scheinen mir die nötige ironische Distanz zu Ihrem Tun zu haben.«

Die Miene des Arztes wurde ernst. Er blickte kurz auf seinen Schreibtisch, dann aber straffte er sich. »Mein Vater war ein hochdekorierter Offizier in der Armee des Schahs. 1979 wurde er vor meinen Augen von den Revolutionstruppen Khomeinis erschossen, als ich fünf Jahre alt war. Ein Querschläger traf meine Mutter in Wange und Kiefer. Sie war eine so schöne Frau, und danach war sie entstellt. Von diesem Moment an habe ich davon geträumt, meine Mutter zu heilen und sie wieder so schön zu machen, wie sie es vor dem Schuss war.«

Die Kommissarin verstand und deutete auf das Bild mit der lachenden Frau. »Ist sie das?«

Rafayi nickte. Irene Rosen stand auf und schaute sich die Fotos genauer an, eine reife Leistung. Mama Rafayis Narben waren wie weggeblasen und ihr Gesicht wieder symmetrisch.

»Aber halten Sie mich nicht für einen Idealisten. Ich verdiene auch gut. Sehr gut sogar.«

»Warum haben Sie dann den Vorsitz der Tobler-Stiftung übernommen?«

»Weil ich wie jeder andere Mensch auch etwas Sinnvolles in meinem Leben machen möchte. Meine Arbeit hier ermöglicht mir ein, sagen wir es vorsichtig, sorgenfreies Dasein. Aber wissen Sie, mich hat das Leben geprägt. Die Angst im revolutionären Iran, die Flucht. Meine Mutter und ich mussten uns alles vom Mund absparen. Deutschland hat uns aufgenommen, dafür werde ich dem Land ewig dankbar sein. Aber eine alleinerziehende Mutter ohne Berufsausbildung und ohne Sprachkenntnisse! Da können Sie sich vorstellen, in welchem Luxus ich lebte.«

Die Kommissarin nickte und setzte sich wieder in den Lederstuhl.

»Missverstehen Sie mich nicht«, fuhr Rafayi fort, »ich steige morgens nicht in einen rostigen Fiat Panda, aber mir genügt ein Mercedes, ich muss nicht noch einen Lamborghini in der Garage stehen haben.«

Wiederum nickte die Kommissarin.

»Was ich sagen möchte ist, ich verdiene genügend und habe auch noch genügend freie Zeit, um etwas zu leisten, das den Menschen in Not hilft. Ich habe ein ausgeprägtes soziales Gewissen, wenn Sie so wollen«, sagte Rafayi ernst. »Deshalb habe ich mit Severin die Stiftung gegründet.«

»Welche Ziele verfolgt sie?«

»Wir betreiben mittlerweile drei Praxen in sozialen Brennpunkten, wo auch Menschen ohne Krankenversicherung kostenlos behandelt werden.«

»Ich dachte, sowas gibt's nur in Amerika?«, fragte die Kommissarin überrascht nach.

Rafayi schüttelte den Kopf. »Auch bei uns fallen Menschen durch das soziale Netz. Aber wir haben einen Schwerpunkt, und zwar betrifft er mein Fachgebiet. Wissen Sie, wie viele Menschen es gibt, die durch Unfälle oder Gewaltanwendung entstellt sind?«

Die Kommissarin hatte nicht einmal eine vage Ahnung.

»Wenn Sie möchten, zeige ich Ihnen gern das Opfer eines Säureangriffs.«

Die Kommissarin lehnte dankend ab, dieser Anblick war ihr nicht neu.

»Solchen Menschen verhelfen wir wieder zu einem würdigen Leben.«

»Respekt«, sagte die Kommissarin anerkennend. »Aber kommen wir nun zu meinem eigentlichen Anliegen. Wem gehört die Klinik nach Dr. Toblers Tod?«

»Der Stiftung. Und alle Gewinne fließen in die Stiftung. Frau Kommissar, ich stehe ihr zwar vor, aber ich arbeite nicht nur unentgeltlich, ich pumpe selbst 20 Prozent meines

Gewinns in diese Stiftung. Das war vertraglich so geregelt zwischen Severin und mir.«

»Doktor Rafayi, ich halte Sie für einen wunderbaren Menschen, aber ich muss Sie routinemäßig dennoch fragen, wo Sie zur Tatzeit am Montag zwischen 20 und 24 Uhr waren.«

»Im Operationssaal. Drei Arzthelferinnen und eine Patientin können das bezeugen. Es war ein komplizierter Eingriff bei einem komplizierten Fall. Ein Unfallopfer, das seinem Ziel, ein normales Leben zu führen, wieder etwas näher gekommen ist.«

Die Kommissarin musste dieses Alibi nachprüfen, sie zweifelte aber nicht an der Richtigkeit, zumal Rafayi kein Motiv zu haben schien.

»Haben Sie eine Ahnung, wer Tobler ermordet hat?«

Doktor Rafayi lehnte sich zurück und zuckte mit den Schultern.

»Severin war ein Wohltäter. Er war allein schon wegen seiner karitativen Tätigkeit sehr beliebt und angesehen. Zudem behandelte er alle Menschen gut, sein Personal, seine Patienten, seine Freunde. Er war ein unglaublich integrer Mensch. Wer bringt so einen um?« Rafayi zuckte ratlos mit den Schultern.

»Was halten Sie von der Witwe?«

»Sie ist eine potenzielle Patientin von mir.« Der Arzt lächelte.

»Wenn der Zahn der Zeit sie erst ein wenig angenagt hat?«, fragte die Kommissarin nach.

»Genau. Ich fürchte, ihr ist nicht zu trauen, aber ich kenne sie nicht sehr gut. Und Severin hätte nie ein schlechtes Wort über sie verloren. Dazu war er viel zu sehr Gentleman.«

»Was wissen Sie über Toblers Testament?«

»So weit ich weiß, hat er vor ein paar Monaten eines gemacht.«

»Sind Sie sich sicher?« Diese Aussage war von enormer Bedeutung.

Rafayi zögerte und strich sich übers Kinn.

»Er hatte mir im Frühjahr von seinen Plänen erzählt. Ich glaube, er wollte einfach vorerst seine Frau enterben. Gut, das ist so in Deutschland nicht möglich. Er wollte, dass sie nur ihren Pflichtanteil bekommt und dass dieser eben so gering wie möglich ausfällt. Deshalb sollte der Großteil seines Besitzes an die Stiftung fallen. Ich denke, er wollte das mit seinem Rechtsanwalt klären. Es sollte so funktionieren, dass er diese Überschreibung und das Testament möglicherweise später ändern könnte, wenn er wieder verheiratet wäre. Antonia Helmrich hätte sein Erbe in seinem Sinne fortführen können –«

»Im Gegensatz zu Dolores«, ergänzte Irene Rosen.

»Genau. Antonia ist eine bezaubernde Frau«, schwärmte Rafayi. »Kennen Sie sie?«

»Nein, ich hatte noch nicht das Vergnügen.«

»Severin hat mir nicht explizit erzählt, dass er mit seinem Rechtsanwalt alles geregelt hätte, aber er war nicht der Mensch, der so etwas allzu lange vor sich herschiebt.«

»Interessant. Ich werde dem Ganzen nachgehen.«

Eine Arzthelferin trat fast lautlos ein. Sie brachte eine Karaffe mit gekühltem Wasser, in dem Zitronenscheiben schwammen. Gern ließ sich die Kommissarin ein Glas einschenken.

»Und was ist mit Laura Groß?«

»Brillanter Kopf, absolut zuverlässig«, antwortete Rafayi. »Wieso fragen Sie?«

»Sie hat kommissarisch die Leitung der Klinik übernommen, das könnte ein Motiv sein.«

Rafayi schüttelte den Kopf.

»Niemals. Sie bekommt ja nicht einmal mehr Geld dafür. Und in absehbarer Zeit werden wir einen Arzt als Direktor einstellen. Dann ist Laura Groß wieder das, was sie immer war, eine großartige Psychologin, die dazu noch dem Chef zur Hand geht.« Er schüttelte leicht den Kopf. »Laura hat kein Motiv.«

»Aber warum leitet sie vorübergehend die Klinik und nicht Dr. Wengerbauer?« Die Kommissarin war noch nicht überzeugt.

»Weil Dr. Wengerbauer ein wunderbarer Arzt ist, aber das Organisationstalent eines Maulwurfs besitzt. Der sucht stundenlang seine Brille, die er sich auf die Stirn geschoben hat. Nein, Dr. Wengerbauer ist für die Administration nicht geeignet. Soweit ich weiß, hat er auch diesbezüglich nicht die geringsten Ambitionen und würde diesen Posten ablehnen.«

Die Antwort stellte die Kommissarin zufrieden. Sie trank ihr Wasser aus und schenkte sich noch einmal nach.

»Und die Patienten? Könnte es nicht sein, dass Tobler bei einem etwas entdeckt hat, was besser unentdeckt geblieben wäre? Nehmen wir an, dieser Tommy Martin ist impotent oder hat AIDS und Tobler erpresst ihn.«

»Erpressung?«, rief Rafayi empört aus. »Unmöglich, das hätte Severin nie gemacht. Ansonsten kenne ich die Patienten nicht. Obwohl, dieser Ferner, dieser seltsame Autor, den hat Severin einmal erwähnt, als hätte er Angst vor ihm.«

»Der ist auch Furcht einflößend, aber dem werde ich schon noch auf den Zahn fühlen.«

»Passen Sie gut auf«, warnte Rafayi die Kommissarin. »Mit dieser Klientel ist nicht zu spaßen. Ich habe zum Teil mit denselben Leuten zu tun. Man muss extrem vorsichtig und diskret sein. Und man hat schneller eine Klage am Hals, als man denkt.«

»Wie Lola Ries. Die hat einen Ihrer Kollegen ruiniert.«

»Meine guten Manieren verbieten mir einen Kommentar zu dieser Frau«, sagte der Arzt nüchtern. »Ich habe sie übrigens als Patientin abgelehnt.«

»Wäre sie zu einem Mord fähig?«

Rafayi zuckte mit den Schultern. »Ich weiß es nicht. Wirklich. Sie sind die Polizistin, was meinen Sie?«

»Doktor, meine Nase sagt mir, der Mörder sitzt in der Klinik.«

»Dann finden Sie ihn. Severin war für mich weit mehr als nur ein Geschäftspartner. Er war ein Freund und einer der besten Menschen, die ich jemals getroffen habe. Finden Sie den Mistkerl, der ihn umgebracht hat. Ich sichere Ihnen meine volle Unterstützung zu.«

»Danke«, sagte die Kommissarin und lehnte sich lächelnd zurück. »Und ich nehme Ihr Angebot sofort an. Wissen Sie, ich habe da eine Idee …«

Dr. Rafayi lauschte interessiert ihrem Plan. Und er war Feuer und Flamme dafür. Dank seiner Hilfe würde die Kommissarin etwas umsetzen können, was sonst am begrenzten Budget und an Kriminalrat Schliefing gescheitert wäre. Langsam fing der Fall an, ihr Freude zu bereiten.

Für Lola Ries schien wieder die Sonne. Wengerbauer war wie erwartet kein Problem. Er stellte ihr zwar keinen Persilschein aus, äußerte aber keinerlei Bedenken, zumal er sie ja nicht kannte, und ließ sich sogar dazu hinreißen, ihr gute Führung und Kooperationsbereitschaft zu attestieren. Dr. Tobler hätte sich eher die Hand abgehackt, als diese Zeilen zu schreiben. Aber Dr. Tobler war tot. Und Lola Ries nutzte diesen Umstand sofort zu ihren Gunsten.

Kaum hatte sie den Schrieb des Arztes, rief sie einen Produzenten an, genauer gesagt den Produzenten, dem sie den Aufenthalt im Katharsis letztlich zu verdanken hatte. Er war ein anderes Kaliber als Wengerbauer und musste anders bearbeitet werden. Zuckerbrot und Peitsche war die Devise. Sie versuchte es mit Charme und Komplimenten, mit ihrer sanften Stimme und mit ihrem immer noch mädchenhaften Glucksen, ging aber schließlich zu Beschimpfungen, ja sogar Drohungen über, als die nette Tour nichts half. Es war ein zäher Ringkampf, den sie jedoch siegreich beendete. Endlich. Das Leben hatte wieder einen Sinn. Ein Kurier der Produktionsfirma wurde extra ins Katharsis geschickt, um ihr das Drehbuch zu bringen, das sie sich so sehnlich gewünscht hatte. Hätte sie die Wahl gehabt, entweder die Rolle zu erhalten oder dauerhaft den Weltfrieden herzustellen, sie hätte sich für Ersteres entschieden.

Bestens gelaunt ging sie sogar zur Therapiestunde mit Laura Groß, unterbrach sie jedoch eigenmächtig, als man ihr meldete, es sei Besuch für sie da. Denn wegen des Belagerungszustands durch die Journalisten und Paparazzi ließ man derzeit keine Fremden in die Klinik. Also stürzte Lola Ries aus dem Zimmer zur Einfahrt. So schnell hatte sie sich seit Jahren nicht mehr bewegt.

Der Kurier war ein türkischstämmiger Bulle von einem Mann, der nur einen Mangel hatte: Er war zu jung, um sich mit gealterten teutonischen Diven auszukennen.

»He, Kollegin«, sagte er in Erwartung einer jungen Schauspielerin, »kannst du das Paket dieser Lola Reis geben?«

Es folgte ein schweres Gewitter aus Flüchen und Beleidigungen. So wurde Mehmet noch nie in seinem Leben zusammengefaltet. Die Tirade von Lola föhnte ihm die Haare nach hinten, dass er eine Woche lang kein Gel mehr gebraucht hätte. Gern verzichtete er auf seinen normalen Trinkgeldanspruch und suchte rasch das Weite, nachdem er sein Paket abgegeben hatte. Lola Ries trug es wie eine Reliquie in ihr Gemach. Ja, für sie war das Skript ein heiliger Gegenstand.

Währenddessen telefonierte ein weiterer Insasse mit dem Handy, obwohl dies verboten war. Aber den Festnetzanschlüssen war nicht zu trauen. Wer konnte schon wissen, ob diese nicht abgehört wurden. Und das Gespräch war nicht für fremde Ohren gedacht.

»Und niemand wird erfahren, dass ich gestern bei euch war?«

»Nein, ganz sicher. Alle Spuren sind verwischt. Und diejenigen, die es wissen, halten dicht.«

»Okay«, sinnierte der Angerufene, »dann sollten wir uns vielleicht ein paar Tage nicht sehen.«

»Aber ich brauche dich.«

»Ich dich auch. Aber es ist besser so.«

Irene Rosen gönnte sich eine kleine Atempause, schließlich war sie seit sieben Stunden permanent unterwegs. Da Rafayis Praxis in Grünwald nahe der Isar lag, fuhr sie an den Münchner Stadtfluss, der mittlerweile im ganzen Stadtgebiet Badequalität hatte. Sie war zu warm angezogen, denn sie hatte mit der Hitze nicht gerechnet. Deshalb zog sie Schuhe und Socken aus und krempelte ihre Jeans hoch. Wenigstens trug sie ein dunkles T-Shirt. Sie ging an das Ufer, setzte sich auf einen Stein und ließ ihre leicht geschwollenen Füße in das kühle Wasser gleiten. Sie stöhnte leise auf, so gut tat ihr die Erfrischung.

Mittlerweile hatte sie auch anständigen Hunger. Also aß sie die Käsebreze, die sie sich noch in einer Bäckerei gekauft hatte, und blickte auf das Wasser. Tausende Sonnenpunkte glitzerten und tänzelten auf der Isar, die hier nur eine geringe Strömung hatte.

Es war ein idealer Ort, um zur Ruhe zu kommen und nachzudenken, zumal sich hier nur wenige Menschen aufhielten, anders als am Flaucher ein paar Kilometer weiter südlich, der bei schönem Wetter nichts als eine Open Air Räucherkammer war, wo zusammengerechnet tagtäglich mehrere Schweine auf kleinen Einmalgrills landeten. Wie Flashbacks kehrten immer wieder Erinnerungen an die letzte Nacht zurück, doch die vertrieb die Kommissarin wie soeben ein Schwan zwei Entlein. Nur keine Gedanken an ihr Single-Elend.

Rosen hatte sich vor ihrer Abfahrt noch Popolos Dossier über Dr. Tobler ausgedruckt und studierte es nun in der stillen Hitze des Tages. Der Arzt genoss einen guten Ruf in den besten Kreisen, war selbst aber kein Salonlöwe, sondern eher ein zurückhaltender Mann, der sich für Kunst und Literatur interessierte. So kaufte er sich Werke von allen Autoren, die mit dem Friedenspreis des deutschen Buchhandels ausgezeichnet wurden. Ein seltsames Detail, aber Popolo hatte es irgendwo aufgegabelt.

Dass seine Ehe seit Jahren nur Formsache war und man sich trennen wollte, war ein offenes Geheimnis. Und soweit man das auf die Schnelle beurteilen konnte, waren seine Finanzen in Ordnung. Alles in allem festigte das Dossier nur Rosens Bild von Tobler als einem generösen Schöngeist mit besten Manieren. Eine brauchbare Spur ergab sich nicht. Lediglich die Witwe hatte ein Motiv. Ihr Pflichtanteil würde zwar immer noch üppig ausfallen, doch Dolores pflegte einen aufwändigen Lebensstil mit Yachtausflügen nach Monaco und Jetset-Partys in den Hamptons. Da wäre auch eine Million schnell aufgebraucht. Dazu kam, dass sie wegen ihrer schweren Verletzung den alten Model-Job nur sehr bedingt mehr ausüben könnte, Auftritte bei Modenschauen waren auf jeden Fall gestrichen. Señora Tobler hatte aber offensichtlich ein Alibi. Es wäre nicht das erste, das ich zu Fall bringe, dachte sich die Kommissarin und schluckte ihren letzten Bissen Käsebreze hinunter.

Auch wenn es eine schmerzliche Erinnerung war, so ließ sie ihren Besuch im Katharsis Revue passieren. Es gab so viele kleine Ungereimtheiten, so viele seltsame Vorkommnisse, dass sie mit einer Legion an Polizisten einfallen müsste. Doch wie sie gesehen hatte, hielten die Promis zusammen, wenn man ihnen auf die Zehen trat. Sie musste das Problem von innen lösen, wie sie es mit Dr. Rafayi besprochen hatte. Nur brauchte sie hierfür noch einen Aufhänger. Mitten in ihren Überlegungen klingelte das Handy.

»Hier Andrea Popolo, störe ich? Sind Sie in einer Besprechung?«

»Nein, ich sitze gerade im Auto«, log die Kommissarin, die schlecht sagen konnte, dass sie sich an der Isar die Sonne auf die Nase scheinen ließ.

»Seltsam, ich höre gar keine Fahrgeräusche«, stellte Popolo fest. »Dafür Vögel.«

»Ich parke noch und das Fenster ist offen.«

»Frau Oberkommissarin, ich möchte Meldung machen.« Der junge Kollege war wieder in seinen militärischen Habitus verfallen, den Rosen langsam fast amüsant fand.

»Dann melden Sie mal los.«

»Wir haben etwas entdeckt, was Ihre Aufmerksamkeit verdienen würde.«

»Und was?«

»Verdachtige Bewegungen auf den Bändern.«

Sofort stand die Kommissarin auf und ging zu ihrem Wagen.

11

Lola Ries setzte sich auf ihren üblichen Platz im Salon und begann, das Drehbuch zu lesen. Im Prinzip war ihr der Film egal, sie interessierte sich nur für ihre Rolle, zumal es auch noch die Titelrolle war. »Die Liebeshexe« war eine Teenie-Komödie, was Lola Ries ebenso egal war, Hauptsache, sie stand mal wieder vor einer Kamera.

Mit einem gewöhnlichen Textmarker strich sie ihre Einsätze an und begann, diese laut zu lesen.

»*Ach, wenn sie lächelt, geht die Sonne auf für dich?*«, deklamierte sie. »Was für ein mieser Dialog. Würde mich interessieren, welchen Beruf der Drehbuchautor hat. *Was? Die Liebe drückt euch? Dann passt auf, dass euch die Pickel nicht platzen!* Gott, und mir platzt gleich der Kragen. Der Autor ist ein Direktimport aus dem Neandertal. *Dein Herz muss rein sein* – Zumindest reiner als deine Gesichtshaut, du Streuselkuchen – *für meinen Liebestrank.*«

Das war das richtige Stichwort. Nüchtern hältst du Teenie-Komödien eh nicht aus, dachte sich Lola Ries. Sie ergriff ihren Knirps, blickte sich jedoch vorher um, ob Laura Groß im Anmarsch war, bevor sie einen kräftigen Schluck nahm. Die Psychologin misstraute ihr, das war bei ihrer heutigen Sitzung deutlich geworden. Und sie konnte Wengerbauers positive Einschätzung keineswegs teilen. Wenn Lola Ries einen natürlichen Feind im Katharsis hatte, dann war das Laura Groß. Die gealterte Diva verspürte einen Esprit, eine Lust, ein Kribbeln und Brodeln wie schon lange nicht mehr. Ja, sie war in Fahrt und jedes Hindernis würde sie rücksichtslos aus dem Weg räumen.

In einem anderen Raum des Katharsis hingegen hatte ein weiterer Patient sein verbotenes Handy eingeschaltet.

»Bei uns geht's gerade hoch her«, sagte er. »Dr. Tobler ist ermordet worden.«

»Etwa von Ihnen?«, sagte die Frau mit gehässigem Unterton.

»Nein«, wehrte er ab.

»Leuten wie Ihnen traue ich alles zu!«

»Ich bin kein Mörder«, beteuerte er.

»Aber Abschaum.«

»Ich wäre dankbar, wenn Sie endlich mit den Beleidigungen aufhören könnten.«

»Ehre, wem Ehre gebührt.«

»Tun Sie doch nicht so moralisch«, empörte er sich. »Sie kassieren schließlich kräftig ab.«

»Das mache ich. Aber Sie will ich hier nicht im Haus haben.«

Er seufzte. »Ist gut. Aber momentan kommt hier niemand herein.«

»Dann schicken Sie jemanden.« Mit diesen Worten beendete sie das Telefonat.

Die Kommissarin wurde im Technikraum schon erwartet. Leo Bayer, ein Kriminaltechniker, der vor allem auf die Auswertung von Video- und Bildmaterial spezialisiert war, und Andrea Popolo hatten die betreffenden Stellen bereits markiert und alles vorbereitet für die Leiterin der Ermittlungen. Der Kommissaranwärter stand auf, als Irene Rosen den angenehm gekühlten Raum betrat. Ein Lächeln unterdrückend bedeutete sie ihm mit einem Nicken, er könne sich setzen. Sie selbst nahm neben ihm Platz, Bayer saß am Computer, von wo aus er die Bildbearbeitung steuerte. An der Wand hing ein großer Bildschirm Marke Heimkino.

»Na, ihr zwei Trüffelschweinchen«, sagte die Kommissarin, »was habt ihr denn an Schätzen ausgegraben?«

»Mögen Sie Trüffel, Frau Oberkommissarin?« Popolo blickte seine Chefin freudig an. »Ich kenne ein wunderbares italienisches Ristorante. Dort serviert man ein Trüffelrisotto, wie Sie es noch nie gegessen haben.«

»Dann weiß ich, wo ich heute Abend dinieren werde«, entgegnete die Kommissarin süffisant.

»Wenn die Wahl des Lokals geklärt ist, könnten wir uns der Arbeit zuwenden«, sagte Bayer genervt. »Auf mich warten heute noch die Überwachungskameras vom Hauptbahnhof.«

»Dann schieß los«, forderte ihn Irene Rosen auf.

»Also, kommen wir gleich zum Eingang in das Hauptgebäude. Alle Zeitpunkte und Personen decken sich mit den Aufnahmen der Außenkamera. Wir haben dreieinhalb Treffer.«

»Auf den halben bin ich aber gespannt«, lächelte die Kommissarin.

Bayer spielte die erste Stelle ein. Die Kamera nahm von dem Rosenstock aus den Bereich vor der Tür auf. Man sah klar und deutlich Tobler, wie er seinen Schlüsselbund zückte und aufsperrte. Laut Timecode war der Klinikchef um exakt 20.07 Uhr zurückgekommen.

»Wissen wir schon, warum Tobler ausnahmsweise montagabends auftauchte?«, fragte Rosen ihren neuen Assistenten.

»Nein, leider nicht. Ich habe die Freunde aus seiner Kegelrunde schon befragt. Ihnen hat er nur erzählt, er müsse noch etwas in der Klinik erledigen.«

Das war keine brauchbare Information, sondern nur eine Floskel. Irgendetwas trieb Tobler abends in die Klinik. Oder irgendjemand. Womöglich hatte er ein Rendezvous mit seinem Mörder.

»Dann kommen wir zu den Treffern zwei und drei«, sagte Bayer, der keine Zeit zu verlieren hatte. Diesmal spielte er eine Aufnahme der Außenkamera ein. Um 19.37 Uhr war ein Mann an das Portal der Klinik gekommen. Er war groß und schlank und trug ein Kapuzensweatshirt, sodass er nicht zu identifizieren war. Er trug einen kleinen Rucksack. Ihm wurde von innen aufgemacht, von wem, war allerdings nicht zu erkennen, da auch die zweite Person das Gesicht verhüllt hatte. Allerdings war sie deutlich kleiner und zierlicher, mit großer Wahrscheinlichkeit eine Frau.

Bayer schnitt auf die Innenkamera. Eine Minute später verschwand das Duo, die mutmaßliche Patientin ließ die Tür angelehnt, im Hauptgebäude. Auch hier waren die Gesichter nicht zu erkennen.

»Wissen wir, wer das ist?«, fragte die Kommissarin, die allerdings einen Verdacht hatte, zumindest was die Person anbelangte, die die Tür geöffnet hatte.

»Gemach, gemach«, antwortete Bayer und spielte die dritte Sequenz ab. »Rund fünf Stunden später kommt unser nächtlicher Besucher wieder heraus.« Tatsächlich war der Betreffende genau um 0.42 Uhr wieder gegangen. Diesmal allerdings verhüllte keine Kapuze sein Gesicht. Es handelte sich um einen jungen Mann. Markantes Gesicht, Dreitagebart, schmale Gesichtszüge. Seine tief liegenden Augen warfen Schatten. Als Fotomodel für eine Werbekampagne »Jugend trainiert für Olympia« war er in diesem Zustand zumindest ungeeignet. Er machte zudem einen desorientierten Eindruck. Sein Türöffner wies ihm mit einer hektischen Bewegung den Weg zum Portal. Und diesmal war auch deutlich zu sehen, um wen es sich handelte.

Private Rachegefühle hatten nichts bei einer Ermittlung verloren, trotzdem konnte die Kommissarin eine gewisse Freude nicht unterdrücken. Denn die Frau auf den Bildern war niemand anderes als Diana Hofer. Das Luder, von dem sie gedemütigt worden war und das ihr Liebesleben zerstört hatte.

»Und, habt ihr schon herausgefunden, wer der Mann ist?«

»Ja«, antwortete Popolo und nahm sein Tablet, auf dem er

alle seine Notizen gespeichert hatte. »Ronny Schwarze, 24 Jahre alt. Schauspieler, ist mit ›Herbsttod‹ bekannt geworden und hatte schon zwei Drehs in Amerika.«

»Seine Filmografie interessiert mich nicht«, seufzte die Kommissarin. »Ist er der Freund von Diana Hofer?«

»Ja. Die beiden sind wohl seit ein paar Monaten liiert. Wie fest, lässt sich nicht genau sagen. Er nimmt es offensichtlich mit Treue und Monogamie nicht so ernst.«

Den gönn ich dir, dachte sich Irene Rosen, forderte dann aber Popolo auf, seine weiteren Notizen vorzutragen.

»Viel gibt es nicht mehr zu sagen. Schwarze hatte schon wegen Drogenbesitzes Probleme mit der Justiz. Man hat ihn zweimal beim Dealen erwischt. Letzten Winter wurde er zu zwei Jahren auf Bewährung verurteilt.«

»Na, da schau her«, kommentierte die Kommissarin. Dann wandte sie sich Bayer zu. »Jetzt bin ich aber auf den halben Fund gespannt.«

Der Kriminaltechniker rief eine vierte Sequenz auf, die Rosen gespannt betrachtete. Sie erwartete etwas Spannendes, Mysteriöses, vielleicht sogar Unheimliches, umso mehr war sie überrascht, als Bayer den Film stoppte.

»War's das?«, fragte die Kommissarin. »Ich hab nichts gesehen. Keine halbe Spur, keine viertelte, nicht mal das Hundertstel eines Eindringlings.«

»Deshalb sitze ich hier und du musst draußen rumlaufen, um Mörder zu verhaften«, sagte Bayer, der trotz seiner vorgeblichen Eile Spaß daran hatte, seine Kollegin zu necken. Dann ließ er die Sequenz noch einmal laufen, allerdings in Zeitlupe.

Es war genau um 21.39 Uhr, als man für einen kurzen Moment etwas sah. Nur einen Schatten. Bayer ließ die Sequenz noch zweimal vorwärts und rückwärts ablaufen.

»Was ist das?«, fragte die Kommissarin erstaunt.

»Vielleicht ist es ja nur eine Katze, aber …«, warf Popolo ein, wurde jedoch sofort von seiner Chefin unterbrochen.

»Dann war die Katze mindestens eineinhalb Meter groß. Also ein Tiger in der Pubertät.«

»Das mit der Katze war nicht ernst gemeint. Scherzo«, sagte Popolo, der ansonsten auf italienische Brocken verzichtete, ganz betont. Irene Rosen merkte auf. Es war das erste Mal, dass ihr junger Kollege emotional auf ihre spitzen Bemerkungen reagierte.

»Vielleicht ist es wirklich nur Zufall, vielleicht sogar eine Himmelserscheinung«, fuhr Popolo fort. »Mir jedoch erscheint es im Bereich des Möglichen zu liegen, dass sich jemand unter der Kamera an der Wand entlang gedrückt hat, um ja nicht aufgenommen zu werden.«

»Ich denke dasselbe.« Bayer pflichtete seinem neuen Kollegen bei.

»Wenn der Spezialist das sagt, muss es wohl stimmen. Ich werde den Schattenwurf selbst vor Ort ausprobieren. Wenn ihr beiden aber recht habt, heißt das, dass sich jemand eine Stunde nach Tobler in das Hauptgebäude der Klinik geschlichen hat. Ein Jemand, der nicht gesehen werden will und der genau weiß, wo der tote Winkel der Kamera liegt.«

»Unser Mörder muss ein sehr vorsichtiger Mensch sein«, sagte Popolo und verbesserte sich sofort. »Ich meine, unsere Mörderin.«

»Vielleicht war's doch eine Katze. Oder ein Känguru.«

Im Katharsis hatte Lola Ries weiter ihre Rolle einstudiert. Sie spielte eine Apothekerin, die von ihrer Mutter in die Mysterien geheimer Heilkunst eingeweiht worden war. Und diese hatte ihr Wissen von ihrer Mutter und so weiter. Tagsüber verkaufte sie Aspirin und Salben gegen Fußpilz, in der Nacht dagegen braute sie, die moderne Hexe, Liebestränke aller Art.

Als Lola Ries gerade einen solchen zubereiten musste, machte sie einen Buckel und sprach mit verzerrter Stimme. »*Bilsenkraut und junger Wein / Honigzopf und Krötenbein / süß und sauer muss hinein / Fliegenpilz, Camparilaus / und die Leber einer Maus / schon kommt Amors Saft heraus.*«

In diesem Moment betrat Diana Hofer den Salon. »Amors Saft? Den kennst du doch nur noch, wenn er 40 Prozent hat.«

»Schätzchen, ich war jahrzehntelang Amors schönstes Leinwandgeschöpf. Und das mit allen Textilien am Leib.«

Hofer verstand die Anspielung auf ihre Filme und verteidigte sich. »Ich habe mich nie ausgezogen vor der Kamera.«

»Und was ist mit ›Legenden der Lust?‹« Ries, mit der Filmografie ihrer Konkurrentin bestens vertraut, musterte sie von oben herab.

»Das war ein Experimentalfilm.«

»Klar«, spottete Ries, »das Experiment bestand darin, was kann ich dem Publikum für zehn Euro an cineastischen Grausamkeiten zumuten.«

»Red nur.« Das Model winkte ab und gab sich gelassen. »Die Kamera hat einen Preis bekommen.«

»Sicher, den Filmpreis der Kriegsblinden.«

»Der Film wurde als perfekte Ironie gepriesen, du mieses Biest«, keifte Diana Hofer. Ihre coole Fassade war nur zu schnell gebröckelt.

»Klar, die schärfsten Szenen waren unscharf. Welch köstliche Ironie. Und statt Schauspielern hat man talentfreie Dummerchen engagiert. Perfekte Ironie.«

Der Zickenkrieg war in vollem Gange, als Ferner hereinkam.

»Lola, du bist ein verbittertes Stück Scheiße«, wetterte Hofer.

»Ihr tauscht Komplimente aus?«, bemerkte Ferner lächelnd.

»Wenn man von der Scheiße spricht, kommt die Schmeißfliege daher.« Lola machte keinen Hehl aus ihrer tiefen Abneigung gegen den Schriftsteller.

»Bei Ihrem Anblick fühle ich mich dagegen an etwas voluminösere Tiere erinnert.« Ferner wusste, dass die gealterte Diva nichts so traf wie Anspielungen auf ihre verblühte Schönheit. Und ihre nicht mehr gazellengleiche Figur.

»An eine Thanksgiving-Pute«, trat Hofer nach.

»Gestopft und in Beaujolais eingelegt.« Hofer und Ferner lachten.

»Ihr könnt euch wohl plötzlich riechen«, stutzte Lola über die ungewohnte Eintracht.

»Nicht nur das. Ich rieche mehr. Eine Fahne.« Ferner tat so, als würde er etwas erschnuppern.

»Die deutsche ist es nicht.« Hofer lachte hämisch.

»Die Fahne von Johnnie Walker Country.«

Ries nahm sich ein Mundspray.

»Das sind nur Hustentropfen.«

»Da wird dir die Groß aber was husten, wenn sie die Tropfen schmeckt.« Hofer war nicht mehr zu bremsen. Endlich hatte sie einmal Oberwasser im mittlerweile zwei Wochen währenden Kampf mit ihrer älteren Rivalin und Peinigerin. Bei Lola Ries dagegen schrillten die Alarmglocken. Ihr Misstrauen war erwacht. Hofer und Ferner verband bislang nur eins, ihre gegenseitige Verachtung. Plötzlich traten sie als Duo auf, dass kein Blatt mehr dazwischen passte. Hier war etwas im Argen. Lola würde ihnen nachspionieren und herausfinden, welches kleine schmutzige Geheimnis die beiden hegten.

Irene Rosen schaute überrascht auf ihren Schreibtisch. Da sie sich den Arbeitsplatz mit Popolo teilen musste, war die Nutzfläche deutlich geschrumpft, dafür der Aktenberg umso höher geworden. Zahlreiche Berichte und Dossiers türmten sich und nötigten der Kommissarin einen Stoßseufzer ab. Sie wusste, womit sie die Nacht verbringen würde. Arbeit war ihr allerdings lieber als ein mieses Date.

Die Menge bereitete ihr jedoch Kopfzerbrechen, schließlich hatte sie in einer Stunde ein Briefing mit allen Mitarbeitern. Bis dahin wollte sie sich einen Überblick verschafft haben. Sie schnappte sich als Erstes den Bericht der Spurensicherung. Im Safe hatten die Kollegen tatsächlich nur die Fingerabdrücke von Severin Tobler gefunden. Das bedeutete allerdings nicht, dass der Mörder nichts entwendet hatte, er hatte nach erstem Stand der Ermittlungen seine Spuren gekonnt verwischt.

Mitten in ihren Studien kam ihr neuer Mitarbeiter herein.

»Popolo, ich bin schon vom Aktenberg erschlagen worden, bitte keine neuen Unterlagen mehr.« Abwehrend hob sie die Hände.

»Gut, dann erstatte ich mündlich Bericht, wenn Frau Oberkommissarin dies bevorzugen.«

»Ich bevorzuge.«

»Wie Sie mir aufgetragen haben, habe ich Laura Groß und Zachie Blanck überprüft.« Popolo nahm sein Tablet, wischte ein paar Mal und trug dann seine Ergebnisse vor. »Die Psychologin war eine Musterschülerin und Musterstudentin. Sie machte ihren Masterabschluss mit 1,1 an der Ludwig-Maximilians-Universität. Schon als Studentin veröffentlichte sie Artikel in renommierten Zeitschriften. Über ihr Privatleben ist wenig bekannt. Sie ist ledig und lebt bei ihrer Mutter in Oberföhring.«

»Ein braves, strebsames Mädel. So etwas habe ich erwartet. Irgendwelche Auffälligkeiten?«

»Nein. Ihre Polizeiakte ist ein unbeschriebenes Blatt. Im Gegensatz zu Blanck.«

Rosen wurde hellhörig.

»Er hat seinen Chef fast erstochen.«

»Was für ein Zufall. Was war genau los?«

»Er war früher Türsteher in einer Techno-Diskothek. Sein Boss hat mit Ecstasy und Crystal Meth gedealt und Blanck hat ihn dabei erwischt, als er das Zeug an Minderjährige verkaufen wollte. Daraufhin hat ihn dieser mit einem Butterfly-Messer angegriffen, aber Blanck hat ihn überwältigt und ihm das eigene Messer in den Leib gerammt.«

»Er hat also den Spieß umgedreht.«

Popolo nickte. »Er wurde allerdings freigesprochen. Notwehr.«

Die Kommissarin stutzte. »Und trotz dieses Vorfalls darf der noch bei der Security mitmischen?«

»Das hat mich auf den ersten Blick auch verwundert. Aber Dr. Tobler und sein vorhergehender Arbeitsgeber haben ihm den Vorfall als Beweis seiner Unbestechlichkeit und Ehrlichkeit ausgelegt.«

Irene Rosen nickte unmerklich. »Nachvollziehbar, ja. Wir müssen diese Vorgeschichte aber im Kopf behalten. Was, wenn es diesmal umgekehrt war? Nicht er hat Tobler bei einer Schweinerei erwischt, sondern sein Chef ihn, als er mit seiner Jenny Graf verbotene Spielchen getrieben hat. Im Nachtwächterzimmer bei ausgeschaltetem Überwachungsmonitor.«

»Das ist möglich. Aber wäre es nicht ziemlich dumm von ihm, Ihnen überhaupt von dieser Graf zu erzählen, wenn ihn das verdächtig machte?«

»Nicht unbedingt«, entgegnete die Kommissarin, »zumal ich Blanck nicht als intelligenten Verbrecher einstufen würde. Vielleicht wurde er mit seinem Vollblutweib gesehen. Das würde ihn verdächtig machen.«

»Ja, ja. Vielleicht war es auch diese Graf?«

»Weil Sie meinen, dass nur eine Frau ins Herz stechen kann?« Die Kommissarin lächelte. »Popolo, ich werde der Graf einen Besuch abstatten, dann sehen wir weiter. Ich gebe aber zu, dass ich diese Spur nicht sonderlich heiß finde.«

Dann wandte sich die Kommissarin wieder ihrem Bericht zu, registrierte jedoch schnell, dass mit Popolo etwas nicht stimmte. Er setzte sich nur zögerlich und blickte seine Chefin verstohlen an.

»Was haben Sie noch auf dem Herzen?«

Popolo nahm ein gelbes Post-it, das an seinem Laptop klebte, und überreichte es der Kommissarin. »Ich habe es extra für Sie aufgeschrieben.«

Irene Rosen las eine Telefonnummer und daneben den Namen Möhler. Kurz musste sie überlegen, bis ihr einfiel, dass dies der Kollege war, der sich um den CastleNeo-Skandal kümmerte.

»Popolo, ich ertrinke in Arbeit«, stöhnte sie.

»Aber Sie haben es mir versprochen, dass Sie sich um die Angelegenheit kümmern«, entgegnete Popolo mit beleidigtem Unterton.

»In Ordnung. Versprochen ist versprochen. Dafür habe ich ein Attentat auf Sie vor.«

»Auf mich?« Der junge Polizist zuckte zusammen.

Die Kommissarin beugte sich nach vorne und blickte ihn durchdringend, ja nahezu Furcht einflößend an. »Welche Drogen nehmen Sie?«, sagte sie mit heiligem Ernst, obwohl sie sich innerlich zusammenreißen musste, um nicht loszulachen.

»Frau Rosen«, entgegnete Popolo empört. »Ich habe noch niemals in meinem Leben gegen das Betäubungsmittelgesetz verstoßen.«

»Wie steht's mit Wein?«

»Zum Essen gern mal ein Viertel. Spirituosen nur in Ausnahmefällen. In meinem Stamm-Ristorante servieren sie zur Rechnung noch einen Grappa, aber mehr nicht.«

»Sie müssen aber irgendeine Sucht haben.«

»Warum?«, fragte Popolo irritiert nach.

»Weil Ihnen sonst das Rendezvous mit Lola Ries und Tommy Martin entgeht.«

Den folgenden Freudenschrei hörte man bis zum Starnberger See.

12

Lola Ries kannte die Gewohnheiten von Diana Hofer recht gut. Auch ihren Tagesablauf. So wusste sie, dass sich das Model täglich von 18 bis 19 Uhr im Fitnessstudio abstrampelte, die berufsbedingte fettfreie Figur konnte nicht nur durch Hungern erhalten werden. Drogen waren auch ein probates Mittel, aber denen wollte sie ja abschwören. Was blieb ihr anderes übrig, als kleine Hanteln zu stemmen und auf dem Hometrainer ein paar Kilometer runterzureißen, obwohl Diana Hofer körperliche Anstrengungen jeglicher Art verabscheute? Mit Widerwillen ging sie zur täglichen Sportstunde und vergaß nicht selten, ihre Türe zuzusperren, eine Nachlässigkeit, die Lola Ries des Öfteren schon registriert hatte, schließlich bewohnte sie das Zimmer schräg gegenüber.

Die Schauspielerin wertete die offene Tür als Einladung und schlich sich hinein. Man muss kein Ordnungsfanatiker sein, um Hofers Zimmer als Anschauungsobjekt für pures Chaos zu erleben. Es gehörte schon Talent dazu, mit relativ wenigen Gegenständen den Teppichboden nahezu völlig zu bedecken. Gebrauchte wie ungebrauchte Slips, Hosen, T-Shirts, die Vogue vom Mai, ein Ratgeber für Gesichtspflege und jede Menge Döschen und Gläser lagen durcheinander verstreut, dass es schon fast nach Aktionskunst aussah.

Lola betrachtete eingehend die diversen Medikamente und Kosmetika, lächelte über die Salbe gegen Vaginalpilz und war überrascht, wie viele Antifaltencremes man in diesen jungen Jahren schon benutzte. Ein Pillenglas erregte ihre Aufmerksamkeit, denn es war unbeschriftet.

»Wenn du bist wie ich, dann hat dir das Zeug nicht der Doc verschrieben, sondern dein Dealer von nebenan«, murmelte

Lola Ries. Allerdings hatte sie keine Lust auf einen Selbsttest, um auszuprobieren, welche Substanz sich in der gelben Schale verbarg.

Als Nächstes wandte sich die Schauspielerin dem Abfalleimer zu. Er war heute noch nicht geleert worden, da die Putzfrau einen Schock erlitten hatte, als sie die Leiche fand. Den Patienten wurde mitgeteilt, dass ausnahmsweise die Zimmer nicht gemacht würden, was angesichts der tragischen Umstände von allen akzeptiert wurde. Außer von der dritten Ehefrau des Vorstandvorsitzenden eines führenden Dax-Unternehmens. Sie bestand darauf zu bekommen, wofür sie bezahlte, und beklagte den Sittenverfall und den steinzeitlichen Servicegedanken in unserem Lande. Sie ließ ihre hauseigene Putzfrau anrollen. Aus Frankfurt.

Obenauf lagen zerknüllte Zeitungsseiten. Die Süddeutsche, stutzte Lola Ries. Dieses Dummerchen versteht nicht mal den Automarkt in diesem Blatt! Vorsichtig nahm sie das Papier heraus. Wie sie erwartet hatte, diente es nur dazu, etwas zu verdecken. »Die alte Hungerlatte hat Party gefeiert«, feixte Lola Ries angesichts der beiden gebrauchten Kondome und der Red Bull-Vodka-Dosen. Und darunter befand sich noch ein kleiner Gegenstand, den Lola an sich nahm. Man konnte nie wissen, ob man nicht einmal ein Druckmittel brauchte.

Sie hatte, was sie wollte, und beschloss deshalb, das Zimmer wieder zu verlassen. Vorsichtig blickte sie nach links und rechts, doch der Gang war wie erwartet leer. Dann schlich sie auf Katzenpfoten zu Ferners Zimmer, das auf derselben Ebene lag. Der Schriftsteller wäre nicht so bescheuert, sein Zimmer offen zu lassen, da war sich Lola sicher. Sie war zwar eine Meisterin im Öffnen von Türen, aber eher im metaphorischen Sinne. Mit Einbrüchen hatte sie keine Erfahrung. Ihr Plan war, einfach mit Schwung in das Zimmer zu platzen, Ferner mit Vorhaltungen zu überziehen, bis der nicht mehr wusste, ob er

Männlein oder Weiblein war, und dabei so viele Informationen und Eindrücke zu sammeln wie möglich.

Als sie vor Ferners Tür stand, hielt sie kurz inne und drückte dann schnell die Klinke. Doch es war verschlossen. Also klopfte sie, doch nichts war zu hören.

»Was wollen Sie hier?«

Lola Ries erschrak und fuhr herum. Laura Groß hatte sich auf leisen Sohlen angeschlichen und sie überrascht. Die Psychologin blickte ihre Patientin durchdringend an.

»Ich? Nur ein bisschen mit Ferner über die alten Germanen plaudern.« Mit diesen Worten huschte die Schauspielerin an Laura Groß vorbei.

Versprochen war versprochen. Auch wenn es der Kommissarin nicht in den Kram passte, weil sie als Leiterin der Soko Tobler bis oben hin mit Arbeit eingedeckt war, wollte sie noch mit dem Kollegen Möhler sprechen. Erschwerend kam hinzu, dass sich das Dezernat für Tötungsdelikte in der Hansastraße befand, also im Westen, das für Wirtschaftskriminalität dagegen am Adenauerring im Osten, genauer gesagt in Neuperlach. Da Irene Rosen jedoch in Zamdorf wohnte, war der Umweg nicht allzu groß.

Beruflich hatte sie noch nie mit Möhler zu tun gehabt. Die Steuer- und Trickbetrüger schossen zu wenig.

Als die Kommissarin am Adenauerring ankam, fühlte sie sich verschwitzt und schmutzig. Der heiße Tag hatte Spuren hinterlassen und sie hätte sich liebend gern vorher geduscht, aber es war bereits gegen acht und der Kollege teilte ihr mit, dass er spätestens um halb neun heim wolle.

Als die Kommissarin an Möhlers Tür klopfte, wurde sie mit einem Lächeln empfangen und einer einladenden Geste hereingebeten. Er stellte sich mit einem festen Händedruck als Karsten vor. Dankbar nahm die Kommissarin das Duz-Angebot an.

Das Büro war angenehm gekühlt. Der Kommissar hatte ein breites Kinn, trotz Rasur einen dunklen Bartansatz und dichtes, schwarzes Kopfhaar. Er trug einen kurzärmliges blaues Businesshemd und eine beige Stoffhose, dazu dunkelgrüne Sandalen mit Klettverschluss. An seinen Augenringen merkte man, dass ihm sein aktueller Fall wenig Schlaf gelassen hatte. Trotz der fortgeschrittenen Stunde bot er Irene Rosen sofort kühles Wasser mit Zitrone an, was die Kommissarin dankend annahm.

»Wie kann ich dir helfen?«, fragte er Irene Rosen. »Wurde eine deiner Leichen mit einer gefälschten Steuererklärung gefunden?«

Der Mann hatte Humor. Das gefiel Irene Rosen.

»Es geht eher um Leute, die von einem Baulöwen gefressen wurden«, entgegnete die Kommissarin.

»Und warum interessiert das euch von der Mordkommission?«, fragte Möhler mit gerunzelter Stirn. Plötzlich hellte sich seine Miene auf. »Oder wurde ein Polizist von Hecker geprellt?«

»Unser Kommissaranwärter Popolo. Ein junger Kollege, der sein Sparschwein für das Märchenschloss, das ein Luftschloss war, geschlachtet hat.«

Möhler schüttelte den Kopf. Er konnte es selbst nicht fassen, wie leicht sich viele Leute leimen ließen. »Wir erstellen gerade eine Liste von allen Opfern des CastleNeo-Skandals. Soll ich sie dir zukommen lassen, wenn sie fertig ist?«

»Gern«, antwortete die Kommissarin. »Gibt es schon eine Spur?«

»Nein, aber Hecker ist nicht mit dem Flugzeug außer Landes gereist. Wir glauben, dass er noch innerhalb der EU ist. Und dann erwischen wir ihn, keine Sorge.«

Die beiden plauderten noch ein wenig über die Arbeit, bis sie ihr Wasser ausgetrunken hatten.

»Halt mich auf dem Laufenden«, sagte Irene Rosen beim Abschied. Sie hätte Möhler auch direkt an Popolo verweisen können. Der Fall ging sie schließlich nichts an, zumal sie mit Arbeit eingedeckt war. Doch eine innere Stimme flüsterte ihr, es wäre schön, den Kollegen von der Wirtschaftskriminalität wiederzusehen.

Andrea Popolo war aufgeregt wie selten in seinem Leben. An seinem ersten Tag bei der Mordkommission durfte er bei einem spektakulären Fall mitarbeiten. Seine Chefin war gelegentlich etwas befremdlich, insgesamt faszinierte sie ihn aber. Und nun hatte sie ihm diesen speziellen Auftrag erteilt. Ein Traum. Er fühlte sich wie ein A-Jugendspieler, der plötzlich bei den Profis mitspielen durfte. Und das gleich noch in einer Champions League Partie.

Einen Mafioso sollte er mimen. Oder besser, den verzogenen Sohn eines Mafiosos, der zum Entzug nach Deutschland in die Klinik geschickt wird. Das alte Vorurteil gegenüber den Italienern. Andrea konnte es nicht mehr hören. Bella Italia, das waren Vino rosso, Pizza prosciutto, Mafia. Die unheilige Trinität des Italienklischees. Tatsächlich hatte er noch nie in seinem Leben mit dem organisierten Verbrechen auf dem Stiefel zu tun gehabt. Er war in Deutschland geboren und aufgewachsen. Er konnte mehr bayerische Idiome als toskanische. Sein Vater kam aus der Nähe von Siena, absolvierte die von Napoleon ins Leben gerufene Elitehochschule Scuola normale in Pisa und promovierte in Astrophysik. Bald nach der Dissertation holte ihn das Max-Planck-Institut nach Garching, wo er bis auf zwei Jahre am Paranal-Observatorium in der chilenischen Atacamawüste arbeitete.

Andrea wuchs in einem bildungsbürgerlichen Hause auf, wo man seinen Petrarca, seinen Dante oder auch Manzonis »Die Verlobten« nicht nur zur Dekoration im Bücherregal stehen hatte. Sein Vater war ein akribischer, ernsthafter Arbeiter, ordnungsliebend und zuverlässig, in vielerlei Hinsicht deutscher als die meisten Deutschen. Nur nicht, was das Essen anbelangte. Mit den Klassikern der bayerischen Küche stand er auf Kriegsfuß. Leberkäse und Weißwurst konnte seiner Meinung nach nur Leuten schmecken, deren Gaumen verätzt war. Den Semmelknödel hielt er für einen Irrtum der kulinarischen Weltgeschichte und angesichts der Mengen an Schweinshaxe und Schnitzeln, die im Freistaat vertilgt wurden, wunderte es ihn nicht, warum die Figur so vieler Menschen einem Rollbraten ähnelte.

Zu den Tabu-Lebensmitteln zählte auch deutscher Rotwein, den er nicht einmal Nachwuchs-Alkoholikern als Einstiegsdroge empfehlen würde, nicht aber der Weißwein. Grauer Burgunder aus der Pfalz konnte sich mit dem italienischen Pendant, dem Pinot grigio, sehr wohl messen.

Was das Kulinarische anbelangte, fühlte sich Andrea auch als Italiener. Von der Mentalität als Europäer. Ihm imponierte, wie im alten Kontinent nach der Katastrophe des Zweiten Weltkriegs Werte wie Toleranz und Pluralismus politisch konsequent umgesetzt wurden. Ja, die freiheitliche Ordnung zu schützen, das galt ihm schon in jungen Jahren als wichtige Aufgabe. Und sie war einer der Gründe, warum er Polizist werden wollte.

Sein Vater war strikt dagegen. Er hatte für den einzigen Sohn eine akademische Karriere vorgesehen, legte ihm aber keine Steine in den Weg, als er sich für die Ausbildung als Kriminaler bewarb.

Und nun schlug seine Chefin vor, er solle einen Mafioso mimen. Andrea saß vor dem Bildschirm und googelte einige bekannte Jung-Mafiosi aus Kalabrien und Sizilien. Sicher, sie waren nicht alle aus demselben Holz geschnitzt. Die einen gaben sich legerer, die anderen trugen nur feinsten Zwirn von

Armani und schliefen vermutlich sogar mit Krawatte und Sonnenbrille. Manche waren heißblütige Brutalos, die auch mal einen Kellner abstachen, weil er ihnen blöd kam. Die anderen kühle Strategen. Aber alle hatten, was ja nicht weiter verwunderlich war, etwas Bedrohliches, Fieses, Hinterhältiges. Und er wollte ja Vertrauen gewinnen. Vertrauen, das war das Wichtigste.

Nein, er beschloss eigenmächtig, die Mafia-Karte nicht zu spielen. Aber was dann? Er konnte einen bekannter Sportler geben, aber das war unglaubwürdig. Schauspieler oder Musiker? Das wäre perfekt gewesen, aber zu leicht nachprüfbar. Der Spross aus reichem Hause, am besten aus den Kreisen der Industriemagnaten, das schien ihm passend. Schnell googelte er den Agnelli-Clan und studierte die jüngeren Mitglieder. Dann schaute er sich noch die Benettons unter 30 an. Er studierte ihr Gebaren, ihr Auftreten, ihre Kleidung. Seriös, so gaben sie sich zumindest vor den Kameras. Aber hatte nicht die Kommissarin gesagt, er solle ruhig verrückt und freakig auftreten? Warum nicht? Seine Garderobe gab eine paar feine Anzüge und Hemden her. Und ansonsten würde er den nicht-angepassten Sohn aus reichem Hause spielen. Was für ein Spaß, dachte sich Andrea Popolo. Nun musste er sich noch einen Namen und eine Vita zurechtlegen.

13

Mitternacht war längst verstrichen, als sich Irene Rosen ins Bett legte. Da die Nacht wie der Tag heiß war, brauchte sie keine Decke, ein dünnes Seidennachthemd genügte. Obwohl müde, fiel es ihr schwer, die Augen zu schließen. Zu aufregend waren die letzten 24 Stunden gewesen. Und das in mehrfacher Hinsicht. Der knifflige Fall, ein ungewöhnlicher neuer Kollege, das Katastrophen-Date. Die Erinnerungen daran verblassten allerdings, nicht zuletzt, weil sie einen anderen Mann kennengelernt hatte, der ihr gefiel. Sie verbot sich selbst aber, mehr über den Kollegen Möhler in Erfahrung zu bringen. Schließlich hatte sie einen Mord aufzuklären, der tagelang die Zeitungen füllen und sie gehörig auf Trab halten würde. Aber es gab immer auch ein Leben nach dem Fall. Mit diesem tröstlichen Gedanken schlief sie gegen zwei Uhr ein.

Nach der morgendlichen Besprechung machte sich die Kommissarin auf, der Witwe auf den Zahn zu fühlen. Die mysteriöse Geschichte mit dem Testament war die heißeste Spur und Dolores Tobler damit die Verdächtige Nummer eins. Die Fahrt an den Starnberger See verlief diesmal ohne Komplikationen. Allerdings war die Hitze des Vortags einer bleiernen Schwüle gewichen. Ein Gewitter lag unheilvoll in der Luft.

Die Latino-Schönheit erwartete Irene Rosen mit ernster Miene. Natürlich trug sie Schwarz, ein schickes Kleid mit Spitze, das aber noch pietätvoll genug war, um Trauer zu signalisieren. Sie zeigte sich überrascht, dass Popolo nicht noch einmal gekommen war. Aber die Kommissarin hatte den Verdacht, dass die Witwe ihren Kollegen und sicher auch den einen oder anderen Mann in ihrer Abteilung um den Finger wickelte, schließlich war sie geballte Erotik auf zwei Beinen und sah atemberaubend aus. Eine Frau hatte allerdings keine Probleme mit dem Luftholen.

Dolores Tobler bat die Polizistin wie am Tag zuvor Popolo in das angenehm gekühlte Wohnzimmer. Irene Rosen kam sofort zur Sache.

»Wie sind Sie auf die Idee gekommen, es gebe ein Testament?«

»Oh, da habe iche mich getäuschte. Severin habe mir gesagte, er wolle mache die Testamente, aber er habe nicht gemachte. Das habe Señor Stiller gesagte.« Dolores tippte sich an die Stirn, um zu zeigen, wie dumm ihr Fehler war.

Die Kommissarin nickte. Allerdings glaubte sie ihr kein Wort. Ihre Spürnase hatte sich im Laufe der Zeit zu einem gut funktionierenden Lügendetektor entwickelt. Letztlich verriet sich zwar jeder Mensch anders. Dennoch gab es Muster, entlarvende Gesichtsausdrücke, typische Ausdrucksweisen. Und Dolores klang, wie auch Diana Hofer bei ihrer Inhaltsangabe von ›Die Vögel‹, als hätte sie sich die Sätze und die passenden Gesten vorher überlegt. Nur, wer musste die Wahrheit einstudieren? Die Kommissarin wollte ihr Gegenüber allerdings in Sicherheit wiegen. Vorerst.

»Wann hat er denn von einem Testament gesprochen?«, fragte sie nach.

»Als wir habe gemachte die Regelung von die Scheidunge.«

»Und wann war das?«

»Eh, vor ungefahr drei Monate.«

Das ließe sich nachprüfen, zumal die Kommissarin auch dem Herrn Rechtsanwalt noch einen Besuch abstatten wollte. Rosens positives Bild des Toten kam durch die Unterhaltung ins Wanken. Sie hielt nämlich Dolores für ein drüsendralles Dummerchen, ein Luxusweibchen, eine betörende Schönheit zweifellos, aber kein angemessener Gesprächspartner für einen gebildeten Schöngeist. Versteh einer die Männer, dachte die Kommissarin insgeheim, und befragte Dolores noch zu ihrer Ehe. Tobler war wohl anfangs bis über beide Ohren in sie verliebt. Klar, ein Heiliger war er auch nicht, und Dolores war ein Statussymbol.

»Ich habe ihn in die Anfang auch geliebte – mit die ganze Herze«, beteuerte sie und unterstrich ihre Worte, indem sie sich an die Brust fasste.

Sicher, er konnte sich die besten und teuersten Anwälte der Stadt leisten, um sie in dem Drogenprozess herauszuboxen, dachte sich die Kommissarin, sagte aber nichts, zumal sie nicht von der Moralpolizei war.

Seit einigen Jahren führten die beiden freilich nur noch eine Schattenehe. Das Haus war groß genug für sie. Als Dolores jedoch eine Affäre mit Markus Slowinsky, dem heißen Gärtner, anfing, funktionierte diese Regelung nicht mehr. Kurz darauf lernte Tobler in der Klinik Antonia Helmrich kennen und lieben und drängte auf die endgültige Trennung.

»Ich sage ja und es gebe kein Problem mit Scheidung. Wir bleibe Freunde«, schloss Dolores ihre Ausführung.

Tobler blieb ihr so freundschaftlich verbunden, dass er sein Vermögen einer Stiftung vermachte, nur damit seine Latina möglichst wenig Geld bekam, dachte sich die Kommissarin. Und ein paar Wochen vor dem Gerichtstermin wird er erstochen. So ein Zufall.

Irene Rosen ließ sich von Dolores das Haus zeigen, zumindest die von Tobler benutzten Räume. Das Schlafzimmer und das Bad interessierten sie weniger – im Gegensatz zum Arbeitszimmer. Dort warteten zwei große Bücherregale und ein Regal vollgestopft mit Aktenordnern auf sie. Sofort rief sie im Kommissariat an und bestellte einen Stoßtrupp herbei, um die Fleißarbeit zu erledigen.

»Übrigens. Sie hatten zu meinem Kollegen Popolo etwas von verrückten Männern am Dienstag erzählt. Was meinen Sie genau damit?«

»Eh, total loco.« Dolores machte die bekannte Scheibenwischer-Bewegung. Dann deutete sie der Kommissarin an, ihr zu folgen und führte sie ins Schlafzimmer. Dort öffnete sie einen Kleiderschrank, in dem mehrere Anzüge hingen. Sie hatten etwas Pastorales an sich, einen hohen Kragen und eine lange Knopfleiste. Daneben hingen eine blau-weiße Schärpe, eine Art Schurz und eine breite Kette. Diese bestand alternierend aus einem runden und einem rechteckigen Versatzstück. Auf dem runden, medaillenförmigen Kettenglied und der Schärpe waren ein Zirkel und eine Kelle abgebildet.

Die Kommissarin war wie elektrisiert. Das war zweifellos eines der Symbole, die Tobler eingeritzt worden waren. Der Tote war Freimaurer. Und die Dienstagsgesellschaft mit den verrückten Männern das Treffen der Loge.

Im Arbeitszimmer fand die Kommissarin schnell die Bestätigung für ihre Vermutung, und das ordnerweise. Sie setzte sich an den Schreibtisch und begann zu blättern. Dort fand sie Aufzeichnungen von Treffen, Korrespondenzen und die Beitrittserklärung. Darin verpflichtete sich Tobler, keinerlei geschäftlichen Nutzen aus der Loge zu ziehen und absolutes Stillschweigen zu wahren. In allen seinen Unterlagen kamen auch keine realen Namen vor. Die Mitglieder hatten Kürzel oder wurden mit den Freimaurer-Rängen bezeichnet.

Wie herauszulesen war, pflegte Toblers Loge den York-Ritus, bei der es insgesamt zehn Grade gab. Deren wichtigster war der des »Höchst Vortrefflichen Meisters«.

Und mit eben diesem Logen-Häuptling hatte Tobler in den letzten Monaten seines Lebens einen interessanten Briefwechsel. Offensichtlich hatte Tobler mit einigen Logen-Mitgliedern Ärger. Am meisten scheint er sich über den Bruder FS, der den

Grad des Tempelritters hat, aufzuregen. Deshalb wollte er die »Schwabing Templer« verlassen.

Doch der »Höchst Vortreffliche Meister« wollte ihn nicht ziehen lassen. Einmal Freimaurer, immer Freimaurer. Tobler drohte offen damit, das Logengeheimnis und noch einige Dinge auszuplaudern, die nur angedeutet wurden, was den Obermaurer heftig erzürnte. Den letzten abgehefteten Brief konnte man sogar als Drohung verstehen. Er war gerade mal zehn Tage alt. Da werde ich dem »Höchst Vortrefflichen Meister« mal einen höchst vortrefflichen Besuch abstatten, dachte sich die Kommissarin.

»Was will die eigentlich von uns?«, fragte Hofer in die Runde. Laura Groß hatte die vier Patienten zu einer kurzen Besprechung in den Salon zitiert, ohne den Grund zu verraten.

»Ich weiß es nicht«, entgegnete Ferner. »Vielleicht einen Intelligenztest absolvieren. Wer nicht mehr geradeaus gehen kann, hat verloren.«

Das war natürlich auf den häufig schweren Seegang von Ries gemünzt, aber Lola nutzte die Vorlage für sich.

»Da hat Diana bei ihrem schiefen Arsch keine Chance.«

In diesem Moment kam Tommy Martin herein, fröhlich eines seiner Lieder pfeifend. Im Schlepptau hatte er die Psychologin.

»Danke, dass Sie alle gekommen sind«, hob Laura Groß an. »Ich habe Sie gerufen, um Ihnen einen neuen Patienten vorzustellen.«

Die vier Promis schauten nicht sonderlich erfreut. Eigentlich wollten alle hier nur für sich sein. Jeder neue Patient war ein potenzieller Störenfried, der mehr von ihren Problemen und Geheimnissen mitbekommen konnte, als ihnen lieb war. Und Lola Ries hatte Angst, es könnte noch eine Frau kommen und damit eine weitere Rivalin.

Aber sie konnte beruhigt sein. Der Mann, der hereintrat, trug eine überdimensionierte Ray-Ban, ein T-Shirt mit schwarz-weißen Längsstreifen, das sich bei näherem Hinschauen als Trikot von Juventus Turin herausstellte, eine schwarze Hose und schwarze italienische Slipper. Mit einem langgezogenen »Ciao, Ragazzi« begrüßte er das erstaunte Quartett und klang betont nach Eros Ramazotti.

»Ich glaube, der Kerl ist in der falschen Anstalt gelandet.« Lola Ries fand als Erste wieder die Sprache.

»Eh«, sagte der Neuankömmling und machte die berühmte italienische Geste, bei der man die Finger wie zu einem Zelt an den Kuppen zusammennimmt und dann aus dem Handgelenk wippt. »Ich bin Gianluca aus Apulien. Das ist am Absatz vom Stiefel.«

»Nicht am Arsch der Welt, aber man kann ihn dort garantiert riechen.« Die Schauspielerin ließ eine weitere Spitze los.

»Ah, und Sie sind Lola Ries.« Der Italiener ging auf sein Idol zu und streckte ihr die Hand entgegen. Sie aber blieb mit verschränkten Armen stehen. Dieser komische Fußballfan war unter ihrer Würde.

»Ich habe alle Ihre Filme gesehen«, sagte er schwärmerisch. »Und bin Ihr größter Fan südlich der Alpen.«

»Ach wirklich, wusste gar nicht, dass ich so etwas habe.« Das Kompliment zeigte Wirkung und Lola Ries schüttelte die weiterhin ausgestreckte Hand.

»Und Sie sind Tommy Martin, der Popstar. Ich kenne alle Ihre Alben.

»Sie verwechseln mich«, wehrte Martin kühl ab. »Ich bin Hans Meier, Buchhalter.«

Der Neuankömmling lachte. Dabei handelte es sich natürlich um Kommissaranwärter Popolo, der undercover in der Klinik ermitteln sollte. Die Kosten für den Aufenthalt, das hatte Irene Rosen mit Rafayi abgemacht, trug die Stiftung.

Und niemand sonst würde davon erfahren, auch nicht Zachie Blanck oder Laura Groß.

»Aber Sie sind doch … ach, Sie wollen mich auf den Arm nehmen. Nicht mich, Gianluca Batozzi. Sie sind Tommy Martin.« Dann sang er den Refrain von Martins internationalem Hit »Fool on you« und bewegte sich dazu wie in der Disco.

»Herr Botuzzi oder wie immer Sie heißen mögen. Es freut mich, wenn Sie meine Lieder mögen, aber hier geben wir unsere Identität an der Eingangstür ab. Hier bin ich Hans Meier, Buchhalter«, klärte Martin den Polizisten auf.

»Und was sind Sie im richtigen Leben?«, fragte Diana Hofer.

Popolo verstand eigentlich die Frage nicht, antwortete jedoch ehrlich, wie es seiner Natur entsprach. »Ich? Ich bin Po…« Gerade war er im Begriff, sich als Polizist zu outen, dann hätte er nach zwei Minuten die ganze Sache wieder abblasen und nach Hause fahren können. Aber gerade kratzte er noch die Kurve. »Äh Popo«, stotterte er.

»Popo?«, fragte Martin überrascht.

»Etwas Arschiges hatte ich erwartet.« Lola ließ sich den Kommentar nicht nehmen.

»Popopapapipi … Popopapierhersteller. Mein Papa hat eine Fabrik für Pippipopo … Toilettenpapier«, stammelte Popolo, der sich zwar die Vita eines Industriellensohnes zurechtgelegt hatte, aber der sollte eigentlich klassisch aus der Lebensmittelbranche kommen. Nun musste er improvisieren.

»Hi«, begrüßte ihn Hofer kühl.

»Mister Zewa Moll persönlich.« Ferner setzte ein überlegenes Grinsen auf.

»Und wenn er gut gelaunt ist, macht er Zewa Dur«, witzelte der Musiker.

»Gut, Sie kennen jetzt alle, Herr Batozzi«, sagte Laura Groß und wandte sich dann allen zu. »Ich habe mit der Witwe Tobler Rücksprache gehalten. Der Betrieb hier geht weiter wie bisher.

Ihre Therapiesitzungen finden statt wie gewohnt.« Dann blickte sie Diana Hofer an. »Rotkäppchen, Sie haben jetzt Ihre Stunde.«

»Rotkäppchen?« Popolo konnte sich das Grinsen kaum verkneifen. »Aber das ist doch Diana Hofer, die schönste Frau des Laufstegs.«

»Nein«, widersprach Lola Ries. »Das ist Mutter Teresa, sie hat sich nur ein bisschen geschminkt.«

»Nein, Herr Batozzi«, widersprach Laura Groß, »hier ist sie Rotkäppchen, niemand anders. Wie Herr Martin vorher anklingen ließ, hat hier jeder sein Pseudonym und eine fiktive Identität. Ich dachte, ich hätte Ihnen das vorhin erklärt.«

»Und wenn sie Cinderella wäre, würde sie die Asche in die Nase ziehen, weil sie sie mit Kokain verwechselt«, stichelte Lola.

»Hört, wer da spricht: der große böse Wolf und die Oma in einer Person.« Diana Hofer war durch den Beistand von Ferner gestärkt.

»Miststück«, schimpfte Lola.

»Bitte, bewahren Sie die Contenance.« Groß versuchte sich als Schlichterin. »Rotkäppchen, kommen Sie bitte.«

Dann gingen Hofer, Groß und Ferner. Popolo setzte sich auf das Sofa, begleitet von den bösen Blicken von Tommy Martin und Lola Ries.

»Störe ich?«, fragte der Polizist.

»Überhaupt nicht«, entgegnete Ries ironisch.

»Dann ist es ja gut.«

Popolo nahm sich ein Magazin aus dem breit gefächerten Angebot, setzte sich und blätterte herum.

»Spaghetti, wissen Sie, was Ironie ist?«, fragte die Diva genervt.

»Ciao, Bello«, fügte Martin spitz hinzu.

»Bene, dann räume ich mal meine Sachen aus.« Es war klar, dass die beiden ungestört bleiben wollten. Popolo verließ den

Salon, ließ aber die Tür angelehnt, um der Konversation zu lauschen.

»Tommy, Schätzchen, weißt du, was ich hier habe?« Lola Ries wedelte überschwänglich mit ihrem Skript.

»Ein Verzeichnis alkoholfreier Cocktails?«

»Sei nicht albern. Das Drehbuch.«

»Du hast die Rolle doch noch bekommen?«, fragte Martin überrascht.

»Es gibt keinen Grund mehr, warum ich sie nicht bekommen sollte.«

»Stimmt. Der einzige Hinderungsgrund liegt in einem gekühlten Fach in der Pathologie. Weißt du, dass dich das verdächtig macht?«

»Unsinn, Schätzchen«, wiegelte Lola Ries ab.

»Doch, du profitierst von Toblers Tod. Er hat den Jungs von der Produktionsfirma gesagt, du könntest auf keinen Fall drehen und sie müssten die Rolle an jemand anderen vergeben.« Martin ging zu Lola und nahm das Drehbuch in die Hand.

»Na und? Ich würde doch nicht morden, nur um eine Rolle zu bekommen.«

»Lola, du stehst im Ruf, dass du sämtliche Konkurrentinnen skalpieren und filetieren würdest, um eine Rolle zu bekommen.« Martin schlug das Skript auf und blickte gedankenverloren hinein.

»Unsinn, ich bin eine friedliebende Frau.«

Der Sänger lachte laut auf. »Klar, so friedliebend, dass du Tobler gedroht hast, du schneidest ihm sein männlichstes Teil ab und verfütterst es an die Fische.«

»Das war nur so dahin gesagt in der Hitze des Gefechts.« Wie vielen Leuten war es Lola Ries peinlich, wenn man sie mit den eigenen verbalen Ausfällen in hitzigen Momenten konfrontierte.

»Und dass du ihn bei lebendigem Leib häuten willst?« Martin ließ nicht locker.

»Hey, ist gut.« Lola wollte das Gespräch möglichst schnell beenden. »Ich weiß, was ich gesagt habe. Ich leide nicht an Alzmeier oder wie das heißt.«

»Für dich eher Alkheimer.«

»Tommy, mach mich nicht wütend, was soll das Ganze, verdammt noch mal?« Lola Ries blieb auf dem Sofa sitzen und schaute Martin zornig an. Dieser gab ihr das Drehbuch zurück und begann, im Raum auf und ab zu gehen.

»Lola. Ich habe vor einem Jahr Unsinn gemacht. Genau genommen war es Tommy, nicht ich.« Martin sprach plötzlich in einem sehr ernsten Tonfall.

»Ach, bist du nicht Tommy?«, fragte Lola spitz.

»Tommy ist der auf der Bühne und in den Popmagazinen.«

»Der einmal mit dem Arsch wackelt und schon fallen hunderttausend Girls in Ohnmacht?«

»Ja, und der von mehr Paparazzi verfolgt wird als nach dem 11. September Osama bin Laden von amerikanischen Soldaten.« Martin hasste die Fotografen. Er hatte sich auch schon einige Faustkämpfe mit ihnen geleistet.

»Jedem seine Armee, die ihn verfolgt«, meinte Lola Ries, die sich gewünscht hätte, dass mal wieder eine Schar Journalisten hinter ihr her wäre.

»Ja, das ist Tommy. Und ich bin Thomas.«

»Und wer ist der böse Dr. Jekyll und wer der gute Mister Hyde von euch?«

»Das ist es nicht.« Martin wirkte nervös. »Tommy hat vor gut einem Jahr Mist gebaut.«

»Und Thomas muss es ausbaden.«

»Ich hätte den Wunsch, dass du mit jemandem etwas regelst. Für mich. Sie heißt Lea Brögerl.«

»Brögerl! Hieß nicht dein Manager so, der letztes Jahr hier hopsgegangen ist?«, fragte Lola skeptisch.

»Ja.« Martin nahm einen Zettel aus seiner Hosentasche und

gab ihn Lola. »Hier, das ist ihre Telefonnummer. Sag ihr, Geld spielt keine Rolle, sie kann von mir aus eine Million haben, ich scheiße sie zu mit Euros, aber sie soll nichts an niemanden weitersagen.«

»Mach ich. Aber wieso tust du es nicht selbst?«

Martin zuckte mit den Schultern.

»Die Kleine will nicht mit dir reden, stimmt's?«, bohrte Lola nach.

»Sie schon, allerdings hat mich der Familienbann getroffen. Und meinen Rechtsanwalt auch. Erweiterte Sippenhaft. Aber eine Frau kann es richten.«

»Ich bin ja nicht irgendeine Frau.«

»Nein, du bist die Königin der Kinoherzen, eine ewig blühende Rose.« Martin gab Ries einen Kuss auf die Wange und ging. Popolo konnte gerade noch unbemerkt verschwinden. Er hatte genug gehört.

Tonio von Zweren war eine graue Eminenz. Er trug ein silberfarbenes Seidentuch um den Hals und einen sündhaft teuren Anzug. Seine schlohweißen Haare waren nach hinten gebürstet, seine Augenbrauen immer leicht nach oben gezogen. Er hatte hängende Lefzen wie eine hundertjährige Bulldogge und eine kerzengerade Haltung, als hätte er einen Besenstiel verschluckt.

»Womit kann ich Ihnen behilflich sein, gnädige Frau?«, fragte er bedächtig. Der oberste Freimaurer nahm bewusst eine aristokratische Haltung ein.

»Das könnten Sie beispielsweise, indem Sie mich Kommissarin Rosen nennen, nicht gnädige Frau, sonst kommen Sie mir noch mit einem Handkuss, dabei bin ich heute so verschwitzt«, entgegnete die Kommissarin trocken. »Herr von Zweren, Sie hatten Probleme mit einem Ihrer Logenmitglieder, nämlich Severin Tobler.«

Der »Höchst Vortreffliche Meister« schüttelte leicht den Kopf und setzte ein überlegenes Lächeln auf.

»Wieso sollten wir Probleme haben? Wir sind eine große glückliche Gemeinschaft.«

»Stimmt. Tobler war so glücklich in Ihrer Gemeinschaft, dass er austreten wollte.«

»Wenn ein Schaf seine Herde verlässt, ist das kein Problem. Bei uns herrschen Freiheit und Harmonie. Wer sein Glück nicht mehr bei uns sieht, darf gehen und wir wünschen ihm das Allerbeste.« Von Zweren ließ seine makellosen Zähne aufblitzen.

Die Kommissarin entnahm daraufhin ihrer Mappe einige Schreiben aus Toblers Ordnern und legte sie auf den Tisch.

»In dem Brief vom 27. April drohen Sie Tobler an, wenn er zur Johannisloge ›Zur Sonne an der Isar‹ wechsle, würden Sie alles tun, um ihn beruflich zu vernichten. Ich weiß nicht, was Sie unter Freiheit und Harmonie verstehen, meinem lexikalischen Verständnis nach widerspricht sich das.« Irene Rosen blickte ihn entschlossen an.

»Nun, es kann einmal ein unbedachtes Wort fallen …« Der Großmeister präsentierte sich immer noch mit seinem selbstgefälligen Lächeln.

»Aber nicht in einem Brief. Herr von Zweren, bitte versuchen Sie nicht, mich für dumm zu verkaufen.« Die Kommissarin sprach ruhig, aber sehr bestimmt und mit einem drohenden Unterton. »Erzählen Sie mir alles über Tobler und vor allem seine Probleme mit anderen Mitgliedern, sonst sehe ich mich gezwungen, Sie morgen zum Kreuzverhör vorzuladen.«

»Der Polizeichef ist ein guter Freund von mir. Wir spielen Golf miteinander, wussten Sie das?«

»Ja«, log die Kommissarin dreist, »er kennt sich mit dem Einlochen auch bei seinen Freunden aus. Übrigens ist der Leiter der Steuerfahndung ein guter Freund von mir. Ist es möglich, dass Ihre Firma seit 1967 keine Steuerprüfung mehr hatte? Da käme doch ein kleiner Überraschungsbesuch gar nicht mal so überraschend.«

Von Zweren hatte mit Scheinfirmen Steuern in Millionenhöhe gespart. Das war bekannt. Auch dass einige höhere Stellen ihre schützenden Hände über ihn ausbreiteten. Aber so etwas konnte sich schnell ändern.

»Ich bin ein Ehrenmann, Frau Kommissar, meine Bücher sind ein Vorbild an Korrektheit.«

»Selbstverständlich«, nickte Irene Rosen. »Und als Ehrenmann werden Sie mir jetzt alles erzählen, was mich interessiert.«

Andrea Popolo war glücklich und traurig zugleich. Glücklich, weil er bereits kurz nach seiner Ankunft auf zwei brauchbare Spuren gestoßen war, und traurig, weil er mit seinem ersten Auftritt unzufrieden war. Er wollte bewusst auffällig agieren und das leutselige, leicht prollige Reichensöhnchen mimen. Dabei hatte er sich verplappert und in eine ziemlich unsinnige Geschichte mit dem Klopapier hineingeredet. Andererseits dachte er sich, würde es diesen Promis egal sein, ob in Papis Fabrik Toilettenartikel, Kalaschnikows oder Olivenöl hergestellt würden. Nur durfte er sich solche Unsicherheiten nicht öfter erlauben.

Sicher, er war übermüdet. Die ganze Nacht hatte er kein Auge zugetan, weil er sich akribisch auf seinen Einsatz vorbereitet hatte. Tommy Martin kannte er bestens, der Sänger war eines seiner Idole. Von ihm hatte er alle CDs, sogar ein paar ausgesprochene Raritäten, die es nicht im Drogeriemarkt Müller gab. Auch Lola Ries war ihm sehr vertraut. Seine Eltern mochten ihre Filme, dementsprechend hatte er in seiner Kindheit und Jugend einige davon gesehen. Auch die frühen Comedyshows im Fernsehen, die Lola Ries als hinreißende

Ulknudel zeigten. Mehr noch liebte er ihre späteren Romantikkomödien und auch die wenigen Schmachtfetzen. Über sie musste er sein Wissen nur auffrischen. Für ihn blieb sie auf jeden Fall ein Idol seiner Kindheit und eine der ersten Schauspielerinnen, von denen er träumte.

Dagegen kannte er Rufus Ferner nur vom Hörensagen. Er hatte kein Buch von ihm gelesen und wusste nichts von dessen Vita. Nachmittags hatte er bei der Erstellung des Dossiers zu dem Autoren mitgewirkt, wollte sich aber noch intensiver mit ihm beschäftigen. Diana Hofer kannte er vorrangig von Hochglanzbildern, ihre Filme hatte er sich geschenkt. Über ihr Leben wusste er wenig und war umso erstaunter, was er alles ausgrub.

Als Popolo durch den Garten ging, um die Anlage zu inspizieren, kam ihm ein naheliegender Gedanke, wie er Lola Ries für sich gewinnen konnte. Mit Diamanten und Goldschmuck konnte er zwar nicht aufwarten, aber ein Strauß Rosen wäre nicht die schlechteste Eintrittskarte zum Herzen der Diva.

Allerdings stand er vor einem Problem. Da die Blumen nur zum Anschauen gepflanzt wurden, handelte es sich um Sorten mit zahlreichen Dornen. Hätte man sie einfach gepflückt, wären die Hände mit kleinen Wunden übersät gewesen. Also musste sich Popolo erst eine Gartenschere besorgen. Doch die Mühen hatten sich gelohnt, eine Viertelstunde später hatte er einen duftenden Strauß Rosen beisammen.

Lola Ries war noch im Salon und las ihren Text, als Popolo hereinschneite.

»Il piu bel fiore per la donna piu bella. Für die schönste Blume, die jemals auf der Leinwand erblühte, die schönsten Blumen.« Ein bisschen schmalziges Italienisch kam immer gut an, auch wenn das Gegenüber die Sprache nicht verstand. Um die Show zu krönen, kniete sich Popolo nieder und reichte den Strauß Lola Ries, die sich gerührt zeigte.

»Für mich? Oh, Herr Pizzato, womit habe ich das verdient?«

»Batozzi, aber egal. Bitte nehmen Sie den Strauß als Zeichen meiner Bewunderung. Ich bin es und war es immer: ihr glühendster Verehrer.«

Lola Ries roch an den Blumen und genoss den süßlichen Rosenduft, mehr noch aber Popolos Anbetung.

»Ich bin Ihr größter Fan, wirklich. Ich habe alle Ihre Filme gesehen.«

»Auch ›Die verrückte Hexe lässt die Töpfe knallen‹?«, fragte Lola fast ungläubig.

»Natürlich.«

»Sie sind das also«, meinte Lola süffisant.

»Was?«, fragte Popolo nach.

»Der Film hatte sieben zahlende Zuschauer und bei sechs davon habe ich mich bereits persönlich entschuldigt. Sie fehlen mir noch. Also hiermit bitte ich Sie offiziell um Verzeihung für diese gequirlte Leinwand-Scheiße.«

»Ach, ein wahrer Fan ist immer Fan.«

»In guten wie in schlechten Filmen«, ergänzte die Schauspielerin lachend.

»Bis dass der Tod ihn von seinem Idol scheidet.«

»Sie Schmeichler«, meinte Lola künstlich geziert.

»Mein Jugendzimmer war mit Ihren Filmplakaten tapeziert.« Das war nicht ganz gelogen. Von ›Engel der Sehnsucht‹ hatte er tatsächlich ein Bravo-Poster hängen.

»Sie haben also mit mir geschlafen, Sie Schlingel.« Lola wurde allmählich butterweich. Wie lange hatte sie niemand mehr so bewundert? Es musste schon einige Jahre her gewesen sein.

Als Martin Sieler das zweite Mal um Ihre Hand angehalten hatte, da wurde sie auch von Rosenblättern umweht. Der gealterte Unternehmer hatte ein berühmtes Filmplakat von ihr im Ikonenstil ummalen lassen und eine renommierte Opernsängerin sang ernsthaft Schuberts »Ave Maria« mit dem umgeschrieben Text »Lola Maria«. Das waren noch Zeiten, und dieser junge Italiener, der erstaunlicherweise perfekt deutsch sprach, erinnerte sie nun daran.

»Ich habe ›Engel der Sehnsucht‹ vierzehnmal gesehen. Und immer wieder geweint, als Willi ins Gefängnis musste. *Babe, wie soll ich das überleben? Die Mauern um mich, die Mauern zwischen uns?*«

Popolo konnte den Dialog auswendig. Und Lola natürlich auch. Sie stimmte sofort mit einer großen Geste ein.

»*Uns kann nichts trennen, Willi, kein Ozean kann zu groß sein, kein Gebirge zu hoch und keine Schlucht zu tief, um unsere Herzen aufzuhalten.*«

»*Du wirst mich vergessen*«, deklamierte Popolo dramatisch.

»*Wie sollte ich? Ich bin immer bei dir, denn ich bin eingeschlossen in deinem Herzen. Und nur du hast den Schlüssel.*«

»Das ist hinreißend.« Popolo klatschte Beifall.

»Ja, ich liebe diesen Film und ich liebe diese Szene. Und Mario Adorf war so charmant.«

»Und Sie so schön.«

»Herr Pizatto, Sie haben Geschmack«, meinte Lola geschmeichelt.

Andrea Popolo hatte viel mehr noch als Geschmack Geschick bewiesen. Denn er hatte die Gunst von Lola Ries gewonnen. Als alten Fan freute ihn das ungemein, als jungen Polizisten aber noch viel mehr.

Bei ihrer zweiten Fahrt ins Katharsis war die Kommissarin in deutlich besserer Laune. Ihr war ein Fisch ins Netz gegangen und mit ein wenig Glück konnte sie ihn heute noch aus dem Wasser ziehen. Für diesen Job hatte sie Kommissar Rudi Hartlinger dabei, der im Dezernat den Spitznamen »Phantom« hatte. Er sprach nicht viel, erledigte seine Arbeit unaufgeregt und präzise. Seine Spezialität war unauffällige Beschattung.

Hartlinger legte sich zu einem Verdächtigen in die Badewanne, ohne dass dieser es merkte. Der Kommissar hatte sich auf Wunsch von Irene Rosen ganz in Weiß gekleidet und einen Kittel mitgenommen. Hartlinger und ein weiterer Kollege saßen bei Rosen im Auto. Eskortiert wurden sie von einem Wagen mit Leuten von der Spurensicherung. Der leitenden Kommissarin genügte es nicht, nur den Tatort zu untersuchen, sie erwartete sich von dem einen oder anderen Privatgemach verräterische Spuren, im Idealfall sogar ein paar Blutspritzer. Kriminalrat Schliefing hatte sie zwar noch einmal zur allerhöchsten Diskretion ermahnt, aber auch er stimmte der Durchsuchung zu. Die richterliche Erlaubnis war nur eine Formsache.

Allerdings musste Rosens Vorgesetzter, dem ein schneller Abschluss dieses brisanten Falles sehr gelegen kam, erst überzeugt werden. Als Erstes entlastete die Kommissarin Schliefings Hauptverdächtige. Die Freunde von Markus Slowinsky hatten bestätigt, dass in der Mordnacht der 27. Geburtstag des gut gebauten Gärtners mit einer wilden Party gefeiert wurde. Dolores war mit ihrem Lover ab etwa 17 Uhr nachmittags dort. Sie hatten bis in die Morgenstunden getrunken und getanzt. Das Alibi war wasserdicht. Und einen Auftragsmord konnte man aufgrund der Spuren im Arbeitszimmer ausschließen, zumal Killer nicht mit Brieföffnern zuschlagen. Allerdings wollte die Kommissarin Dolores noch nicht völlig entlasten, der rätselhaften Geschichte mit dem Testament musste nachgegangen werden.

Zachie Blanck konnte im Prinzip ebenfalls von der Liste der Verdächtigen gestrichen, zumindest in Klammern gesetzt werden. Aus taktischen wie praktischen Gründen hatte Irene Rosen Jenny Graf, die Frau vom Planeten Sex, ins Kommissariat zitiert. Aus Erfahrung wusste sie, dass Leute wie Jenny sich in Zitterpappeln verwandelten, wenn sie eine Uniform sehen oder sich gar in einem Polizeigebäude befinden. Die Freundin des Security-Chefs sah aus wie eine Puppe aus dem Teresa Orlowski-Katalog. Sie sprach hektisch, mit einem Dialekt, der eine Herkunft aus den neuen Bundesländern verriet, und mit piepsiger Stimme, wirkte aber glaubwürdig.

»Wir … wir wollten doch nur unsere Ruhe haben«, beteuerte sie. »Wer meint schon, dass da gleich einer umgebracht wird? Bitte sperren Sie uns nicht ein.«

»Das Ausschalten von Überwachungsmonitoren ist ein Kündigungsgrund, aber keine Straftat«, beruhigte die Kommissarin Jenny Graf.

Sie schwor, die ganze Nacht bei Blanck gewesen zu sein und die Klinik erst morgens gegen halb sieben verlassen zu haben, was durch die Überwachungskamera bestätigt wurde. Zudem konnte sie das Fußballspiel einigermaßen wiedergeben. Und zwar glaubwürdig, also so wie jemand, der sich nicht für diesen Sport interessiert, aber trotzdem zugeschaut hat. Blanck war als Verdächtiger auf Eis gelegt. Dafür rückte eine andere Person in den Fokus.

Als die Kommissare zur Klinik vorfuhren, wurde diese wie am Vortag von Journalisten und Paparazzi belagert, wenngleich es ein paar weniger sein mochten. Dank des elektrischen Türöffners passierten die beiden Polizeiautos ohne Probleme den Hyänengürtel, wie Kommissar Hartlinger es treffend bezeichnete.

Vor dem Haus standen Laura Groß und ein junger Pfleger mit Pferdeschwanz. Sie besprachen die Details für die Nachtschicht. Die Psychologin war offensichtlich im Begriff zu gehen. Als sie aber die Kommissarin sah, kam sie ihr entgegen und begrüßte sie.

»Kommissarin Rosen, ich hatte Sie gar nicht mehr erwartet heute. Gibt es Neuigkeiten?« Laura Groß wirkte kontrolliert und nüchtern wie eh und je.

»Wir haben einen dringenden Verdacht. Die Jungs von der Spurensicherung kennen Sie ja schon. Leider müssen wir noch ein paar Räume inspizieren, vor allem zwei Privatgemächer.«

Diese Ankündigung kam bei der Psychologin nicht gut an. Die Privatsphäre war heilig. Davon lebte der Ruf der Klinik. »Sie meinen wirklich, dass der Mörder einer unserer Patienten ist?« Laura Groß schüttelte den Kopf. »Das ist unglaublich.«

»Ich glaube nichts, ich suche noch«, stellte die Kommissarin trocken fest. »Sie dürfen ruhig fahren, Ihr Kollege kann uns auch bei der Arbeit zusehen.«

»Bitte, Frau Kommissar, ich leite kommissarisch die Klinik«, entgegnete die Psychologin leicht entrüstet, »natürlich begleite ich Sie.«

Unbemerkt von allen hatte sich der ganz in Weiß gekleidete Hartlinger in die Klinik geschlichen. Derweilen packte das Spurensicherungsteam sein Equipment aus. Zahlreiche Koffer, Geräte, die Schutzanzüge. Personal war von dem Radau aufgeschreckt worden und stürmte heraus, wurde jedoch sogleich wieder von Laura Groß hineingeschickt. Ebenfalls Tommy Martin und der Rapper Dön-Base, der allerdings noch eine Breitseite an Flüchen Richtung Polizei abfeuerte.

Irene Rosen reagierte nicht mehr auf die Nachfragen von Laura Groß. Sie wartete ab, bis das Team startbereit war und lotste es dann in den ersten Stock, wo Ferner und Hofer wohnten. Beide waren nicht auf ihren Zimmern. Die Polizisten klopften auch an die anderen Türen, um gegebenenfalls Patienten nach unten zu schicken, denn sie riegelten den kompletten Bereich ab. Die Kommissarin wies die Kollegen von der Spurensicherung an, zunächst den Gang und die Türen zu untersuchen, später die beiden besagten Privaträume.

Dann ging sie mit Laura Groß in den Salon, um sich mit Rufus Ferner ein wenig zu unterhalten. Er war jedoch nicht allein. Lola Ries saß mit einem Rosenstrauß bewaffnet auf dem Sofa und ließ sich von niemand anderem als Andrea Popolo den Bauch pinseln.

»Wir haben einen neuen Gast in unserer feinen Herberge?«, fragte die Kommissarin.

»Ja, einen Klopapierfabrikanten«, entgegnete Ferner amüsiert.

Irene Rosen blickte ihren Kollegen mit gerunzelter Stirn an.

»Ciao«, sagte Popolo jovial.

»Inspektorin Columbo traut sich noch mal her. Ich habe sie gar nicht trampeln hören.« Lola Ries fuhr sofort die Krallen aus.

»Wir sprechen uns noch, Ries.« Der Kommissarin ging zwar das Messer in der Tasche auf, als die Diva sie mit ihren Giftpfeilen beschoss, aber sie blieb nach außen cool und wandte sich lieber dem eigentlichen Grund ihres Kommens zu. »Herr Ferner, Sie sind doch ein Experte auf dem Gebiet der Geheimbünde.«

»Ich bin auf vielen Gebieten Experte.« Der Schriftsteller litt nicht an unterentwickeltem Selbstbewusstsein.

»Auf dem Gebiet der Nervensägerei zum Beispiel«, warf Lola Ries ein. »Und der Schnüffelei. Ach, Frau Kriminaldoktorin.«

»Oberkommissarin, wenn's keine Umstände bereitet.«

»Der Kerl hat versucht, unsere Akten zu durchwühlen. Ist das nicht strafbar?«

»Ich wollte nur wissen, mit wem ich es zu tun habe«, rechtfertigte sich Ferner.

»Erstatten Sie Anzeige?«, fragte die Kommissarin Lola Ries.

»Anzeige? Oh nein«, rief Lola Ries theatralisch aus, »dann kommen Sie womöglich noch öfter.«

»Frau Ries, Ihre Rosen machen einen durstigen Eindruck, sie brauchen Wasser. Holen Sie's am besten gleich aus dem Starnberger See.« Noch freundlicher konnte ihr die Kommissarin nicht sagen, dass sie sich vom Acker machen sollte. Die

Schauspielerin verstand die Anspielung, stand auf und ging zur Tür.

»Seit ein paar Sekunden bietet dieses Zimmer auch nicht mehr das nötige Ambiente für Rosen. Diese Blumen brauchen Schönheit um sie herum.«

Demonstrativ schlug sie die Tür zu. Popolo und Irene Rosen blickten sich kurz an. Der Undercover-Cop stand auf, holte sich eine Zeitschrift und setzte sich wieder. Offensichtlich wollte er bei seiner neuen Chefin Mäuschen spielen und ihre Methoden studieren, was Irene Rosen egal war.

Die Kommissarin seufzte auf. »Ich hoffe, mein nächster Mordfall führt mich wieder in das Reich der Russenmafia.« Dann wandte sie sich Ferner zu. Sie entnahm ihrer Aktentasche Fotos des Toten, auf denen die seltsamen Zeichen, die in Tobler wie in eine Baumrinde eingeritzt waren, zu sehen waren.

»Was halten Sie davon?«, fragte Irene Rosen den Schriftsteller.

»Das Dreieck mit dem Auge«, kommentierte Ferner. »Ein altes christliches Symbol für die göttliche Allmacht. Das alles sehende Auge symbolisiert auch die Heilige Dreifaltigkeit.«

»Aber es ist doch nicht nur ein christliches Symbol?« Die Kommissarin blickte Ferner erwartungsvoll an.

»Worauf wollen Sie hinaus?«, fragte er skeptisch.

»Auch die Freimaurer benutzen es zum Beispiel.«

»Stimmt. Meist mit einem Strahlenkranz, es ist dann Symbol für den Großen Architekten beziehungsweise für die Wahrheit, die – aller Verstellung und Lüge zum Trotz – ans Tageslicht kommt.« Die Polizistin bemerkte, dass Ferners Stimme an Kraft und Selbstsicherheit verlor.

»Praktisch, so ein Auge. Würde die ganzen DNS-Tests, Fingerabdrücke und Telefonüberwachungen überflüssig machen.« Dann gab sie ihm das zweite Foto. »Und dieses Zeichen? Was halten Sie davon?«

»Ein Zirkel mit einem Winkel. Der Täter war wohl Architekt.« Irene Rosen dachte im ersten Moment, Ferner wolle einen Witz machen, aber er schaute sie bierernst an.

»Fällt Ihnen sonst nichts zu diesem Symbol ein?«, bohrte sie nach.

»Doch. Das Symbol repräsentiert den Meistergrad der Freimaurer gemäß des York-Ritus. Er wurde vor allem in Kanada und den USA im 18. Jahrhundert von den Freimaurern eingeführt und erweitert das traditionelle System. Allerdings auf sehr komplexe Weise, die Nichteingeweihten wenig sagen würde.« Mit diesen Worten gab er ihr das Foto zurück.

»Danke«, sagte die Kommissarin ironisch, »so nett hat schon lange niemand mehr gesagt, dass ich doof bin.«

»Bitte, gern geschehen«, brummte Ferner. Er gab sich noch selbstbewusst und patzig, vermied aber den Augenkontakt mit der Polizistin. Diese zeigte ihm das Bild mit dem dritten Zeichen, einem Kreuz, bei dem jeder Balken mit zwei Spitzen endete. Ferner betrachtete es kurz.

»Hier haben wir ein Tatzenkreuz, das Symbol der Templer. Sollten Sie eigentlich kennen.«

»Tu ich auch. Sie meinen die Tempelritter?«, fragte Irene Rosen nach.

»Ja, der Templerorden verband das Ritterideal mit dem mönchischen Armutsideal und wurde im 13. Jahrhundert zur mächtigsten europäischen Organisation. Für manche zu mächtig, vor allem für den französischen König. Er ließ die Templer verhaften und strengte 1307 einen gewaltigen Prozess gegen sie an. Ihre führenden Köpfe wurden auf dem Scheiterhaufen verbrannt. Jacques de Molay, der so etwas wie der König der Templer war, prophezeite, als ihn gerade die Feuerzungen auffraßen, dem König Philipp IV. und dem Papst, sie würden auch noch in diesem Jahr ihren Tod finden.«

»Lassen Sie mich raten«, hob Irene Rosen an, »sie haben ihm den letzten Willen erfüllt und sind gestorben.«

»So ist es. Aber die Templer haben weitergelebt. In Schottland, in Portugal. Viele Legenden ranken sich um die Templer, sie hätten Amerika entdeckt oder die Bundeslade und wären die Hüter des Heiligen Grals.«

Zu Ferners Erstaunen fing die Kommissarin an zu lachen. »Seien Sie mir nicht böse, aber bei solchen Geschichten habe ich immer Probleme mit der Ernsthaftigkeit. Kennen Sie den ›Da Vinci Code‹ von Dan Brown? Darin ist der Heilige Gral die Heilige Möse. Der Gral symbolisiert in seiner V-Form die Vagina von Maria Magdalena, die mit Jesus verheiratet war und eine Menge Kinder hatte. Ich bin vom Stuhl gefallen, als ich das im Kino gesehen habe.«

Ferner blickte die Kommissarin böse an. »Ich werde Dan Ihre Erheiterung gern ausrichten, wenn ich ihn das nächste Mal treffe. Wir stehen in regem Kontakt zueinander.«

»Gern«, sagte die Polizistin und legte noch einen drauf. Sie wusste, dass es zu ihren größten Fehler zählte, aber wenn sie einmal in Fahrt war, konnte sie sich nicht mehr bremsen. »Dann fragen Sie ihn, was die Heilige Lanze war. Wahrscheinlich der Heilige …«

»Phallus«, fiel ihr Ferner ins Wort. »Ich verstehe Ihren derben Humor schon, finde ihn nur in keiner Weise komisch, sondern abstoßend und primitiv.«

Ferners Empörung amüsierte die Kommissarin zusätzlich. Sie beruhigte sich dann jedoch und fuhr mit der Unterhaltung fort.

»Wenden wir uns wieder den Zeichen zu. Was haben Auge, Kreuz und der Zirkel gemeinsam? Haben Sie eine Idee?«

»Sicher, es sind alle drei Freimaurersymbole.« Ferner war zu intelligent. Er wusste, dass er nichts mehr verheimlichen konnte. »Rund 400 Jahre nach dem Ende der Templer wurden einige Freimaurerlogen in enger Anknüpfung an die Templer gegründet, beispielsweise 1769 die Knight Templar in Boston.«

»War Tobler Freimaurer?«

»Möglich. Ist aber Ihr Job, das herauszufinden.«

»Sind Sie Freimaurer?«, fragte ihn die Kommissarin. Ferner zuckte mit den Achseln.

»Und wenn, dann wäre ich zur höchsten Zurückhaltung und Verschwiegenheit verpflichtet.«

»Gut, dass Tote nicht mehr zur Verschwiegenheit verpflichtet sind. Schauen Sie mal, wie gut ich meinen Job diesmal erledigt habe. Wir haben in Toblers Haus einige äußerst interessante Dinge gefunden.«

»Und die wären?«, fragte er mit einem Unbehagen in der Stimme.

»Tobler war Freimaurer in der Loge ›Schwabing Templer‹. Und er hatte den Grad eines Meisters.«

»Dessen Symbol der Zirkel mit dem Winkellineal ist«, ergänzte der Schriftsteller.

»Korrekt. Und er hat in seinen Aufzeichnungen einige Mitglieder erwähnt. Und wer glauben Sie, hat in dieser Loge den Grad des Tempelritters?«

»Neben mir noch zwei andere.« Ferner hob die Hände, als wollte er sich ergeben. »Sie haben gut recherchiert.«

»Danke für das seltene Kompliment. Sie waren wohl eine Zeit lang mit Tobler halbwegs befreundet, zumindest waren Sie auf dessen Hochzeit.«

»Ein unwürdiges Spektakel, auf das ich hätte verzichten können.« Ferner gab sich distinguiert und rümpfte die Nase.

»Aber ihr Verhältnis hat sich verschlechtert, wie mir der Tote noch erzählt hat. Er wollte nämlich zu einer anderen Loge wechseln, weil ihm dort die Verbindungen lukrativer erschienen.«

»Unmöglich«, wehrte Ferner ab. »Das Geschäftemachen mit Brüdern ist verpönt.«

»Nicht wenn es um ehrenwerte Stiftungen geht. Und Tobler hatte das Ziel, allen Menschen eine medizinische Versorgung zu garantieren, eben denen, die ohne Krankenversicherung sind. Vor allem Menschen, die wegen Unfällen entstellt sind und teure Operationen von plastischen Chirurgen brauchen. Dafür waren potente Geldgeber nötig.«

»Wir Templer sind ein geistiger Bund, da darf es nicht darum gehen, dass jeder dahergelaufene Drogendealer auf unsere Kosten Urlaub im Krankenhaus machen kann«, sagte Ferner entrüstet. Sein Gesicht wurde rötlich. Er war in Rage. Ein strammer Rechter, der den Sozialstaat wegen seiner üppigen Leistungen als Supermarkt für alle ablehnte. »Ich habe auch mit nichts angefangen. Und was habe ich heute? Millionen. Hätte man mich als Kind schon in Goldwatte gebettet, ich würde nicht mehr als ein paar E-Mails schreiben. Eigeninitiative ist das, was dieses Land zum großartigsten Europas gemacht hat, und Eigeninitiative ist das, was diese überregulierte Wohlfahrt, dieser Aldi-Staat abtötet.«

»Herr Ferner, mir persönlich sind ihre neoliberalen Ansichten egal, aber dem Mordopfer waren sie nicht egal. Er hat sich fürchterlich mit Ihnen gestritten, das ist der Punkt und kein anderer.«

»Was verstehen Sie schon davon.« Ferner schnaubte. Er ging erregt auf und ab.

»Was wollen Sie damit andeuten?« Der Autor hatte bei Irene Rosen einen wunden Punkt getroffen. Manche Frechheiten konnte sie schlucken, diese nicht. »Ich habe keinen Schimmer, weil ich eine Frau bin und andere Chromosomen habe, oder was?«

»Nein, so war es nicht gemeint.« Ferner ruderte zurück, wenngleich zögerlich.

»Wie dann?« Ferner gab keine Antwort. »Da sind wir nämlich bei Ihrem zweiten Streitpunkt. Tobler wollte die Loge für Frauen öffnen.«

»Ein Sakrileg! Haben Sie Nonnen mit rotem Kreuz auf der Rüstung in den Kreuzzug reiten sehen?« Ferners Gesicht färbte sich wieder rot, seine Stimme überschlug sich.

»Ich habe auch keine Männer mit rotem Kreuz herumreiten sehen. Das war lange vor meiner Geburt. Die Zeit der Heiligen Kriege ist vorbei, Herr Ferner.«

Er lachte schrill auf. »Sie sind naiv.« Seine Stimme wurde leiser und dramatischer. »Der 11. September war das Präludium für das, was kommen wird. Ein neues Zeitalter der Glaubenskriege dräut am Horizont. Die Terroranschläge in Paris, Nizza, Brüssel und von mir aus auch Würzburg und Ansbach sind nur die seismografischen Signale einer viel tieferen Plattenverschiebung. Dafür gibt es zahlreiche Hinweise. Doch die Zeichen wissen nur die Eingeweihten zu erkennen.«

»Und zu der Spezies gehören Sie, weil Sie im Stehen pinkeln können, oder was?« Ferners dummdreister Machoismus im Deckmäntelchen des Mystizismus ging der Kommissarin gewaltig auf den Senkel.

»Nein, weil ich die Mysterien und Kulte der Menschheitsgeschichte intensiv studiert habe. Ihr primitiver Feminismus ist fehl am Platz.«

»Dann war Tobler auch ein Verfechter des primitiven Feminismus, wenn er die Loge für Frauen öffnen wollte?«

»Primitiv würde ich ihn nicht nennen, aber nicht angebracht. Weibliche Ritter zu verhindern, ist allein schon ein Akt der Traditionspflege. Der mittelalterliche Ehrenkodex schreibt Männer mit reinem Herzen als ausschließliche Mitglieder vor.«

»Ach, der Ritter von der moralischen Gestalt. Hör sich das einer an«, lachte Irene Rosen kopfschüttelnd. »Wo haben Sie eigentlich Ihr Schwert?«

»So etwas besitze ich nicht.«

»Und diese Lüge ist mit einem reinen Templer-Herzen vereinbar? Ihr Oberguru Herr von Zweren hat mir ein Foto von Ihnen gezeigt, auf dem Sie Ihre Damaszener-Klinge stolz präsentieren.«

»Tja, das Gedächtnis spielt einem in meinem Alter manchen Streich.«

»Aber mir spielen Sie keinen Streich, Ferner.« Die Kommissarin kam richtig in Fahrt. »Sie und Tobler waren verfeindet bis aufs Blut. Deshalb hat er beschlossen, zu einer anderen Loge zu wechseln und er hat damit gedroht, euer Logengeheimnis an die Konkurrenz zu verraten.«

»Es gibt unter den Logen keine Konkurrenz.«

»So? Dann erstaunt mich Ihre Reaktion aber doch ein wenig.« Die Polizistin zog die Kopie eines Briefes von Ferner an Tobler heraus. »Warum haben Sie ihm dann damit gedroht, man würde Verrätern die Hände abhacken und die Zunge herausschneiden?«

»Das ist Verleumdung, eine billige Kopie«, sagte Ferner erbost.

»Stimmt. Die Kopie hat maximal zehn Cent gekostet, das Original war nämlich auf einem Papier geschrieben, das sich nach wenigen Tagen auflöst. Sie wollten belastendes Beweismaterial vermeiden. Clever, aber nicht clever genug für Tobler.«

»Das ist alles eine Farce, ein abgekartetes Spiel!« Ferner hatte einen hochroten Kopf auf, einen Anblick, den die Kommissarin genoss. Kurzerhand hielt sie ihm den Durchsuchungsbefehl für sein Zimmer unter die Nase.

»Herr Ferner, wir werden nun Ihr Zimmer inspizieren. Sie dürfen mich begleiten, aber bleiben Sie vor der Tür bzw. vor der Absperrung stehen. Und immer dran denken, alles was Sie von nun an sagen, kann gegen Sie verwendet werden.«

»Bitte keine Belehrungen, ich kenne meine Rechte.« Er war

wieder gefasst und einigermaßen ruhig. »Respekt. Das war gute Arbeit.«

»Danke für das Kompliment. Hätten Sie einer Frau gar nicht zugetraut, was?«

»Sie missverstehen mich, ich halte Frauen nicht für weniger intelligent oder gar minderwertig. Aber es gibt spirituelle Bereiche, die dem Mann vorbehalten sind.«

Das ließ die Kommissarin als Schlusswort stehen, jede weitere Diskussion wäre müßig gewesen. Dann forderte sie ihn zum Gehen auf. Als die Polizistin gerade die Tür öffnete, stand unvermittelt Diana Hofer davor, die heftig erschrak.

»Na, so schlimm sehe ich auch nicht aus«, meinte die Kommissarin, ihre Unsicherheit wie immer mit Ironie überspielend. Das Model zu sehen, schmerzte sie jedes Mal aufs Neue.

»Sicher?«, fragte Hofer herablassend.

»Ja, sicher«, entgegnete die Kommissarin beleidigt, fasste sich aber schnell wieder, schließlich hatte sie einen Trumpf in der Hand. Sie zeigte ihr dasselbe Papier wie Ferner. »Ich habe hier einen Durchsuchungsbefehl, der auch für Ihr Zimmer gilt. Wir haben Grund zur Annahme, dass in Ihrem Zimmer Drogen konsumiert wurden, was gegebenenfalls auch in Zusammenhang mit dem Mord an Severin Tobler steht.«

Diana Hofer wurde aschfahl. Sie brachte kein Wort mehr über die Lippen, stolperte zum Sofa und ließ sich fallen. Sie klappte regelrecht zusammen.

Ferner und Irene Rosen gingen ins Foyer. Dort wartete in einer Nische ein neuer Pfleger, der sich bei näherem Hinsehen als Kommissar Hartlinger entpuppte.

Die Polizistin und der Schriftsteller stiegen die Treppe in den ersten Stock hoch und gingen in den Westflügel. Dort stand Laura Groß und betreute die drei Spezialisten von der Spurensicherung. Sie hatten allerdings bereits den kompletten Gang abgeriegelt.

»Sorry Irene, auch du und Herr Ferner, ihr dürft nicht weiter«, meinte Hugo Borsch, der das Team der Spurensicherung leitete.

»Schmutzen wir so?«, fragte ihn die Kommissarin scherzhaft.

Borsch lachte. »Noch mehr, als du glaubst. Allein deine Schuhe können Millionen wichtiger Spuren vernichten.«

»Das will ich nicht riskieren. Habt ihr schon was gefunden?«

»Ja, im Prinzip sind wir mit dem Ferner-Zimmer fertig. Cem, komm doch mal kurz und bring die Plätzchenform her.«

Cem Özlem brachte eine Tüte, aus der ein silbernes Metallteil schimmerte, das die Kommissarin an Weihnachten erinnerte. Es ähnelte tatsächlich einer Form, mit der man Plätzchen ausstach. Allerdings zeigte es keinen Stern oder den Nikolaus, also typische Weihnachtsmotive, sondern das allsehende Auge.

»Das haben wir in seinem Nachtkästchen gefunden«, meinte Özlem.

»Das kann nicht sein!«, rief Ferner verblüfft aus.

»Wieso nicht?«, fragte die Kommissarin. »Hat es etwa eine gute Fee dahingelegt?«

»Eher eine böse Fee. Ich war es nicht«, wehrte er ab.

»Unwahrscheinlich, aber möglich«, meinte Borsch. »Fingerabdrücke gibt es auf jeden Fall keine.«

Irene Rosen nahm die Tüte und hielt die Form hoch. Sie war selbst gebastelt und handwerklich gut verarbeitet.

»Wollen Sie leugnen, dass Ihnen diese Form gehört, Herr Ferner?«

»Ich sage dazu nichts ohne meinen Anwalt.«

»Oh, plötzlich so defensiv. Ich denke, das ist das Corpus Delicti.« Mit diesen Worten gab sie die Tüte wieder den Kollegen der Spurensicherung.

»Es ist bestenfalls ein Corpus Inducti«, korrigierte Ferner.

»Tobler wurde nicht mit einer besseren Plätzchenform erstochen.«

»Woher wissen Sie, dass er erstochen wurde?«

Ferner wurde unsicher. »Das … haben Sie gesagt vorher.«

Das hatte sie nicht und in der Zeitung standen aus ermittlungstaktischen Gründen noch keine näheren Angaben. Die Kommissarin hatte ihn am Wickel.

»Auf jeden Fall haben wir in Ihrem Zimmer eine dieser Formen gefunden, mit denen die drei Symbole in Toblers Körper gepresst wurden. Dem medizinischen Befund nach übrigens post mortem.«

»Ach, interessant.« Ferner stutzte.

»Und wir haben noch Blut auf dem Teppich gefunden«, teilte uns Hugo Borsch mit. »Ob es von Tobler stammt, werden wir in ein paar Stunden wissen.«

»Wie lange brauchen Sie noch hier?«, brummte Ferner missmutig.

»Sicherheitshalber werden wir Ihr Zimmer für ein bis zwei Tage sperren«, entgegnete die Kommissarin. »Sie können in etwa einer Stunde Ihre Zahnbürste holen. Unter Aufsicht versteht sich. Was steht denn als Nächstes auf dem Programm, Hugo?«

»Wir haben noch eine Menge vor. Wenn wir hier fertig sind, packen wir die Metalldetektoren aus. Wir wollen damit die anderen beiden Ritzformen und die Mordwaffe suchen. Es könnte ein Schwert oder so etwas sein.«

»Oder eine antike Damaszener-Klinge?«, fragte Rosen in aller Scheinheiligkeit.

»Alles ist möglich, was eine scharfe Klinge hat.« Hugo Borsch spielte das Spielchen mit. Die Kommissarin war gespannt, ob Ferner den Köder schluckte.

»Dann ziehe ich mich zurück und komme in einer Stunde wieder«, meinte Ferner. Sein ausdrucksloser Blick verriet nicht, was in ihm vorging.

»Kein Problem, aber verlassen Sie die Klinik nicht.« Die Jagd war eröffnet.

14

Im Salon kümmerte sich derweilen Popolo rührend um die weinende Diana Hofer. Er setzte sich zu ihr auf das Sofa und legte den Arm um sie.

»Nicht weinen, Frau Hofer. Es wird alles wieder gut.«

Seine Versuche, sie zu trösten, schienen einem alten Lola-Ries-Film entlehnt. Doch Hofer schüttelte seinen Arm ab und rief trotzig: »Rotkäppchen. Verdammte Scheiße, ich heiße Rotkäppchen. Ist doch nicht schwer zu merken.«

Sie stand auf, wischte sich die Tränen aus dem Gesicht und ging zu den Zeitschriften.

»Stimmt. Rotkäppchen ist einfach. Blaukäppchen, das wäre schwer zu merken.«

Hofer schüttelte den Kopf, nahm sich die Cosmopolitan und blätterte gedankenlos darin herum.

»Dieses Klopapier ist mir lieber als das, was Sie produzieren.« Hofer blickte Popolo kurz böse an, wandte sich jedoch wieder ihrem Magazin zu.

»Aber meins ist weicher.« Popolo stand auf, ging zu Hofer und hob die Arme, als würde er sich gerade ergeben.

»Riechen Sie's?«, fragte er erwartungsvoll das Model.

»Was? Ihr Klopapier?«, meinte sie abfällig.

»Nein, ich benutze als Deo Beil 48, seit Sie diese fantastische Reklame gemacht haben.«

»Ich habe auch für Damenwäsche Werbung gemacht und ich hoffe, die tragen Sie nicht. Und wenn ja, bitte lassen Sie die Hosen an.«

Popolo näherte sich ihr und sprach mit sanfter Stimme.

»Diana, ich bewundere Sie. Schon seit dieser Schwarz-Jeans-Kampagne.«

»Das war nicht Rotkäppchen, Sie verwechseln mich.«

Hofer nahm noch zwei weitere Magazine und wandte sich zum Gehen.

»Und das mit Ihrer Schwester tut mir sehr leid«, meinte Popolo, als das Model bereits an der Tür war. Wie elektrisiert blieb sie stehen und drehte sich langsam um.

»Woher zum Teufel wissen Sie das?« Die Frage klang wütend, man sah ihr jedoch an, dass sie diese Erinnerung immer noch schmerzte.

»Ich habe es in einem Interview gelesen«, gestand Popolo.

»Was? Ich habe das nie erwähnt«, winkte Hofer ab.

»Doch, es stand in der ›Medizin heute‹.«

»Tatsächlich? Gott, was hab ich schon alles für verschissene Interviews gegeben. Aber sagen Sie mal, Sie lesen freiwillig so ein Ätzblatt wie die Medizin heute? Wollen Sie alles über Ekzeme am Arsch wissen oder wie?«

»Nein, ich interessiere mich für den menschlichen Körper«, wandte Popolo ein, der tatsächlich für seine Alter ein erstaunliches Allgemeinwissen besaß.

»Das tue ich auch, aber nicht indem ich solche Schrottblätter lese, die ich eh nicht verstehe.«

»Ich finde sie spannend. Und ich interessiere mich für Sie.«

»Nichts zu machen.« Hofer machte eine abfällige Handbewegung und wandte sich zum Gehen.

»Nein, als Person. Ich hatte ein ähnliches Erlebnis wie Sie.«

Das Model blieb stehen und drehte sich langsam um. »Und welches?«, fragte sie skeptisch.

»Ich war elf, so wie Ihre Schwester, als sie von dem Truck überrollt wurde. Ich ging mit Walküre spazieren.«

»Und wer zum Teufel ist Walküre?«

»Mein Hund. Oh, er war ein riesiges Bernhardiner-Weibchen. Und an einem Fußgängerüberweg wurde es von einem Lieferwagen erfasst und ich hielt mich an der Leine fest und wurde 50 Meter mitgeschleift. Aber ich wollte die Leine nicht loslassen, ich musste Walküre halten.«

»Hat sie überlebt?«

Popolo schüttelte den Kopf und machte ein betroffenes Gesicht. »Und ich hatte nur noch so viel Haut am Leib wie ein Rattenbaby. Meine Mutter hatte alles mit ansehen müssen und wurde über Nacht aschgrau. Dabei hatte sie so schöne schwarze Locken. Der Anblick, wie ich davongeschleift wurde, lässt sie bis heute nicht los.«

Diana Hofer nickte und setzte sich wieder. Sie hatte einen leeren Blick und erzählte mit leiser, tonloser Stimme.

»Rita war ein so süßes Kind. So frisch und unverstellt und herzlich, wie man es selten findet. Ich war damals gerade auf dem Sprung zum Supermodel und hatte nur meine Karriere im Sinn. Partys auch, Drinks und Champagner ja, aber keine Drogen, keine Exzesse. Koks und das Zeug bekommst du zwar überall, aber man muss es nicht nehmen. Diesem Klischee vom magersüchtigen Junkie-Model, dem wollte ich nicht entsprechen. Und dann kam der Tag, als ich gerade diese Kampagne für Venus gemacht habe.«

»Den supergalaktischen Schokoriegel?«

»Ja«, hauchte Diana Hofer. »Ich wollte Rita von der Schule abholen und stand da mit einem riesengroßen Schokoriegel auf der anderen Seite. Und als sie mich sah …« Das Model fing an zu schluchzen und sprach mit tränenerstickter Stimme weiter. »Da lief sie über die Straße, ohne zu schauen, und dieser Lastwagen …« Sie brach nun vollends in Tränen aus. Als Popolo sie einfühlsam tröstete, schlug sie seinen Arm nicht mehr weg. Sie musste die Geschichte nicht zu Ende erzählen, er kannte sie bereits.

»Und seitdem ist die Welt eine andere, als würde die Sonne im Norden aufgehen.«

Die weinende Hofer nickte stumm.

»Und dann haben bei Ihnen die Drogenprobleme begonnen.«

»Ja«, sagte sie mit dünner Stimme. »Ich musste mich betäuben, den Schmerz bekämpfen. Und als ich dann noch Ronny kennenlernte, war alles aus.«

»Ihren Freund Ronny Schwarze. Er wurde schon oft mit Drogen erwischt.«

»Ja, er ist auf Bewährung draußen. Hat mal für seine Kumpels gedealt. Der Idiot, der hat es doch gar nicht nötig. Ein erfolgreicher Schauspieler wie er, der war doch schon als ganz Junger ein Star.«

»Der Fluch des frühen Erfolgs«, sagte Popolo und nickte verständnisvoll.

»Vielleicht. Aber ohne Erfolg wäre Ronny längst schon im Knast gelandet. Oder aufm Friedhof.«

»Wie Sie auch?«

Hofer schüttelte den Kopf. »Ich hatte nie an eine Model-Karriere gedacht. Lachen Sie nicht, ich wollte eigentlich Gärtnerin werden. Aber die Mutter einer Klassenkameradin war Modefotografin. Die war total begeistert von mir und meinem leidenden Blick. Die hatte mich mit 15 zum ersten Mal engagiert. Und dann ging's ab wie eine Marsrakete.«

»Dann sind Sie ein Star wider Willen?«

Diana Hofer lachte kurz heiser auf.

»Oh nein, ich war bloß nicht selbstbewusst genug zu wissen, was mein Wille ist. Wenn Sie als Teenie 4000 Euro am Tag verdienen und die ganze Welt abjetten, ist es für Sie das Paradies, ein gelebter Traum. Scheiße ist es nur, wenn man aufwacht und sich in so einer Pissklinik wiederfindet.«

Hugo Borsch hatte sich mit seinen beiden Assistenten dem zweiten Zimmer zugewandt und war gleich fündig geworden.

»Da schau einer an. Hier an der Türklinke ist getrocknetes Blut«, stellte der Experte von der Spurensicherung fest.

»Wetten, dass es von Tobler stammt?«, sagte die Kommissarin.

»Die Wette halte ich nicht, Irene. Die Aussicht auf Erfolg ist zu gering. Mal schauen, was das Zimmer noch an schönen Dingen parat hat.«

Dann verschwanden die drei Spurenprofis in Hofers Zimmer.

»Sie glauben, dass Ferner der Mörder ist?«, fragte Laura Groß die Polizistin.

»Sagen wir mal so, er ist derzeit der Hauptverdächtige. Aber wir ermitteln in mehrere Richtungen.« Die Kommissarin hielt sich bewusst bedeckt.

»Darf ich etwas bemerken, Frau Rosen?«, fragte die Psychologin unversehens.

»Nur zu.«

»Mir ist etwas aufgefallen. Sie springen mit Ferner ganz anders um als mit Diana Hofer.«

Die Kommissarin kam sich vor, als würde sie plötzlich auf Laura Groß' Couch liegen. Sie fühlte sich ertappt und reagierte, wie viele in so einer Situation, sie wiegelte ab. Am besten mit einem Allgemeinplatz, der als ehernes Prinzip getarnt ist.

»Ich bin Polizistin, für mich sind alle gleich.«

»Das meine ich nicht. Aber mit Ferner gehen Sie ausgesprochen selbstsicher und dominant um, mit Diana und auch Lola eher zurückhaltend«, diagnostizierte die Psychologin ruhig und nüchtern.

»Na ja, es gibt ja auch eine Vorgeschichte, die mich belastet«, redete sich die Kommissarin heraus.

»Kann es sein, dass bestimmte Frauen Sie unsicher machen?«

Die Kommissarin stöhnte innerlich auf. »Kann sein. Aber ich muss Ihnen jetzt nicht von Mami, Papi und meiner unglücklichen Kindheit erzählen.«

»Sie müssen gar nichts. Es ist ja Ihr Problem.«

Das ist das Unsympathische an Psychologen, dass sie einem Dinge sagen, die man nicht hören will, aber damit den Nagel auf den Kopf treffen, dachte sich Irene Rosen und schwieg erst einmal. Und Laura Groß ebenfalls. Als das Schweigen unerträglich wurde, sagte die Kommissarin: »Meine Mutter ist gestorben, als ich vier war. Es war verdammt schwer. Mein Vater war Klempner und viel aus dem Haus. Und ich war zu Hause mit drei Brüdern.«

»Die Sie geärgert und unterdrückt haben.«

»Nur die erste Zeit«, fuhr die Kommissarin fort. »Ich habe früh mit Kampfsport begonnen. Dann hab ich den Jungs ziemlich eingeheizt. Mit 17 hatte ich einen schwarzen Gürtel in Jiu-Jitsu. Bei uns in der Gegend wusste jeder, dass er mir nicht blöd kommen brauchte.«

»Sie haben also früh gelernt, sich in einer Männerumgebung durchzusetzen«, resümierte die Psychologin.

»Und was ist daran falsch?«, fragte Irene Rosen missmutig.

»Nichts, aber Sie behaupteten sich mit traditionell männlichen Waffen.«

»Hey, wir leben im 21. Jahrhundert«, winkte die Kommissarin ab. »Kommen Sie mir doch nicht mit traditionell weiblich und traditionell männlich. Hätte ich mich mit der Stricknadel verteidigen sollen?«

»Nein, aber ich glaube, durch den frühen Tod Ihrer Mutter und die familiäre Situation mit Ihren Brüdern ist Ihre weibliche Seite verkümmert. Sie verdrängen Ihre femininen Eigenschaften.«

»Sollte ich mich mehr pudern und mir Botox spritzen lassen?« Die Kommissarin verdrehte die Augen.

»Nein, aber aufgrund der Verdrängung sind Ihre weiblichen Züge mit Angst besetzt. Und wenn Sie mit starken, aber femininen Frauen wie Lola Ries oder Diana Hofer zusammen treffen, werden Sie unsicher.« Laura Groß sprach so sachlich und ruhig, dass es für die Kommissarin nicht auszuhalten war.

»Kann sein. Zum Glück zählen Messer, Pistolen und Autobomben zu den traditionell männlichen Waffen, darum sind 90 Prozent meiner Klientel, und ich bin vom Morddezernat, Männer.«

»Und die anderen zehn Prozent?«

»Von denen habe ich bisher auch ein paar verhaftet.«

»Ich glaube, Sie haben früh gelernt, sich in Männer hineinzuversetzen, Sie haben erfasst, wie diese denken, was sie planen, wie sie reagieren. Das war für Sie überlebensnotwendig bei drei größeren Brüdern.« Laura Groß blickte die Kommissarin direkt an. Auf ihrem Gesicht war keine Regung zu erkennen. Irene Rosen dagegen war aufgewühlt. Sie spürte, dass die Psychologin den Nagel auf den Kopf getroffen hatte, sodass ihr das Gespräch immer unangenehmer wurde.

»Achim, mein ältester Bruder, war kein Problem, aber Bert und Reinhard, die nur zwei beziehungsweise drei Jahre älter waren. Sie nahmen mir meine Spielsachen weg, um mich damit zu erpressen. Sie schmierten mir Zahnpasta auf das Pausenbrot, sie aßen meinen Nachtisch. Und wehe, ich sagte Papa etwas. Aber ich lernte, sie zu verstehen und mich zu wehren. Zunächst bestand meine Verteidigung darin, dass ich sie gegeneinander ausspielte, später kamen gezielte Würfe und Schläge dazu. Aber was sollte ich tun?«, fragte die Kommissarin schon fast devot.

»Lassen Sie das Weibliche, das in Ihnen steckt, mehr heraus – und Sie werden es bei den anderen besser verstehen können.«

»Ich werde meine Allergie gegen Staubwedel aber nicht ablegen«, grinste die Kommissarin. »Und das wichtigste Gerät in meiner Küche ist und bleibt die Mikrowelle.«

Laura Groß lachte. In ihr sonst so emotionsloses Gesicht

kam Bewegung. Sie wirkte deutlich attraktiver mit ihren Lachgrübchen.

»Nein, ich will Sie nicht zum Kochen überreden. Aber jeder Mensch hat seine Prägungen. Sie sind einerseits mit fehlender Nestwärme und weiblicher Erziehung aufgewachsen. Andererseits haben Sie die Welt als Angriff, als etwas Feindliches kennengelernt. Und wie Sie sich verteidigen können, haben Sie vor allem bei Männern gelernt. Deshalb sind Sie Polizistin geworden und nicht Modedesignerin.«

»Oder Psychologin.« Den kleinen Scherz konnte sich die Kommissarin nicht verkneifen.

»Die Verteidigung gegen Frauen haben Sie nicht perfekt gelernt.« Laura Groß war wieder in ihren nüchternen Duktus verfallen.

»Aber nur die verbale.« Irene Rosen insistierte darauf, dass sie bei Frauen genauso hart zuschlug wie Männer, wenn es sein musste.

»Frau Rosen, wissen Sie, was Sie lernen müssen?«

»Nein, aber ich fürchte, Sie werden es mir gleich mitteilen.«

»Dass die Welt nicht nur ein Angriff ist. Allein diese Ironie, Sie lassen nichts an sich ran.«

Stimmt, dachte sich die Kommissarin, den geschwätzigen Informatiker vorletzte Nacht hatte sie nicht an sich rangelassen.

»Okay Doc, meine Arbeit ruft. Was bin ich Ihnen für diese Therapiesitzung schuldig?«

»Schauen Sie, genau das meine ich. Sie ironisieren. So kommen Sie nicht hinter das Geheimnis einer Mörderin«, sagte die Psychologin, die wieder ihren emotionslosen Gesichtsausdruck aufgesetzt hatte.

Irene Rosen stutzte. »Woher wissen Sie, dass es eine Mörderin ist, die Tobler umgebracht hat?«

»Das weiß ich nicht, ich meine das generell.«

»Also Sie meinen, ich sollte mein Herz für Candlelight Dinner und italienische Schuhe entdecken, um Mörderinnen besser auf die Schliche zu kommen?« Die Kommissarin blickte sie mitleidig an, wusste aber selbst, dass sie Unsinn redete. Laura Groß jedoch blieb cool und professionell. Sie war durch ihre Arbeit ganz andere Kaliber gewöhnt.

»Schauen Sie, genau das meine ich. Was haben Sie gegen ein schönes Essen mit Kerzenschein? Romantik muss nichts Falsches sein, sie steigert die Atmosphäre und damit auch das Gefühl der Zweisamkeit. Und nichts macht einen schöneren Fuß als italienische Frauenschuhe.« Das sagte sie wieder ruhig, ohne in irgendeiner Weise genervt zu wirken.

Die Kommissarin dankte Gott im Stillen, dass sie nicht mehr antworten musste, denn das für sie peinigende Gespräch wurde durch einen Anruf auf dem Handy beendet. Kommissar Hartlinger hatte gute Neuigkeiten.

Als Rufus Ferner den Polizisten den Rücken kehrte, ging er zielstrebig zum hinteren Ausgang, der in den Garten führte. Draußen angekommen, blieb er stehen und ließ die kräftige Julisonne auf sein nur mäßig gebräuntes Gesicht scheinen. Dabei drehte er sich langsam einmal um die eigene Achse. Aber er sah niemanden. Ein Glück, dachte er, dass sich momentan nur so wenig Patienten im Katharsis aufhielten.

Dann schlenderte er in den Garten, immer wieder den Blick wendend. Einmal sah er einen Pfleger die Klinik verlassen, doch der war wohl auf den Hof gegangen, zumindest war er plötzlich verschwunden. Es war nichts zu hören. Nur Vögel und Insekten stimmten ihr sommerliches Konzert an.

Ferner ging auf das Gartenhäuschen zu. Es war verschlossen. Darauf war der Autor gefasst. Er zog seine kleine Sammlung an Dietrichen hervor, welcher passen würde, wusste er ja schon. Damit verschaffte er sich Zugang zum Schuppen.

Dort lagen die üblichen Geräte herum. Schubkarre, Rechen, Heckenschere, Rasenmäher, was man eben brauchte, um einen kleinen Park in Schuss zu halten.

Ferner kannte den Schuppen genau. Er war ja bereits zum dritten Mal dort. Das erste Mal mit Johann, dem Gärtner, um mit ihm Pflanzendünger zu holen. Der Autor war nicht nur ein vergeistigter Mensch mit einem Hang zu Verschwörungstheorien, er liebte auch die Flora, besonders Bonsais und Orchideen, aber auch zu Bäumen hatte er ein enges Verhältnis. Er war oft schon nach Mainau gefahren, die Blumeninsel im Bodensee.

Als er mit Johann die Düngersäcke in den Schubkarren hievte, entdeckte er in einer Ecke ein loses Brett im Boden, das er sich merkte.

Am Morgen nach dem Mord war er in den Schuppen eingebrochen und hatte mit seinem Schweizer Taschenmesser die letzten beiden Nägel des Bohlens herausgeholt. Dann hatte er ein Päckchen hineingelegt, ein unvollständiges Päckchen, das wusste er. Es fehlte eine Form. Mittlerweile wusste er, wo sie sich befand. Und eben dieses Päckchen holte er nun wieder heraus. Es war ihm zu heiß geworden. Wenn ein Suchtrupp mit Metalldetektoren anrollte, würde man unweigerlich den Schuppen untersuchen. Und diese Rosen oder dieser Borsch würden sein Päckchen finden. Also musste er es an einen anderen Ort schaffen, an einen Ort außerhalb der Klinik.

Langsam löste Ferner die Nägel des Bretts. Sein Herz pochte. Was, wenn seine Utensilien nicht mehr hier lägen? Wenn sie bereits jemand gefunden hätte? Doch seine Angst war unbegründet. Er atmete auf, als er das mit einer Schutzfolie umwickelte Stück vor sich liegen sah. Er würde es vermissen, schließlich war es eines der Prunkstücke seiner Sammlung. Aber er würde es irgendwann zurückholen, wenn genügend Gras über die Sache gewachsen wäre.

Hastig legte er das Brett wieder auf und drückte die Nägel hinein. Viel Zeit zum Hämmern blieb ihm nicht. Dann stand er auf, klopfte den Staub von der Hose, klemmte sein Päckchen unter den Arm und ging zur Tür. Er spürte, wie seine Anspannung nachließ und sich ein gewisses Gefühl der Erleichterung breitmachte. Wenn diese drei Dinge verschwunden wären, hätte man ihn nicht mehr belangen können.

Als Ferner die Tür öffnete, blieb jedoch sein Herz stehen. Der Pfleger, den er vorher aus dem Haus hatte gehen sehen, hatte sich direkt vor dem Schuppen postiert. Er kam ihm auch nicht bekannt vor. Nur eine Sekunde lang dachte er, es sei ein neuer Pfleger, nur eine Sekunde, denn dann zückte Kommissar Hartlinger seinen Polizeiausweis.

»Kriminalpolizei München.« Sogleich zog er Gummihandschuhe aus seinem Kittel und streifte sie über. »Bitte händigen Sie mir das Päckchen aus, das Sie unter dem Arm tragen, und verhalten Sie sich ruhig.«

Die sofort benachrichtigte Kommissarin sprang die Treppen hinunter ins Freie. Mit Laura Groß im Schlepptau war sie in Windeseile am Schuppen. Ferner stand mit verschränkten Armen davor und stierte vor sich hin, neben ihm Kommissar Hartlinger, der seiner Chefin sofort das ungeöffnete Päckchen präsentierte.

»Das hatte er versteckt.«

»Du bist und bleibst der beste Schatten von München, was sage ich, von ganz Bayern«, lobte ihn Irene Rosen, die sich ebenfalls Gummihandschuhe überzog. »Sie sind mir in die Falle gegangen«, sagte sie triumphierend zu Ferner. »Wir hatten gar keine Metalldetektoren dabei.«

»Das habe ich mir auch schon gedacht. Gratuliere. Zwei zu null für Sie. Aber das Spiel ist noch nicht aus«, merkte er trotzig an.

»Schauen wir mal, ob wir in die Verlängerung gehen«, entgegnete die Kommissarin. Dann ging sie zu ihrem Wagen, um gleich wieder mit einer Plastikplane und diversen Beuteln zurückzukehren. Diese breitete sie auf dem Gras aus und legte das fachmännisch verschnürte Päckchen darauf, das sie vorsichtig auswickelte. »Was haben wir denn da?«, fragte sie grinsend. »Genau, was ich erwartet hatte. Ihr Schwert …«

»Es handelt sich hierbei um eine Damaszenerklinge aus dem 14. Jahrhundert, nicht um ein ordinäres Schwert«, korrigierte sie Ferner. »Bitte seien Sie vorsichtig damit.«

»Bin ich, ist ja auch ein Mordinstrument.« Sie steckte die Antiquität behutsam in einen Beutel, den sie an die Spurensicherung weitergeben würde.

»Aber es ist nicht die Tatwaffe«, wandte Ferner ein.

»Woher wollen Sie das wissen?«

»Männliche Intuition«, sagte Ferner provozierend. Der Autor hatte seine Selbstsicherheit wiedergefunden. Irene Rosen stand unbeeindruckt auf und schüttelte den Kopf.

»Nein, weil Sie wissen, dass Tobler mit etwas anderem getötet wurde. Aber Sie haben ihm damit in die Hand geschnitten. Leugnen ist zwecklos.«

Ferner atmete tief durch. »Ja, wir hatten einen Disput«, gestand er zu. »Ich habe ihm ein wenig mit der Klinge gedroht …«

»*Ein wenig* mit dem Schwert gedroht? Brauchen Sie eine Atombombe, um richtig zu drohen?«

»Gut, ich habe ihn bedroht und er hat in die Klinge gegriffen. Es war ein Unglück.« Ferner wusste, dass er überführt war und nur noch für Schadensbegrenzung sorgen konnte.

»Rufus Ferner, gestehen Sie, dass Sie sich in die Klinik Katharsis eingeschlichen haben, ohne süchtig zu sein?« Durchdringend blickte sie den Autor an. Noch bevor der Autor antwortete, erklangen plötzlich Stimmen. Lola Ries und Thomas Martin kamen hinzu. Sie hatten den kleinen Auflauf bemerkt.

»Was, der Kerl säuft nicht mal? Der ist ja perverser, als ich dachte«, krähte die gealterte Diva.

»Nein, ich bin Alkoholiker«, leugnete Ferner. Doch die Kommissarin hatte einen Trumpf im Ärmel.

»Aber Ihr Arzt sagt, Sie wären allergisch auf Alkohol.«

»Ist das ansteckend?«, rief Lola Ries gekünstelt aus und machte eine abwehrende Geste. »Dann weiche von mir, Satan!«

»Ihr Arzt sagt, ein Glas Whisky und Sie wären vermutlich tot«, sagte Irene Rosen zu Ferner.

»Ein Glas Whisky und ich wäre vermutlich wieder lebendig«, meinte Ries und lachte auf.

»Ist ja gut. Ich gebe mich geschlagen. Ja, ich habe mich hier eingeschlichen.« Ferner streckte die Waffen.

»Und zwar weil Tobler in Ihrer Loge war. Aber er war ein Abtrünniger, den Sie bestrafen wollten.«

»Ja«, gestand Ferner und seine Augen verengten sich. Man sah ihm seinen Hass auf Tobler an. »Eine Loge ist wie eine Familie, aus der können Sie auch nicht einfach austreten.«

»Ich bin schon ein paar Mal aus einer Familie ausgetreten, dem Scheidungsrichter sei Dank«, ulkte Lola Ries.

»Aber Sie hatten noch ein zweites Motiv, Herrn Tobler umzubringen.« Die Kommissarin blickte Ferner erwartungsvoll an, aber er knickte nicht ein, ganz im Gegenteil, er legte wieder seine arrogante Attitüde an den Tag.

»Hatte ich das? Dann erzählen Sie es mir bestimmt gleich.«

»Ich hatte heute noch ein äußerst aufschlussreiches Telefonat mit Ihrem Verlag. Ihr Lektor teilte mir mit, dass Sie als nächstes Buch einen Thriller schreiben wollen, Arbeitstitel ›Die Bestie in der Klinik‹.«

»Wen von uns meint er wohl damit?«, sagte Ries glucksend

zu Martin, der dem Geschehen allerdings interessiert folgte und nicht auf die Frage reagierte.

»Soso, dann hat Michi also geredet. Es gibt keine Ehrlichkeit mehr auf dieser Welt«, seufzte der Autor theatralisch. »Ja, ich wollte einen Thriller schreiben, der in einer Entzugsklinik spielt. Deshalb kam ich zur Recherche hierher.«

»Ich hab's gewusst«, raunte Martin, »dass der Kerl so falsch ist wie deine Titten, Lola.«

»Die sind Natur, du Blödmann«, antwortete die Schauspielerin nonchalant auf die derbe Bemerkung. Dann sagte sie zu Ferner: »Da sind mir ja noch Schnüffler wie Diana lieber. Die stecken ihre Nasen wenigstens in Koks und nicht in anderer Leute Angelegenheiten.«

»Was hab ich euch Exhibitionisten schon abgeschaut«, giftete Ferner zurück, »was nicht in der Vogue, der Bunten oder in der Gala steht, ihr eitlen Affen, ihr narzisstisches Promigeschmeiß.«

»Ich geb dir gleich ein Promigeschmeiß, du Suppenkasper.« Lola Ries wollte auf Ferner losgehen, doch Martin hielt sie zurück.

»Lass gut sein, Lola.«

»Ja, beruhigen Sie sich, Frau Ries. Ihre Scharmützel sind hier fehl am Platz«, sagte die Kommissarin. »Außerdem haben Sie hier nichts verloren. Gehen Sie bitte ins Haus zurück.«

»Schätzchen, ich zahle hier für den Aufenthalt in einer Woche so viel wie du im Monat verdienst. Mich kannst du nicht vertreiben.«

»Stimmt, ich bin nämlich beschäftigt. Das Vertreiben übernimmt Kommissar Hartlinger.«

Sogleich wandte sich Rosens Kollege den beiden Patienten zu und delegierte sie zurück in die Klinik – unter massiven Protesten und lautem Gezeter der Schauspielerin.

»Endlich Ruhe.« Die Kommissarin atmete auf und wandte

sich dann wieder dem Autor zu. »Herr Ferner, wer sollte denn in Ihrem Thriller ermordet werden?«

»Der Chef der Klinik«, sagte er durch die Zähne gepresst.

»Wie die Realität doch manchmal die Fiktion einholt. Ich behaupte, Sie wollten diesen Buch-Mord live erleben, deshalb haben Sie Tobler umgebracht. Am Abend des Mordes haben Sie das Opfer in die Klinik gelockt, und zwar auf Ihr Zimmer. Dort haben Sie ihm Vorhaltungen gemacht, ihn an seine Pflichten als Freimaurer erinnert und ihn mit dem Schwert bedroht. Soweit richtig?«

»Im Prinzip ja«, gestand Ferner und schickte ein Kompliment hinterher. »Gut kombiniert.«

»Aber Sie wollten ihn brandmarken. So wie man früher einen Schwerverbrecher gebrandmarkt hat.«

»Ja, das wollte ich. Diesem Schwein war nichts heilig. Und der Segen der Bruderschaft ist heilig.« Ferner blickte finster.

»Und dafür haben Sie extra diese schmucken Ritzgeräte hergestellt.« Die Kommissarin kniete sich nieder zu dem Päckchen, das Ferner versteckt hatte. Dort befanden sich zwei Stechformen, die sie demonstrativ hoch hielt.

»Doch Tobler wollte sich von Ihnen nicht demütigen und verletzen lassen«, fuhr sie fort. »Also hat er sich gewehrt, in ihr Schwert gegriffen und sich verletzt. Daraufhin stürmte er aus dem Zimmer, berührte den Griff von Frau Hofers Tür und stolperte in sein Büro.«

»So in etwa hat es sich abgespielt, ja«, nickte Ferner. Kommissar Hartlinger stieß wieder dazu, nachdem Lola Ries und Tommy Martin im Hauptgebäude der Klinik verschwunden waren.

»Sie aber sind ihm hinterher. Im Büro hat er Ihnen mit der Polizei gedroht, folglich haben Sie ihn mit dem Brieföffner erstochen. Aber dann ergriff Sie Panik und Sie flüchteten, vergaßen dabei Ihre Art Brandzeichen. Sie sind eben kein professioneller Killer.«

»Wenn Sie das sagen«, meinte Ferner lapidar.

»Herr Ferner, ich verhafte Sie hiermit wegen Mordes an Severin Tobler.«

»Die Bestie aus Ihrem Buch sind Sie, Ferner«, rief Lola Ries. Sie hatte ein Fenster im Erdgeschoss geöffnet und Fetzen der Unterhaltung mitbekommen.

»Ich weiß«, entgegnete der Autor böse lächelnd. Dann legte ihm Kommissar Hartlinger Handschellen an und führte ihn ab.

»Das war's dann wohl«, atmete Laura Groß auf. Sie hatte die ganze Vernehmung über kein Wort gesprochen und Mäuschen gespielt

»Sind Sie deshalb erleichtert?«, fragte die Kommissarin.

»Natürlich. Ich habe Ihnen gesagt, unsere Klinik braucht Ruhe und Diskretion. Normalerweise hätten wir heute drei neue Patienten bekommen. Aber die wollten nicht, solange die Polizei ermittelt.«

»Das kann ich sogar irgendwie verstehen«, nickte Irene Rosen.

»Ich werde die drei Patienten sofort anrufen, dass sie nun kommen können.« Laura Groß wandte sich zum Gehen.

»Tun sie das, aber ich muss Sie warnen, wir sind noch nicht ganz fertig.«

»Nicht?« Laura Groß blickte die Polizistin überrascht an.

»Zunächst werde ich bei meinem Kollegen von der Spurensicherung vorbeischauen. Und dann habe ich mit Diana Hofer noch ein Wörtchen zu wechseln. Sie dürfen aber Ihren Geschäften nachgehen.«

Mit einer Handbewegung forderte sie die Psychologin zum Gehen auf, um kurz darauf selbst in die Klinik zurückzukehren.

Im Salon traf sie Diana Hofer. Aber diese war nicht allein. Kommissar Popolo trocknete ihr die Tränen.

»Ach, Frau Hofer«, hob die Kommissarin an, wurde aber sofort unterbrochen.

»Ich bin Rotkäppchen«, kläffte sie und drehte sich demonstrativ weg. Wie soll ich nun meine weibliche Seite ins Spiel bringen, um das Model klein zu kriegen, fragte sich die Kommissarin, beschloss aber dann, auf Laura Groß und ihr Psychogewäsch zu pfeifen und Diana Hofer mit denselben Methoden zu traktieren, mit denen sie auch bei Männern erfolgreich war.

»Gut, dann halt Rotkäppchen. Ist die Kappe vom Blut rot gefärbt? Solches fanden wir nämlich auch an Ihrem Türgriff.«

»Was?« Diana Hofer zuckte erschrocken zusammen.

»Ja. Die Leute von der Spurensicherung sind raffinierte Jungs. Was glauben Sie, was die noch alles in Ihrem Teppichboden gefunden haben?«

»Scheiße«, fluchte das Model und schlug die Hände vors Gesicht.

»Die wohl nicht, aber so wie es aussieht Drogen. Genaueres wird die Laboranalyse ergeben. Wenn man der Zeitung glauben darf, hat Ihr Freund mit seinem Konsum einem kolumbianischen Dealer ein finanziell sorgenloses Dasein beschert.«

»Das ist vorbei«, wehrte Hofer hauchend ab.

»Das mit dem Koks ist Schnee von gestern.« Plötzlich schaltete sich Popolo ein und versuchte witzig zu sein.

»Oh«, rief die Kommissarin, »der Neuankömmling liebt Wortspiele?«

Betreten blickte Popolo in den Boden.

»Frau Rotkäppchen«, sagte Irene Rosen spitz, »Ihr Freund, also Herr Rotkäppchen, ist doch wegen Drogenbesitzes und Dealens auf Bewährung draußen.«

»Ja«, presste sie, den Tränen nahe, hervor.

»Ist er clean?«

Sie nickte.

»Und wie kam's? Wieso war er nie hier?«

»Er … er kann solche Dinger nicht ausstehen«, stammelte sie nervös.

»Mit ›solche Dinger‹ meinen Sie wohl Entzugskliniken. Und er hat so schrecklichen Hospitalismus, dass er Sie nicht besucht?«

»Nein, er kommt nicht. Hab ich doch gesagt.« Langsam wurde sie wieder frech.

»Nicht ein einziges Mal will er sein einsames Rotkäppchen besuchen mit einem Geschenkkörbchen, wo ein Kuchen und eine Flasche Rotwein drin sind, oder noch besser: ein Fläschchen Rotkäppchen-Sekt.«

»Nein, er kommt nicht, sind Sie taub?«, rief sie wütend.

»Und Sie sind wohl blind, was?« Auch die Kommissarin wurde lauter. »Haben Sie die Kameras an der Einfahrt und an der Tür zum Hauptgebäude nicht gesehen? Ihr Freund Ronny Schwarze hat gestern um 19 Uhr 37 diese Klinik betreten und kurz nach Mitternacht wieder verlassen, das heißt nach dem Mord. Und den Aufnahmen zufolge war sein Gang nicht unbedingt das, was man als gerade und aufrecht bezeichnet. Wollen Sie jetzt endlich auspacken?«

So in etwa sprang die Kommissarin auch mit männlichen Delinquenten und Verdächtigen um, aber die reagierten erwartungsgemäß anders. Diana Hofer bekam nämlich einen hysterischen Heulkrampf und war kurzzeitig unansprechbar. Und Popolo setzte sich zu ihr und tröstete sie, was Irene Rosen innerlich zum Kochen brachte.

»Was mischen Sie sich da ein?«, blaffte sie ihren Undercover-Kollegen an und erwartete, dass er dem indirekten Befehl seiner Vorgesetzten nachkam. Aber Popolo dachte nicht daran.

»Sie braucht einen Menschen, der ihr beisteht, sie hat viel durchgemacht.«

Andrea Popolo, der beste Kummerkasten Bayerns.

»Gut, aber ein bisschen was muss sie noch durchmachen.

Frau Hofer, können Sie mir erklären, wieso Sie gestern eine Brille aufhatten und eine Kontaktlinse im Auge.«

»Das war ein Versehen«, sagte das Model mit erstickter Stimme.

»Halten Sie mich nicht für blöd, Hofer.« Die Kommissarin verschärfte wieder den Ton.

»Das nicht, aber Sie sind eine frustrierte Gans.« Popolos Aufbauprogramm war offensichtlich erfolgreich. Schon war sie wieder die arrogante Zicke.

»Ich bin nicht frustriert«, wehrte die Kommissarin ab.

»Aber eine Gans.«

Wütend ging Irene Rosen auf das Model zu und zeigte drohend mit dem Zeigefinger auf sie. »Hören Sie mal, ich bin Kommissarin, und wenn Sie mir so saudumm kommen, mach ich Sie fertig – und Ihren Freund.«

»Ja klar, die verspätete Rache der betrogenen Ehefrau«, giftete Diana Hofer und blickte die Polizistin abschätzig, fast schon gehässig an. »Wissen Sie, was Ihr Mann …«

»Mein Ex-Mann«, betonte die Kommissarin.

»… Ihr Ex Mann halt, dann immer gesagt hat? Beim Vögeln übrigens.«

»Nein, das ist fünf Jahre her und interessiert mich nicht.«

»Dass Sex mit Ihnen ist, als würde man …«

»Halten Sie die Klappe!«, schrie die Kommissarin unbeherrscht und schlug mit der flachen Hand auf den Beistelltisch. »Das hat verdammt noch mal nichts mit diesem Fall zu tun. Im Übrigen haben Sie seine Karriere und sein Privatleben zerstört. Ist Ihnen das eigentlich klar? Er hat mich auf Knien angewinselt, dass ich ihm verzeihe.«

»Na, hoffentlich hat er sich dabei keinen Meniskusschaden geholt«, bemerkte Hofer spitz.

»Das wäre ziemlich egal, er lebt seither von geborgtem Geld und Gelegenheitsjobs. Und wieso? Weil er so einem Flittchen die Drogen besorgt hat, nur um es ihr einmal zu besorgen. Und was ist mit ihr? Fünf Jahre später landet sie in der goldenen Entzugsklinik. Ich verachte Sie, Hofer, Sie und Ihresgleichen. Ihr glaubt, weil hirnlose Hochglanzmagazine mit euren Fotos voll sind, könnt ihr euch alles erlauben.«

»Quatsch nur«, winkte das Model ab.

»Ihr glaubt, für euch gelten keine moralischen Regeln.«

»Oh, garstige Diana«, veralberte sie die Polizistin, »gleich kommt der Nikolaus und steckt dich in den Sack.«

»Es stimmt doch«, sagte Irene Rosen wieder gefasst. »Ihr habt kein Benehmen, keinen Anstand und ihr glaubt, die Erde gehört euch.«

»Ein Teil schon. Wissen Sie, wie groß meine Finca auf Mallorca ist?« Sie sah die Kommissarin provozierend an.

Vermutlich umgekehrt proportional zu deinem Hirn, dachte sich die Kommissarin, schluckte aber die Bemerkung hinunter und versuchte, wieder ruhiger zu werden. »Aber eins, Hofer, gilt auch für euch: das Gesetz. Und da pack ich Sie und Ihren Freund«, drohte sie unverhohlen.

»Dann packen Sie mal. Ich sag ohne meinen Anwalt nämlich gar nichts mehr.« Kurzerhand stand sie auf und ging zur Tür.

»Wir sind noch nicht fertig«, sagte Irene Rosen ruhig, dann verschwand Diana Hofer, nicht ohne die Tür laut hinter sich zuzuschlagen. Die Kommissarin wandte sich aber gleich der letzten verbleibenden Person in dem Salon zu.

»Popolo, sind Sie wahnsinnig? Sie fallen mir in den Rücken?«

»Nein, nein. Aber ich … ich wollte ihr helfen«, rechtfertigte er sich.

»Einer Mordverdächtigen?«

»Was? Diana Hofer? Niemals.« Popolo schüttelte ungläubig den Kopf.

»Sie haben immer gesagt, es wäre 'ne Frau gewesen«, sagte die Kommissarin verwundert.

»Aber doch nicht die Hofer.«

»Popolo, wenn Sie sich von ihren Rehaugen blenden lassen, ziehe ich Sie sofort ab. Sie sind hier undercover, um sich gut mit diesen Typen zu stellen und sie auszuspionieren, aber nicht, um mit ihnen zu flirten.«

»Nein, nein, das tue ich nicht«, wehrte Popolo ab. Dann blickte er seine Chefin an. Was er zu sagen hatte, fiel ihm nicht leicht. »Die alte Geschichte nagt noch an Ihnen?«

»Ach was, Schnee von gestern.« Sie machte eine wegwerfende Handbewegung. Dann setzte sie sich und atmete tief durch. »Ja, doch. Und das Schlimme ist, diese doofe Ziege hat recht. Ich bin frustriert. Ich hatte seit Karl keine feste Beziehung mehr. Dafür idiotische Dates wie neulich.«

»Von dem der Knutschfleck stammte?«, fragte Popolo zögerlich nach.

»Genau. Mit einem Computerfreak, der sich als heißen Typen bezeichnete. Der bräuchte schon hohes Fieber, um wenigstens als lauwarm zu gelten«, spottete die Kommissarin und hob die Hände. »Gott, nie wieder. Und in der Hardware hatte er einen schweren Programmierfehler, wenn Sie wissen, was ich meine.«

»Jaja, ich kenne mich mit Computern aus«, sagte Popolo, der auch keine nähere Erläuterung hören wollte.

»Popolo, ich will diesen Fall klären, und zwar so schnell wie möglich, weil ich diese Typen nicht ertrage. Beim Anblick dieser Hofer krieg ich Sodbrennen und Stresspusteln.«

»Aber ich glaube nicht, dass sie den Mord begangen hat.« Popolo nahm sie wieder in Schutz.

»Wenn überhaupt, habe ich sowieso ihren Freund im Auge. Es könnte so gewesen sein, dass Tobler ihn mit Drogen erwischt hat. In der Folge kam es zu einer Auseinandersetzung und dann hat ihn Schwarze erstochen.

»Kann sein, aber …«, wandte Popolo ein, wurde jedoch sofort unterbrochen.

»Aber wir haben Ferner verhaftet. Alles deutet auf ihn als Täter. Oder sagen wir mal, fast alles.«

Dann berichtete sie ihm von den Funden und der Überführung. »Eigentlich können wir Ihre Undercover-Mission wieder abblasen.«

Popolo wurde aschfahl im Gesicht. Ein gezielter Karateschlag hätte ihn nicht härter treffen können als die Androhung, ihn von seinen Idolen wegzuholen.

»Nein, nein«, wehrte er sich. »Bittebitte nicht.« Er kniete nieder und flehte seine Vorgesetzte an. »Ich habe da noch ein paar Neuigkeiten für Sie.«

»Führen Sie nicht so einen Affentanz auf!«

»Affentanz? Warum nicht«, rief er aus, stand plötzlich auf und begann zu singen. »Ich bin der König im Affenstaat, der größte Klettermax.« Popolo stimmte das Lied von King Louis aus dem Dschungelbuch an und bewegte sich dementsprechend. Die Kommissarin fragte sich ernsthaft, ob ihr Kollege reif für die Klapsmühle war, bis er zum Refrain kam. »Oh dubidu, ich wäre gern wie duhuhu.« Dabei zeigte er mit dem Zeigefinger auf die Tür. Sogleich drehte sich die Kommissarin um und entdeckte Lola Ries. Die Schauspielerin hatte sich lautlos in den Salon geschlichen. Nun wurde ihr klar, dass ihr Popolo auf tänzerische Weise signalisieren wollte, kein Polizistengespräch mehr zu führen.

»Oh, Frau Ries. Wollen Sie auch mal den Affentanz aufführen?« Die Schauspielerin blickte ihn wie einen Außerirdischen an.

»Danke«, sagte sie dann lakonisch, »wenn sich mir alles dreht, dann vom Whisky.« Daraufhin ging sie zu den Zeitschriften und suchte vergebens ihre Vogue.

»Die hat bestimmt wieder dieses Luder mitgenommen«, schimpfte sie.

»Meinen Sie Miss Hofer? Die ist kein Luder.« Popolo war wieder einmal auf Ausgleich bedacht.

»Stimmt«, giftete Lola Ries zurück, »Pestbeule oder Flacharsch finde ich auch treffender. Mopst sich immer meine Vogue.«

»Ihre? Gehören die Zeitungen nicht allen?«, fragte Popolo naiv nach.

»Die Vogue nicht. Dieses Blatt hat mal eine große Home-Story über mich gebracht.« Dann packte sie einen Stapel Magazine. »Das hier ist Allgemeingut: der Kicker, der Stern, die Geo.« Sie nahm diese Zeitschriften und warf sie zu Boden. »Oder hier: die Psychologische Rundschau. Was steht denn in diesem Mistblatt.« Sie ließ sich in den Sessel fallen und blätterte in dem Fachmagazin herum.

»Bekloppptenparade, da sind dann alle drin, die sich für Micky Maus und Adolf Hitler halten oder ihre Mami besteigen wollen und den Papi meucheln. Lauter Verrückte, die einen Sprung in der Schüssel haben so breit wie der Marianengraben.« Doch plötzlich hielt sie in ihrem Geschimpfe inne. »Oh, unsere Klinik ist auch drin.«

»Was?« Die Kommissarin sprang hoch und ging zu Ries. »Lassen Sie mal sehen!«

Doch das Biest drehte sich demonstrativ weg. »Nicht so schnell, Frau Wachtmeister. Da steht die ganze Erfolgsbilanz unserer geheiligten Hütte drin: Heerscharen glücklicher Promis, die Doktor Tobler von ihrer Sucht befreit hat.«

Dann fing Lola Ries an zu glucksen.

»Was? Der war auch hier? Und die? Wenn die trocken sind, das halbiert ja den Bierkonsum in ganz Schwabing.«

»Stehen Sie auch bei den Erfolgsmeldungen?«, fragte Popolo ernsthaft.

»Nein«, lachte Lola Ries, »mal schauen, wo sie das Special über die hoffnungslosen Fälle haben.«

Sie blätterte weiter, aber der Kommissarin war gerade etwas ins Auge gestochen.

»Blättern Sie mal zurück, da steht etwas über einen Skandal«, bat sie höflich.

»Das Magazin ist besetzt«, blaffte Lola Ries zurück und blätterte einfach weiter. »Hey, da ist noch ein interessanter Artikel: In unserer Gedankenwelt sind wir manchmal asoziale Wesen: rachsüchtig, schadenfroh, neidisch, lüstern und aggressiv.« Sie lachte laut auf. »Was heißt da manchmal? Ein Streifzug durch die Innenwelt der nicht gerade schmeichelhaften, aber wertvollen Tagträume und Fantasien. Nein danke, in dem Reich kenne ich mich bestens aus.«

Dann stand sie auf und gab Irene Rosen das Magazin.

»Hier, damit Sie sich noch ein bisschen über die schwarzen Flecken auf der Seele informieren können. Ich hol mir mein Blatt von Barbie.« Mit diesen Worten verließ sie den Salon. Die Kommissarin setzte sich wieder auf die Couch und begann zu lesen. Viel gab der Artikel nicht her, aber es wurde ein Skandal angeführt, angeblich der einzige, den es in der Klinikgeschichte zu vermelden gab. »Hören Sie, Popolo. In der Klinik hatte es vor ziemlich genau einem Jahr einen Todesfall gegeben, als Luis Brögerl an einer Überdosis Heroin starb, obwohl er seit Jahren clean war.«

»Was suchte er dann in einer Entzugsklinik?«, fragte Popolo verblüfft.

»Er hat seinen Schützling besucht. Raten Sie mal, wer das war?«

»Tommy Martin. Brögerl war sein Manager. Ich weiß doch alles über Martin«, meinte er. Der Kommissarin war die ganze Angelegenheit nicht bekannt.

»Dann wissen Sie auch, dass der tief betrübte Martin nach dem tragischen Tod seines Managers die Therapie abgebrochen hat.«

»Ja, Tommy war ganz aufgelöst damals.«

»Seltsam. Und ein Jahr später kommt er zurück und es ist wieder einer tot. Schlechtes Karma.«

»Ja, da stimmt etwas nicht.« Popolo pflichtete seiner Vorgesetzten bei.

»Das sagen Sie nur, weil Sie sich eine Verlängerung Ihrer Undercover-Mission erhoffen«, sagte die Kommissarin zwinkernd. »Aber die Frage ist: Was soll da nicht stimmen? Martin ist sauber, ich bin mit Frau Groß alle Fälle durchgegangen und ihm hat sie das beste Zeugnis ausgestellt. Die Therapie verläuft bestens, er ist absolut gewillt, clean zu werden. Die Groß bezeichnet ihn als glaubwürdig und kooperativ. Und außerdem hat er sich mit Tobler bestens verstanden.«

»Aber die Geschichte mit Brögerl ist nicht sauber.« Dann berichtete Popolo der Kommissarin von dem Gespräch zwischen Lola Ries und Thomas Martin, das er belauscht hatte.

»Interessant. Ich werde der Sache mit dieser Lea Brögerl nachgehen. Gute Arbeit, Popolo«, lobte die Kommissarin und klopfte ihm auf die Schultern. Popolo aber blickte verlegen zu Boden. »Und was ist mit Lola Superstar?«

»Sie hat Tobler vorgestern Morddrohungen gemacht«, sagte er.

»Ich vermute, dass die gute Lola die halbe Bevölkerung Bayerns, zumindest die, die etwas mit Film und Medien zu tun hat, mit Mord bedroht hat«, lachte Irene Rosen. »Wenn Worte töten könnten, wäre sie die legitime Nachfolgerin von Jack the Ripper. Aber ich traue ihr keinen echten Mord zu.«

»Ich schon«, widersprach Popolo. »Vielleicht hat es sich so abgespielt. Lola Ries bekommt nach Jahren endlich wieder eine Rolle angeboten.«

»Okay, die Ries lebt und stirbt für den Starrummel, das ist ihr Lebenselixier«, wandte die Kommissarin ein, »aber ergibt das ein Mordmotiv?«

»Ja«, behauptete Popolo unerschütterlich. »Die Produzenten ziehen das Angebot zurück, weil Tobler meint, Lola Ries könne in ihrem Zustand nicht drehen.«

»Da dürfte sie Mordfantasien entwickelt haben, die mit der Praxis in mittelalterlichen Folterkammern mithalten«, gab die Kommissarin zu.

»Sie bestellt also Tobler abends in die Klinik und bittet ihn inständig, seine Einschätzung gegenüber den Produzenten zu ändern, sie fleht ihn auf Knien an, aber Tobler bleibt hart und es kommt zum Streit. Dann nimmt sie den Brieföffner und im Affekt ersticht sie Tobler.«

Die Kommissarin strich sich übers Kinn und nickte leicht. »Ist in Ordnung. Sie haben mich überzeugt und dürfen hierbleiben.«

Popolo bedankte sich mit einem breiten wie gewinnenden Lächeln.

15

Hartlinger wartete geduldig auf die Kommissarin. Er hatte den Wagen im Schatten geparkt und hörte Bayern 3. Normalerweise überbrückte er solche Wartezeiten mit dem Polizeifunk. Für ihn gab es nichts Spannenderes, als über alle Einsätze Bescheid zu wissen, über jeden Banküberfall, jede Fahrerflucht und jeden Handtaschendiebstahl. Doch Ferner saß mit Handschellen im Fond des Autos und für seine Ohren war der Polizeifunk nicht bestimmt.

Während vor der Klink noch reges Treiben herrschte, wurde im Auto kaum ein Wort gesprochen. Hartlinger war keineswegs mundfaul, aber er hielt wenig von Smalltalk, vor allem mit Delinquenten, und Ferner war das Reden vergangen. Er empfand die Verhaftung und vor allem die Handschellen als Demütigung. Zudem graute ihm davor, in einer Zelle zu sitzen, auch wenn es nur ein oder zwei Tage lang sein mochte.

Gedankenverloren blickte er aus dem Fenster, als die Kommissarin einstieg.

»Herr Ferner, ich würde es begrüßen, wenn Sie sich auf die Rückbank legten«, bat sie ihn. »Ich werde Sie dann zudecken und vor der Meute da draußen schützen.«

Aber Ferner reagierte nicht. Mehr als ein leises Brummen war nicht zu vernehmen. Seine Augen starrten ins Leere.

»Er spricht nicht mehr mit uns, erst wenn ihm sein Anwalt erlaubt, den Kiefer zu bewegen«, klärte Hartlinger die Kommissarin auf.

»Wunderbar«, rief Irene Rosen aus und klatschte in die Hände. »Dann muss ich mir morgen keine Tageszeitung kaufen, weil ich weiß, wer in jedem Blatt die Titelseite ziert. Mit ein bisschen Glück sind wir auch noch drauf, Rudi.«

»Nicht schlecht, ich war seit dem Überfall auf die Sparkasse in Haidhausen nicht mehr in der Zeitung. Meine Frau war ganz stolz, aber sie hat meine Frisur kritisiert. Ich hätte angeblich so zerrupft ausgeschaut.«

»Dann kämm dich bitte. Sollen wir Herrn Ferner nicht auch noch ein wenig stylen? Ich finde, er sieht etwas strubbelig aus.«

»Ich leg mich schon hin«, brummte Ferner und ging in die Horizontale. Sogleich holte die Kommissarin eine Decke aus dem Kofferraum und warf sie dem Verhafteten über. Als sie kurz darauf das Tor passierten, wurden sie von zahlreichen Objektiven verfolgt. Die Journalisten knipsten und filmten, was die Kameras hergaben. Natürlich hatten sie bemerkt, dass die Polizisten einen Gast dabei hatten. Hartlinger drückte das Gaspedal durch und schoss mit quietschenden Reifen davon. Sogleich sprangen einige Paparazzi in ihre Autos und nahmen die Verfolgung auf.

»Sie können sich wieder aufsetzen«, sagte die Kommissarin zu Ferner und nahm ihm die Decke ab. »Kurzzeitig zumindest. Wir haben die Hyänengrenze erfolgreich passiert.«

Ferner gab weiterhin keinen Ton von sich. Er ließ die Lefzen hängen wie ein alter Neufundländer.

Irene Rosen erhaschte auf einer Kuppe einen kurzen Blick auf den See. Sonnenperlen tanzten glitzernd auf dem Wasser, das von zahlreichen weißen Segeln durchpflügt wurde. Sie hätte gute Lust gehabt, sich ein wenig abzufrischen und einfach in den See zu springen. Ein kurzes Bad nur, um den Schweiß und Staub der letzten Stunden abzuwaschen, aber sie war im Dienst. Eigentlich, dachte sich die Kommissarin, hätte sie ein Gefühl des Triumphs verspüren müssen. Immerhin hatte sie einen dringend Mordverdächtigen verhaftet, und keinen normalen, sondern auch noch einen prominenten Autor, der sich ihr gegenüber wie ein arroganter Widerling benahm. Dazu hatte sie ihre Intimfeindin Diana Hofer des Drogenkonsums überführt. Die Frau, die ihr den Mann weggenommen hatte. Aber konnte sie es so sehen? Karl war es, der seinen Lümmel nicht kontrollieren konnte. Außerdem war er streng genommen ein korrupter Bulle, um den es nicht schade war.

Als sie den Ufern des Starnberger Sees entgegenfuhren, fühlte sich die Kommissarin müde und leer. So schloss sie die Augen, auch wenn an Schlaf nicht zu denken war. Zahlreiche Details gingen ihr durch den Kopf. Es gab zu viele Ungereimtheiten in diesem Fall und zu viele Verdächtige.

Dass Irene Rosen kein Auge zutun konnte, lag aber auch an Kommissar Hartlingers rasantem Fahrstil. Um die Paparazzi auf Distanz zu halten, gab er gehörig Gas.

»Kein Angst, Chefin«, versicherte er, »ich habe schon Stockcar-Rennen gefahren.«

Tatsächlich holte sie kein Paparazzo ein. Allerdings hatten einige Journalisten ihre Kollegen übers Handy verständigt. Also belagerte eine mittelgroße Meute das Kommissariat. Es war alles versammelt, was in München einen Presseausweis besaß. Zeitungsleute, die seriösen und die von den bunten Blättern, ein Arsenal an Objektiven, das Radio und natürlich auch das Fernsehen. Damit hatte die Kommissarin gerechnet und deshalb Ferner kurz vor der Hansastraße wieder die Decke übergestülpt. Aber ein vorwitziger Bursche hatte den Braten offensichtlich gerochen und den Polizisten zwei Ecken vorher aufgelauert. Zumindest ein Blatt würde morgen mit Ferner als Mordverdächtigem aufwarten können. Hartlinger und Irene Rosen ärgerten sich, der Autor nahm es ohne Regung hin.

»Dieses Arschgesicht merke ich mir«, schimpfte der ansonsten so besonnene Kommissar.

Die Polizisten schafften Ferner über die Tiefgarage in das Kommissariat. Er durfte mit seinem Anwalt telefonieren. Sobald dieser angekommen wäre, würden die Polizisten mit dem Verhör beginnen. Als Irene Rosen allerdings das Gesicht von Arno Schliefing sah, hatte sie Zweifel, ob dieses Verhör von ihr geleitet würde. Er hatte die Augen zugekniffen und die Stirn in Furchen gelegt. Sein sehr breiter Scheitel leuchtete rot.

»Was soll diese Meute da unten? Sollen wir auf der Straße eine Pressekonferenz halten? Ist das die Diskretion, die ich angeordnet habe?« Seine letzten Federn standen gen Himmel, so geladen war der Kriminalrat.

»Sorry, ich hatte sie eigentlich vorne an der Ecke zu McDonald's bestellt, da wär's gemütlicher gewesen, aber die wollten nicht. Hatten alle schon zu Mittag gegessen.« Dann blickte sie ihn grimmig an. Irene Rosen war nicht mehr bereit, sich von diesem Bürokraten unterbuttern zu lassen.

»Werden Sie nur frech, werden Sie nur frech.« Er sah sie mit kaum unterdrückter Wut an.

»Das muss ich nicht werden, das bin ich schon«, entgegnete die Kommissarin. »Ein Gendefekt.«

»Das wird ein Nachspiel haben«, drohte der Kriminalrat.

»Was wollen Sie von mir?« Die Kommissarin hob entnervt ihre Hände. »Ich kann nichts für das Aufgebot da unten. Wir leben in einer Mediengesellschaft, die Zeiten der Buschtrommeln sind vorbei. Und das Beamen ist leider noch nicht erfunden.«

»Und die Zeiten, in denen Polizisten wüten konnten und ungestraft Leute beleidigen, sind auch vorbei«, geiferte Schliefing.

Die Kommissarin stutzte. »Ich habe niemanden beleidigt.«

»Ach, *Flittchen* ist keine Beleidigungen mehr für Sie? Dann möchte ich nicht hören, was Sie sagen, wenn Sie ausfallend werden.«

Da würden mir durchaus noch ein paar Ausdrücke einfallen, dachte die Kommissarin, hielt es aber für klüger, ausnahmsweise den Mund zu halten. Allerdings wurde sie stutzig. Woher wusste Schliefing solche Details?

»Oder dass Sie zu einem berühmten Model sagen, dass es ein kleines Hirn hätte. Und dann sagen Sie noch, dass Sie alle Promis verachten würden. Da frage ich Sie, sind Sie die Richtige für diesen Fall?«

»Ja, denn diese arrogante Mischpoke, die uns Polizisten von oben herab wie den letzten Dreck behandelt, hat es nicht besser verdient.«

Daraufhin klatschte Kommissar Hartlinger Beifall. Und alle umstehenden Kollegen, es hatte sich eine schöne Traube angesammelt, stimmten mit ein. Schliefing kniff die Augen zusammen und biss sich auf die Lippen.

»Kommissarin Rosen, Sie sind bis auf Weiteres von dem Fall abgezogen«, sagte er, als der Beifall abgeebbt war. »Kommissar Manner übernimmt das Verhör.«

Nun forderte Arno Schliefing wirklich Rosens ganze Selbstbeherrschung. Ausgerechnet Kollege Manner sollte für Diskretion sorgen, der Rambo vom Dienst.

»Woher haben Sie von meinen angeblichen Beleidigungen eigentlich erfahren?«, fragte die Kommissarin Schliefing.

»Von Diana Hofers Anwalt, Dietmar Stiller.«

Stiller. Den Namen kannte sie doch. Es handelte sich um den Anwalt der Toblers. So ein Zufall. Dem wollte sie sowieso noch einen Besuch abstatten. Ein Grund mehr, Hallo zu sagen.

Das Vergnügen, dem Verhör von Ferner beizuwohnen, wollte sie sich nicht nehmen lassen. Sie hatte den Bericht quasi dem Kriminalrat in die Hand geschrieben. Dieser hatte ihn mit Manner studiert, dann war das unschlagbare Duo in den Vernehmungsraum 1 gegangen. Über einen Livestream konnte die Kommissarin das Geschehen mit einigen Kollegen verfolgen.

Ferner saß dort, neben ihm sein Anwalt Michael Mello, ein ausgebuffter Profi, der auch Judas und Kain freibekommen hätte. Er übernahm das Reden für seinen Mandanten. Der Autor blieb stumm wie ein Fisch in einer Bouillabaisse.

Aber nicht nur er. Auch Kollege Manner war nicht gesprächiger als ein Heilbutt. Nur sein Gesichtsausdruck wurde mit jedem Dementi des Anwalts angriffslustiger. Er wippte mit dem Stuhl hin und her und hatte die Arme verschränkt im Nacken.

Das Verhör zog sich zäh dahin. Im Prinzip gab Mello für seinen Mandanten zu, was ihm schon nachgewiesen wurde. Die Schnittwunden mit dem Schwert, die versuchte Kennzeichnung mit den Ritzformen, die Morddrohung. Aber es ging keinen Millimeter weiter.

»Mein Mandant sagt, dass Herr Tobler nach der Auseinandersetzung in sein Büro gegangen ist und die drei Ritzformen mitgenommen hat. Später hat ihn jemand getötet und mit den Formen gekennzeichnet, um meinem Mandanten die Schuld in die Schuhe zu schieben«, meinte Mello mit seiner knarzenden Stimme.

»Und wie sind die Formen wieder zu Herrn Ferner gekommen?«, wollte Schliefing wissen.

»Das weiß Herr Ferner nicht. Es herauszufinden, sollte Ihre Aufgabe sein. Wir behalten uns vor, Anzeige wegen Diebstahls zu erstatten.«

Manner hörte mit dem Wippen auf und beugte sich nach vorne. Er sah aus wie ein hungriger Tiger kurz vor dem Sprung.

»Haben wohl Flügel bekommen die Dinger und sind zu ihrem Herrn geflattert, was Ferner?«

»Nein. Der wahre Täter hat sie Herrn Ferner untergeschoben. Mein Mandant ist ein international angesehener Autor, der …«

Mellos Geseiere wäre jedem Polizisten dieser Welt nach kurzer Zeit auf den Zeiger gegangen. Selbst der größte Gangster, den er vertrat, war für ihn ein Ehrenmann par excellence und jede Beschuldigung gegen ihn ein Angriff auf die Menschenwürde, die Freiheit und sämtliche europäischen Werte. Mit Genugtuung beobachtete Irene Rosen, wie bei Manner die Zündschnur brannte. Sie freute sich schon auf die Explosion.

»... und im Artikel 1 unserer Verfassung ...«, plapperte Mello, als ein Donnerschlag ertönte. Manners Lunte war abgebrannt, der Funke hatte das Pulverfass erreicht. Der Polizist knallte seine Faust auf den Tisch, dass der Raum erzitterte. Das Beben erreichte einen Wert von 5, 6 auf der Richter-Skala.

»Hör mal, du Knallkopf«, Manner wandte sich an Ferner, »ich habe ein paar von deinen dämlichen Scheißbüchern gelesen. Und weißt du, was ich davon halte? Die sind fürn Arsch, verstehst du?«

»Ich verbitte mir diesen Tonfall ...«, protestierte Mello, doch einen Manner in Fahrt konnte nichts mehr bremsen.

»Für dich Wichser sind wir Bullen doch nur Vollidioten, die im Hirn haben, was du runterspülst.«

»Kommissar Manner, bitte beruhigen Sie sich.« Schliefing versuchte vergeblich, seinen Kollegen zu beschwichtigen.

Tatsächlich stellte Ferner in seinen Büchern Polizisten nicht gerade als die hellsten Kerzen am Weihnachtsbaum dar. Darin bestand das Problem von Manner. Er fühlte sich persönlich angegriffen. Normalerweise beantwortete er Attacken mit dem Dienstrevolver, aber diesmal musste er sich mit Worten begnügen.

»Gib endlich zu, dass du diesen Doktor aufgeschlitzt hast, sonst nagle ich deinen Arsch an die Wand.« Manners Gesicht war nicht nur rot wie eine überreife Fleischtomate, es sah auch genauso aus, als würde es jeden Moment platzen.

Nur mit Mühe konnte Schliefing seinen Kommissar von Ferner abhalten. Als er ihn rausschicken wollte, hätte er sich fast ein paar Faustschläge eingehandelt. Hartlinger und Rosen, die das Spektakel mit größtem Amüsement verfolgt hatten, gingen in den Vernehmungsraum und halfen mit, Manner dezent hinauszubefördern.

Schliefing musste sich daraufhin schwere Anschuldigungen von Mello anhören.

»Mein Mandant verlangt die Abordnung dieses gemeingefährlichen Polizisten, der eine persönliche Aversion gegen diesen unbescholtenen Bürger hegt.«

Bevor ihm der Anwalt die Verfassung vorbetete, stimmte der Kriminalrat dem Antrag zu.

»Mein Mandant verlangt ferner, dass Frau Rosen die Untersuchung weiterführt. Er hat Respekt vor ihr und setzt so viel Vertrauen in sie, dass sie den wahren Täter findet.«

»Natürlich bearbeitet die Kommissarin weiter den Fall«, entgegnete Schliefing beschwichtigend. »Sie war nur wegen eines anderen Mordes unabkömmlich.«

Rosen lachte auf. Sie wusste, wie schwer ihm diese Lüge gefallen war, umso mehr freute sie sich. Dabei bemerkte sie, wie sehr ihre anfängliche Abneigung diesem Fall gegenüber gewichen war. Zu gerne wollte sie nun den Arsch des Mörders an die Wand nageln, wie es ihr Kollege martialisch ausdrückte.

Im Prinzip lag Schliefing nicht einmal vollkommen falsch: Inoffiziell war sie noch mit einem anderen Fall beschäftigt. Und es war an der Zeit, Kommissar Möhler mal wieder einen kleinen Besuch abzustatten.

Seine Augenringe schimmerten diesmal noch etwas dunkler als beim ersten Mal. Als er Irene Rosen sah, sprang er sofort auf und ging ihr entgegen. Er lächelte sie an.

»Servus, Irene, ich dachte schon, dass zu viele Leichen deinen Weg pflastern und du keine Zeit mehr für uns banalen Steuerprüfern hast.«

Dabei grinste er, wie ein übermüdeter Mann grinsen kann.

Irene Rosen fühlte sich ertappt. Offensichtlich hatte Möhler in Erfahrung gebracht, dass sie gelegentlich die Leute seiner Abteilung scherzhaft als Steuerprüfer bezeichnete. Sie ging aber nicht auf die Anspielung ein.

»Ein Toter und ein Scheintoter machen mir derzeit das Leben schwer«, seufzte sie.

»Und wer ist der Zombie?«, fragte Karsten.

»Na Schliefing, wer sonst.«

Möhler sah sie eine Nanosekunde ungläubig an und brach dann in lautes Gelächter aus. Er kannte zwar den Kriminalrat kaum, konnte trotzdem ihre Abneigung gegenüber den Bürokraten nachvollziehen.

»Ich habe da was für dich«, sagte er, nachdem er sich ausgelacht hatte. Er ging zu seinem Schreibtisch und holte ein paar zusammengeheftete Kopien hervor.

»Die Todesliste. Da stehen alle drauf, die von Hecker und CastleNeo geprellt wurden. Ich habe sie dir zweimal ausgedruckt, einmal in alphabetischer und einmal quasi in monetarischer Reihenfolge. Die am meisten verloren haben, stehen am Ende.«

Irene Rosen warf einen kurzen Blick auf die erste Liste. Da fand sich beim Buchstaben P ihr aktueller Lieblingskollege mit 25 000 Euro. Für einen Bill Gates war das nicht einmal die Kaffeekasse, bei Popolos Gehalt tat der Betrag jedoch richtig weh.

Aber aus rein beruflich bedingter Neugierde interessierte es die Kommissarin natürlich auch, wen es im Millionenbereich erwischt hatte. Deshalb schaute sie auf das Ende der zweiten Liste. Und da befand sich ein Name, den sie an diesem Tag schon einmal gehört hatte. Ein Name, der sie langsam verfolgte und der sie stutzig machte. Dietmar Stiller, der Anwalt von Tobler und Diana Hofer hatte fünf Millionen Euro auf das falsche Pferd gesetzt.

Das war eine Summe, die auch einen Anwalt der Promis schmerzen musste, wenn nicht sogar ruinieren. Solche Menschen hatten teure Häuser, die abbezahlt werden mussten, teure Frauen oder noch teurere Ex-Frauen, und schon klingelte der Gerichtsvollzieher an der Tür.

»Vielen Dank, Karsten. Das sieht nach einer Menge Arbeit aus. Und du siehst auch nach einer Menge Arbeit aus und wenig Schlaf.«

»Sag Napoleon zu mir, der hat auch nie mehr als vier Stunden geschlafen.«

»Okay, Napoleon, was sagt deine Freundin dazu, wenn sie dich nur noch von den Urlaubsfotos her kennt?« Mit dieser Fangfrage wollte Irene Rosen natürlich nur in Erfahrung bringen, ob Möhler liiert war. Ring trug er zumindest keinen. Karsten zog die Stirn in Falten.

»Das dürfte der Grund gewesen sein, warum mich Silke vor vier Monaten verlassen hatte.« Er blickte seine Kollegin resigniert an. Irene Rosen nickte. Auch sie fühlte sich als Single-Opfer ihres Berufs. Beziehung oder Arbeit, beides ging oft nicht, zumindest dann nicht, wenn der Partner es mit festen Zeiten hatte. Kriminalpolizisten waren im Prinzip immer auf dem Sprung. Ein Anruf beim Essen und sie musste ab zur nächsten Leiche.

»Das tut mir leid«, sagte sie, obwohl es ihr natürlich überhaupt nicht leid tat. Sie war sogar erfreut, endlich mal einem Mann zu begegnen, der ihr gefiel und der Single war.

»Das muss dir nicht leid tun. Ich glaube, wir haben auch nicht wirklich zusammengepasst. Stöckelschuhe, Candle-Light-Dinner, Parfumwolken …«

Irene Rosen musste kurz auflachen.

»Und da hast du eine Chanel No. 5-Allergie entwickelt.«

»Nein, im Gegenteil, ich stehe auf so was. Ich bin ein hoffnungsloser Romantiker, aber sie wollte nur ins Vollwert-Restaurant gehen und Tofu-Auflauf mit Sprossensalat essen. Und ja kein Parfüm, das ist ja Chemie. Und ihre Kleidung, meine Fresse, am liebsten wäre sie mit Kartoffelsäcken durch die Gegend gelaufen.«

Jetzt war die Kommissarin platt. Der Mann, von dem sie dachte, er könnte perfekt zu ihr passen, stand auf feminine Frauen und war romantisch bis in die Haarspitzen. Entweder sie ließ ihn einfach ziehen und kloppte ein Ei über die Schwärmerei oder sie würde die Prüfung annehmen und ihre weibliche Seite etwas kultivieren. Vielleicht brauchte sie doch noch ein paar Sitzungen bei Laura Groß.

»Ich habe zwar den Kleiderschrank auch nicht gerade voll mit Prada-Klamotten und ich trage am liebsten Schuhe, die nicht als Arbeitsbeschaffungsmaßnahmen für den nächsten Orthopäden gelten, aber Steakhäuser mag ich.« Mehr oder weniger unverhohlen versuchte sie ihm mitzuteilen, dass er sie gefälligst zum Essen einladen solle. Aber sogar die forsche Irene Rosen wurde dabei ein klein wenig rot.

»Darf's auch bei Kerzenschein sein?«, fragte Karsten lächelnd. War das die Gretchenfrage? Die Romantik-Nagelprobe?

»Klar«, antwortete Rosen in ihrer Diktion, »ich mag's lieber schummrig, dann sieht man nicht so genau, was man isst.«

»Irene, erlaubt es dein Terminplan, dass ich dich morgen um 20 Uhr ins ›Savanna‹ einlade? Kein Steakhaus im herkömmlichen Sinn, aber südafrikanische Küche vom Feinsten. Da gibt's auch Zebra-Steak und Krokodil-Filet«, schwärmte Möhler.

»Na, was für ein feiner Anlass, mein Kroko-Handtäschchen mal wieder spazieren zu führen«, witzelte Irene Rosen, spürte aber, wie sich ihr Herzschlag erhöhte und die Schmetterlinge in ihrem Bauch vermehrten. Sie hatte ein Date, ein richtiges Date. Gott sei Dank erst morgen und nicht schon heute, denn einen Tag Vorbereitungszeit würde sie mindestens brauchen. Heute Abend würde sie als Erstes mit ihrer Freundin Elli telefonieren müssen, die würde ihr schon sagen, was sie anziehen, wie sie sich schminken und wie sie sich geben sollte. Gott, dachte sich Irene, war das Leben kompliziert. Und wunderschön.

16

Als die Kommissarin am nächsten Morgen gegen halb acht ins Büro kam, bemerkte sie, dass ihr Schreibtisch dem kosmischen Gesetz folgte, wonach die Unordnung ständig zunahm, zumal ein Teil von Popolos Unterlagen belegt war. Einen völlig aufgeräumten, leeren Schreibtisch würde sie gar nicht aushalten, aber auch das schöpferische Chaos hatte seine Grenzen. Also räumte sie nach ihrem System auf. Alles, was warten konnte, kam auf die rechte Seite, das Dringende auf die linke und der Rest in den Eimer. Da ausgerechnet dieser Rest den größten Posten ausmachte, musste sie mit dem Fuß etwas nachhelfen.

Popolo hatte sich spät nachts noch gemeldet und seinen Rapport abgeliefert. Er hatte eine brisante Unterhaltung mitgehört, die vermutlich den Fall nicht voranbrachte, aber zumindest pikant war. Lola Ries hatte Diana Hofer erpresst. Offensichtlich war sie in deren Zimmer eingedrungen und hatte ein Röhrchen mit Spuren von Drogen gefunden. Das Model wusste zwar, dass die Polizei auch Proben entnommen hatte, aber nicht, ob sie deshalb überführt war. Also ging sie auf Lola Ries' Forderungen ein. Diese bestanden darin, dass ihr Hofer sämtliche People-Magazine, wie man heute die Klatschblätter nennt, bereitwillig überließ. Ansonsten hatte der Undercover-Kommissaranwärter keine bedeutenden Nachrichten auf Lager.

Irene Rosen machte sich einen Tagesplan. Mittags traf sie sich mit Ellie im Olympia-Einkaufszentrum, um den Abend vorzubereiten. So viel Privatleben musste sein. Bis dahin galt es aber, einen schönen Berg abzuarbeiten. Sie begann mit dem endgültigen Bericht von Doktor Molfred. Er enthielt einige

Details, die sie stutzig machten. Aber diese warfen neue Fragen auf. Möglicherweise konnte ihr Frau Türün, die Putzfrau im Katharsis, zumindest eine beantworten. Also griff sie zum Telefon.

Ihr erster Gang führte sie in Vernehmungsraum 3. Ferner war ihrer Bitte nachgekommen und hatte auf die Anwesenheit seines Anwalts verzichtet. Dafür wollte sie zumindest weitgehend auf die Peitsche verzichten und verstärkt auf Zuckerbrot setzen.

Der Autor sah schlecht aus. Die Nacht in der Zelle schien ihm nicht gut bekommen zu sein. Er wirkte nervös und hatte Augenringe.

»Herr Ferner, ich will ganz ehrlich zu Ihnen sein, mein Chef hält Sie für den Täter. Er meint auch, dass die Beweise für eine Anklage ausreichen. Sollte nun der Richter derselben Meinung sein wie Schliefing, dann verbringen Sie 15 bis 20 Jahre lang jede Nacht im Gefängnis. Und das wird deutlich schlimmer als hier, wenn Sie beispielsweise in Straubing mit den ganz harten Jungs Ihren dünnen Kaffee aus Blechtassen schlürfen. Schöne Aussichten, was?«

»Wollen Sie mich verspotten?«, fragte er missmutig.

»Nein, ich will nur, dass Sie endlich ehrlich sind. Ich glaube nämlich nicht, wie ich vorhin am Telefon durchblicken habe lassen, dass Sie der Täter sind. Und wenn Sie kooperieren, können Sie in einer Stunde gehen. Ist das ein Angebot?«

Ferner nickte.

»Haben Sie Beweise für meine Unschuld?«

Irene Rosen ließ sich nichts anmerken, aber sie genoss es, wie kleinlaut der arrogante Autor plötzlich war. »Ja«, entgegnete sie ihm. »Der Einstich ins Herz wurde definitiv von jemandem ausgeführt, der um einiges kleiner war als Tobler, denn die Klinge geht von unten nach oben.«

»Ich bin aber einen halben Kopf größer als das Opfer«, stellte Ferner erfreut fest.

»Genau. So einen Stoß kann man auch nicht aus der Hocke machen. Das ist zumindest kaum möglich. Dann kommen wir zu Ihren Ritzformen. Wenn ich diese jemandem aufdrücken will, muss ich fest andrücken und die Form leicht drehen. Ein Rechtshänder dreht aber von rechts nach links und der Linkshänder von links nach rechts.« Die Kommissarin nahm die Form mit dem allsehenden Auge und führte es ihm vor. »Sehen Sie den Unterschied?«

»Sicher«, meinte Ferner. »Ich bin Linkshänder.«

»Und die Abdrücke stammen hundertprozentig von einem Rechtshänder.« Irene Rosen lehnte sich zurück. »Wissen Sie, was mich von Anfang an bei diesem Stigmatisierungsinstrument mit dem allsehenden Auge stutzig gemacht hat? Dass ein intelligenter Mann wie Sie so blöd sein soll, es im Nachtkästchen zu vergessen. Und wissen Sie, was mich noch stutziger gemacht hat?«

»Nein, aber Sie machen mich neugierig. Übrigens danke für das Kompliment.« Ferner lächelte unsicher.

»Dass Sie die Form vergessen, aber die Fingerabdrücke abwischen. Das sagt mir, jemand anderes hat Ihnen die Form untergeschoben.«

»Das habe ich Ihnen ja gesagt«, beteuerte Ferner.

»Aber ich habe es für Sie bewiesen«, grinste Irene Rosen. »Wie aber kommt derjenige oder diejenige an diese Form, frage ich mich – und Sie. Und jetzt erwarte ich Ehrlichkeit. Denn was den frühen Morgen nach dem Mord anbelangt, haben Sie mir nicht die ganze Wahrheit gesagt.«

Ferner nickte. »Ich vermute, Sie haben mit Frau Türün gesprochen«, sagte er nach ein paar Sekunden Denkpause.

»Sie vermuten richtig.«

»Gut. Ich bin Tobler in sein Büro gefolgt und hatte meine

Stigmatisierungsinstrumente, wie Sie das nennen, dabei. Er hatte sich die Hand verbunden und überrumpelte mich. Das Schwert hatte ich nämlich in meinem Zimmer gelassen. Wie gesagt, er überrumpelte mich und nahm mir meine Formen ab. Ob Sie es glauben oder nicht, er bedrohte mich dabei mit dem Brieföffner, mit dem er später getötet wurde.«

»Ob Sie's glauben oder nicht, ich glaube es Ihnen«, stimmte die Kommissarin zu.

»Er warf mich aus dem Büro. Dann ging ich gedemütigt auf mein Zimmer. Tobler rief mir noch nach, ich müsse am nächsten Tag die Klinik verlassen. Deshalb war ich so früh aufgestanden. Sechs Uhr ist normal nicht meine Zeit, ich bin Künstler.«

»Meine auch nicht, obwohl ich kein Künstler bin«, entgegnete Irene Rosen trocken.

»Ich wollte so früh wie möglich die Stätte meiner Schmach verlassen, als ich Frau Türün hörte.«

»Aber Sie waren nicht bis zum Eintreffen der Polizei mit ihr zusammen, wie Sie mir weismachen wollten.«

Ferner seufzte schuldbewusst auf. »Nein. Ich möchte mich hier in aller Form für meine Lüge entschuldigen. Aber bitte verstehen Sie, mich überkam Panik. Entdeckte man bei dem Toten meine Instrumente, würde man mich verdächtigen. Also musste ich unbedingt unbemerkt in das Büro kommen.«

»Deshalb schickten Sie Frau Türün in die Toilette, weil dort angeblich eine Blutlache war.«

»Genau. Ich eilte schnell ins Büro und suchte meine Instrumente, aber ich schwöre Ihnen, es waren nur noch zwei da.« Ferner hob kurz die rechte Hand.

Irene Rosen lehnte sich in den Stuhl zurück und grübelte. »Das bedeutet, die Form mit dem allsehenden Auge hatte der Täter an sich genommen, um Sie später damit zu belasten. Das heißt, der Mörder wusste von den Formen.«

Ferner nickte. »Gut kombiniert, Kommissarin. Sie haben wirklich einen scharfen Verstand.«

»Jetzt muss ich mich für das Kompliment bedanken. Aber, Herr Ferner, nun will ich die ganze Wahrheit hören: Haben Sie noch etwas Wichtiges in dem Büro entdeckt oder an sich genommen?«

Er zögerte, was im Prinzip schon Antwort genug war. Ferner war und blieb ein lausiger Lügner.

»Soll ich Ihnen nachhelfen?« Die Kommissarin zog die Augenbrauen hoch und schaute ihn provozierend an, sodass Ferner klar war, dass sie bereits alles wusste.

»Nein. Die Brille von Diana Hofer lag auf dem Boden. Ich habe sie eingesteckt und Diana später gegeben.«

»Ein kleiner Kuhhandel?«

Ferner nickte. »Schweigen gegen Schweigen.«

»Gut, mehr interessiert mich momentan nicht.« Die Kommissarin stand auf und wandte sich zum Gehen. »Sie werden auf freien Fuß gesetzt, dürfen aber die Stadt nicht verlassen. Außerdem müssen Sie mit einer Anzeige wegen Körperverletzung rechnen.«

»Damit kann ich leben«, Ferner atmete befreit auf. »Freiheit ist ein wertvolles Gut.«

»Wem sagen Sie das.«

Der Autor erhob sich ebenfalls. »Und noch etwas.«

Die Kommissarin stutzte. Dann streckte ihr Ferner die Hand entgegen. »Entschuldigung und Danke.«

Nachdem Ferner gegangen war, setzte sie sich an ihren Schreibtisch. Sie legte sich regelrecht in ihren Stuhl, schloss die Augen und dachte nach. Es gab einige offene Fragen, aber auch einige wichtige Indizien. Der Mörder war kleiner als Tobler und Rechtshänder. Außerdem kannten er und das Opfer sich. Und er kam aus der Klinik oder, sollte es der Schatten auf dem

Überwachungsband gewesen sein, war bestens mit der gesamten Einrichtung vertraut. Die Kommissarin hatte am Tag zuvor den Eingangsbereich genau unter die Lupe genommen. Wenn man sich fest an die Wand drückte und nicht unbedingt das Format eines Sumoringers besaß, konnte man die Tür öffnen, ohne von der Kamera erfasst zu werden.

All ihre Annahmen trafen auf Lola Ries, Thomas Martin und Diana Hofer zu, vom Personal auf die Putzfrau und die Psychotante Laura Groß. Die letzteren beiden konnte man allerdings wohl abhaken.

Also blieben die drei Promis. Lola Ries und Diana Hofer hatten sogar ein Motiv. Und Martin? Der Kommissarin fiel wieder ein, was sie in der Psychologie-Zeitschrift gelesen hatte, dass nämlich Martins Manager unter rätselhaften Umständen im Katharsis ums Leben gekommen war. Den Fall sollte sie aufarbeiten. Einer der drei war's, dachte sie, als sie von einer galligen Frauenstimme aus den Träumen gerissen wurde.

»Es war diese Hure Dolores!«

Die Kommissarin schreckte hoch, dass sie fast vom Stuhl gekippt wäre. Eine Frau in ihrem Alter mit dunklerem Teint und glänzend schwarzem Haar stand vor ihr. Sie trug einen glatten, dünnen Ledermantel, einen schwarzen Rock, schwarze Seidenstrümpfe und die schönsten Schuhe, die Irene Rosen jemals live erlebt hatte. Solche, für die man einen Führerschein braucht, um damit zu gehen, und einen Waffenschein, um sie nicht für gemeingefährliche Tritte zu missbrauchen. So sehr sie die High Heels auf den ersten Blick faszinierten, so sehr war ihr klar, dass sie sich nie und nimmer heute Mittag bei ihrem Einkaufsbummel solche Schuhe aufschwätzen lassen würde.

»Antonia Helmrich. Ich bin gerade angekommen. Hat man mich nicht angekündigt?«

Sogleich streckte sie der Kommissarin ihre Hand entgegen.

Sie hatte einen sanften Händedruck, aber einen entschlossenen Gesichtsausdruck.

»Nein, das wurde wohl verschwitzt«, antwortete die Kommissarin. Oder die Notiz liegt mit den Pappschachteln im Abfallkorb. Antonia Helmrich war nicht die klassische verführerische Pin-up-Schönheit wie Dolores, aber sie war eine Frau mit Klasse und Geschmack. Eine reife, gebildete Frau, die wusste, was sie zu tragen hatte. Und zu sagen.

»Entschuldigen Sie bitte meine Sitzhaltung, aber so kann ich am besten denken.« Die Kommissarin hatte bei so einer eleganten Erscheinung gleich das Gefühl, etwas falsch zu machen.

»Kein Problem. Hauptsache Sie denken nach, und zwar wie man dieses Miststück festnageln kann.« Toblers hinterbliebene Freundin hatte eine kerzengerade Haltung. Selbst als sie sich setzte, wirkte sie noch, als wäre ihre Wirbelsäule aus Kruppstahl.

»Sie sprechen von der Witwe Tobler?«

»Ja, von diesem Flittchen.« Ihre Abneigung gegenüber Dolores garnierte sie mit Schimpfwörtern, die so gar nicht zu ihrer erhabenen Erscheinung passten.

Die Kommissarin erzählte ihr von Dolores' perfektem Alibi, aber Helmrich machte nur eine abfällige Handbewegung.

»Das Biest hat sich klammheimlich davongestohlen.«

»Es ist mindestens eine Stunde Fahrt von der Party zur Klinik«, warf die Kommissarin ein. »Wir haben das nachgeprüft. Und einige Zeugen schwören, dass Dolores und ihr Gärtner immer anwesend waren. Sie waren offensichtlich nicht zu übersehen.«

»Dann hat sie einen Killer angeheuert.«

Die Kommissarin widersprach ihr und erklärte, alles deute darauf hin, dass Tobler den Mörder gekannt hatte. Allerdings durfte sie auch der Freundin gegenüber nicht zu viele Details verraten.

»Ich weiß nicht, wie sie es gemacht hat, aber Dolores ist schuld an Severins Tod.«

Daraufhin erzählte sie, wie Dolores ihren Mann nach Strich und Faden betrogen hatte. Aber als er von Scheidung sprach und sich in Antonia verliebte, sei sie ausgerastet und habe ihn mehrfach mit dem Tod bedroht.

»Haben Sie Beweise dafür?« Irene Rosen hatte das unangenehme Gefühl, der Fall könnte noch komplizierter werden, als er bereits war.

»Ja. Ich bin der Beweis.« Irene Rosen glaubte diesem Beweis zwar, ob er allerdings vor Gericht verwendet werden konnte, war fraglich. »Ich habe es gehört. Mehrmals. Dolores hat gedroht, ihn zu ermorden, wenn er sie enterben würde. Und sie war mit der Abfindung, die sie nach der Scheidung bekommen würde, nicht zufrieden.«

Das war bei einem solchen Luxusweibchen nicht anders zu erwarten, sicher, und schnell stieß man Drohungen aus, dass man jemanden umbringen würde, doch bei den meisten ist es nur eine Floskel. Mit Dolores war etwas faul, aber als Mörderin hatte sie die Kommissarin nicht mehr auf der Rechnung. Nun kam sie wieder ins Grübeln.

»Hat Severin Tobler sein Testament geändert?«

»Ja, am 19.5. war er bei seinem Anwalt und hat Dolores praktisch enterbt, soweit das überhaupt möglich ist.«

Irene Rosen stand auf und ging zu einer Schachtel mit Toblers Privatgegenständen. Sie holte seinen Terminkalender heraus, einen ziemlich voluminösen Filofax. Tobler war ein eher konservativer Typ, der – so sah auch sein Büro aus – noch nicht alles dem Computer anvertraute und auch gern selbst zum Füllfederhalter griff.

Er hatte alle seine Termine fein säuberlich eingetragen. Die Kommissarin hatte das Buch natürlich schon studiert, allerdings nur die letzten beiden Wochen, und keine Hinweise gefunden. Diesmal fand sie wieder nichts, und das reichte als Hinweis. Die Seite mit dem 19.5. fehlte nämlich. Die hatte jemand herausgetrennt.

»Das war dieses Latino-Flittchen«, giftete Antonia Helmrich, die von der Kommissarin kaum mehr zu besänftigen war. Dann brach sie jedoch unvermittelt in Tränen aus. Sie liebte ihren Severin, sein Tod war ein furchtbarer Schock für sie. Irene Rosen stand auf und tröstete sie ein wenig, allerdings wahrte sie die nötige Distanz. Als Freundin des Mordopfers war sie auch nur eine Figur in einem undurchsichtigen Spiel, die ihre eigenen Interessen verfolgte. Als sich Antonia Helmrich wieder im Griff hatte, entschuldigte sie sich wortreich für ihre Tränen und verabschiedete sich. Sie hinterließ noch ihre Adresse, sie übernachtete in einem Hotel in Münsing, und ging, nicht ohne die Kommissarin noch einmal auf das Biest Dolores einzuschwören.

Das war nicht nötig. Denn Irene Rosen hatte eine vage Idee, wie sich das Rätsel um Dolores, Dietmar Stiller und das verschwundene Testament lösen ließ. Mit ein bisschen Glück passten alle Puzzle Teile zusammen. Als Erstes besorgte sie sich die Anruflisten von Dolores Tobler und Dietmar Stiller am Tag nach dem Mord. Dann rief sie den Anwalt persönlich an. Er war zunächst überrascht, dass die Kommissarin noch an dem Fall arbeitete.

»Ich konnte Kriminalrat Schliefing überzeugen, dass ich das beste Pferd in seinem Stall bin«, sagte sie und beendete damit die weitere Diskussion um diese Frage. Dann wollte sie einen Termin mit ihm vereinbaren, was Stiller allerdings ablehnte.

»Ich habe doch schon mit Ihrem Kommissar Pipoli …«

»Popolo«, korrigierte sie ihn.

»Dann eben Popolo«, fuhr Stiller missmutig fort. »Frau Kommissar, ich bin ein viel beschäftigter Mann, der nicht alles hundert Mal sagen kann. Nächste Woche kann ich Ihnen eine Viertelstunde reservieren, diese Woche bin ich voll, dicht, da hat kein Minütchen mehr Platz.« Dann legte er auf.

Nachdem die Kommissarin die Telefonlisten bekommen hatte, war ihr allerdings klar, dass es keine Woche dauern würde, bis sie Herrn Stiller endlich persönlich sehen würde. Als sie den zuständigen Richter anrief und einen Durchsuchungsbefehl für die Anwaltskanzlei beantragte, hatte sie durchaus Bedenken. Eine Krähe hackt der anderen kein Auge aus und so würden die Juristen vielleicht auch zusammenhalten. Doch dem war nicht so.

»Unter uns gesagt, Kommissarin Rosen, diesem arroganten Schnösel dürfen Sie richtig an die Eier gehen«, sagte Richter Baring. Genau das hatte sie auch vor.

17

Andrea Popolo war sicherlich noch ein wenig grün hinter den Ohren, ein Anfänger eben, dem es an Erfahrungen mangelte, der sich seine Sporen erst verdienen musste. Und diese Undercover-Ermittlung war eine Gelegenheit, sich zu beweisen und ein bisschen Ruhm, zumindest die Anerkennung der Kollegen zu erhalten.

Sollte seine Mission jedoch erfolglos bleiben, wäre der Einsatz immer noch ein Traum für ihn, weil er seinen Idolen so nah war, wie vermutlich nie wieder in seinem Leben. Er hatte also nichts zu verlieren, sondern nur zu gewinnen.

Mittlerweile waren noch drei weitere Patienten gekommen, ein Topmanager aus der Textilbranche, ein Schweizer Banker und eine reiche Erbin, die in ihrem kurzen Leben ausschließlich den Beruf Tochter ausgeübt hatte. Doch die Neuankömmlinge spielten für die Ermittlungen keine Rolle. Außerdem waren es keine Promis, die ihn interessierten.

Popolo verfolgte die Strategie, sich bei den drei verbleibenden Patienten lieb Kind zu machen. Darauf hatte er sich intensiv vorbereitet. In der Nacht vor seinem Einsatz hatte er kein Auge zugetan, um das ganze Netz nach den prominenten Patienten des Katharsis abzugrasen.

Bei Diana Hofer hatte seine Taktik schon wunderbar funktioniert. Sie vertraute ihm. Und auch bei Lola Ries war er auf einem sehr guten Weg, aber das Herz der Diva war auch nicht schwer zu erobern. Man musste ihr nur das Gefühl geben, sie sei die schönste und wunderbarste Schauspielerin aller Zeiten, und man hatte ihre Zuneigung gewonnen.

Thomas Martin, eigentlich Popolos größtes Idol, war dagegen etwas schwieriger. Aber darüber hatte er lange nachgedacht, und dann war ihm eine Idee gekommen. Er hatte sich an einen Liedtext erinnert, an den vielleicht rarsten Track von Martin. Als der Sänger nach dem Frühstück in den Salon ging, wartete Popolo schon auf ihn.

»Herr Martin, tun Sie mir einen Gefallen?«, fragte Popolo freundlich.

»Nein«, lautete die barsche Antwort.

Popolo war erst einmal vor den Kopf gestoßen.

»Nein«, führte Martin aus, »Sie bekommen kein Autogramm und ich signiere auch nicht Ihre Zehn-Euro-CD und wir machen auch kein gemeinsames Foto für Ihre Nichte, die ein wahnsinniger Fan von mir ist. Und ich singe Ihnen auch nicht Ihren Lieblingssong vor. Ich bin hier quasi privat, verstehen Sie? Hier bin ich Thomas Martin, den Tommy können Sie sich in Ihrer Stereoanlage anhören, kapiert?«

Popolo war erleichtert.

»Ja, ich wollte auch nichts dergleichen. Ich wollte nur eine Partie Scrabble mit Ihnen spielen.«

»Scrabble?« Der Sänger blickte Popolo verdutzt an und runzelte die Stirn. »Woher zum Teufel wissen Sie, dass ich gern Scrabble spiele?«

»Ich hab's gehört«, meinte Popolo und grinste schelmisch.

»Von wem?«, fragte Martin, immer noch etwas mürrisch.

»Na von Ihnen. In ›All damned Letters‹ singen Sie's.«

Popolo ging zu dem Schrank mit den Spielen, der neben dem Zeitschriftenregal stand.

»Wollen Sie?«, fragte Popolo und hielt demonstrativ die grüne Scrabble-Schachtel hoch.

»Gern«, meinte Martin nach kurzer Denkpause, »aber woher kennen Sie den Song?«

Die beiden setzten sich gegenüber und bauten das Spiel auf.

»Na von der Single ›Fake‹«, meinte der Kommissar, als wäre es das Selbstverständlichste der Welt.

»Aber ich dachte, die Platte hätte man eingestampft und zu Pizzaschachteln verarbeitet. Ich meine, die von Munich Records waren mächtig sauer auf mich, weil ich zu EMI wechselte. Wie lange ist das her?«

»Vier Jahre.« Popolo war ein Fan, und als Fan kannte man die Fakten seines Idols.

»Gott, wie die Zeit vergeht.« Martin lehnte sich zurück und schüttelte leicht den Kopf. »Wie viele Frauen habe ich seitdem gevögelt? Wie viele Millionen verdient?« Er grinste. »Und wie oft habe ich mich zum Kotzen gefühlt?«

»Sie erwarten von mir jetzt hoffentlich keine Antworten mit Mengenangaben?«, sagte Popolo schmunzelnd.

Dann zogen die beiden Männer jeweils sieben Buchstaben aus dem grünen Säckchen.

»Nein, die Statistiken bleiben unveröffentlicht.«

»Aber ich kann Ihnen sagen, dass die Single für kurze Zeit in Japan erschienen ist und ich sie für 70 Euro bei Ebay ersteigert habe.«

»Mann, Sie sind echt ein FREAK.« Martin legte ebendiesen Begriff. »Kein schlechter Anfang.«

»Nein, ich bin nur einer von 500 Millionen FANS.«

»Auch nicht schlecht. Dann hat Bluewhy Records also die Single den Japsen angedreht und ich hab keinen müden Cent davon gesehen. Ich schau mal meine Kontoauszüge durch. Die alten, aus einer Zeit, in der ich noch bettelarm war, mein Vermögen noch so im einstelligen Millionenbereich lag.«

Beide hatten ihre Buchstaben gezogen, Martin überlegte.

»Geld allein macht auch nicht glücklich.« Popolo dachte an seine Verluste im CastleNeo-Skandal und war von der Wahrheit dieses Satzes nicht wirklich überzeugt.

»Klar, aber mit 50 Millionen auf dem Konto trauert es sich schon viel fröhlicher. Wie läuft das Klopapiergeschäft?«

»Beschissen.«

Martin lachte auf. »Ihnen geht die Kundschaft nicht aus. Und weil's so schön ist, lege ich SHIT.«

In diesem Moment kam Laura Groß herein.

»Herr Martin«, sagte sie mit sanfter Stimme. »Ihre Therapiesitzung hat vor drei Minuten begonnen.«

»Ich bin gerade unabkömmlich«, antwortete Martin. »Denn ohne mich kann ich nicht weiterspielen.«

»Herr Martin, kommen Sie bitte.« Ihr Tonfall war etwas dominanter geworden.

»Okay«, meinte Popolo, »dann lege ich das passende Wort: HERNACH.«

»Gut, dann verschieben wir die Partie um eine halbe Stunde. Aber eins noch, Herr Batozzi.«

»Sagen Sie doch Gianluca zu mir.«

»In Ordnung, Gianluca. Wie ging die verdammte Melodie von ›All damned Letters‹ gleich wieder? Ich habe sie wirklich vergessen.«

Popolo räusperte sich. Welch eine Ehre, er durfte Tommy Martin dessen eigene Nummer vorsingen.

»When evening falls / and no one calls …«, sang der Polizist, und das gar nicht mal so verkehrt. Da entsann sich Martin wieder des Songs und stimmte mit ein.

»And only silence fills the room …«

Aber nach einem Vers kamen beide ins Stocken. Da sang Laura Groß das Lied weiter.

»And only outside is the gloom …«

Martin und Popolo blicken sie kurz erstaunt an, sangen beide dann jedoch mit.

»Then comes the time / just words, no rhyme / with all damned letters / we play the game / we play the game – our game.«

Als das Lied zu Ende war, klatschte Martin Beifall.

»Fantastisch. Hey, ihr kommt als Backgroundsänger mit auf

meine nächste Tour. Ihr könnt meine verdammten B-Seiten besser als ich.«

»Mich interessiert jetzt mehr Ihre A-Seite«, meinte Laura Groß in einem Anflug von Humor.

»Okay, ein Wort noch, ich bin doch euer IDOL.« Martin legte das Wort und stand auf. »Wir spielen später weiter, Gianluca.«

Die Sekretärin von Dietmar Stiller trug ihr braunes Haar zu einem strengen Knoten geflochten. Sie hatte einen dunkelroten Lippenstift aufgetragen und das Gesicht dezent geschminkt. Ihr schwarzer Hosenanzug verlieh ihr die nötige Seriosität. Wer genau hinsah, erkannte, warum sie im Monat 120 Euro für Nagelpflege ausgab.

»Ich möchte zu Herrn Stiller«, sagte die Kommissarin ganz offen und direkt, »und zwar sofort.«

»Das ist unmöglich, Herr Stiller ist schwer beschäftigt und für niemanden zu sprechen«, wehrte sie ab. »Wer sind Sie überhaupt?«

Die Kommissarin hielt ihr nur den Polizeiausweis unter die Nase. »Ist er jetzt zu sprechen?«

»Ich glaube nicht, aber ich kann ja mal kurz anfragen.« Sofort drückte sie den Knopf der Sprechanlage, aber die Kommissarin hielt sie zurück. Den Überraschungseffekt wollte sie sich nicht nehmen lassen.

»Keinen Ton«, schärfte sie der Sekretärin ein und ging zu Dietmar Stillers Tür. Sie war aus dunklem Holz tropischer Herkunft. Ohne anzuklopfen betrat Irene Rosen das Büro und überraschte den Anwalt bei einer eminent wichtigen Arbeit. Er hatte die Füße auf dem Tisch und blätterte im Playboy. Stiller fühlte sich ertappt und packte sofort das Magazin weg.

»Schön, dass Sie heute doch noch Zeit für mich haben«, sagte die Kommissarin grinsend. »Wenn ich freilich gewusst hätte, dass Sie gerade so tiefe Einblicke in die weibliche Natur gewinnen, wäre ich später gekommen. Ich bitte vielmals um Entschuldigung.«

Die Kommissare Hartlinger und Lang, die sie begleiteten, lachten halblaut auf. Stiller aber lief rot an vor Zorn und Scham.

»Was erlauben Sie sich, hier so hereinzuplatzen, Sie …«, ereiferte er sich.

»Kommissarin Rosen, Mordkommission.«

»Sie? Aber Arno, also Kriminalrat Schliefing hat mir versprochen, ich meine gesagt, er würde Sie von dem Fall abziehen, weil Sie Diana Hofer beleidigt haben.«

Ein solches Miststück kann man gar nicht beleidigen, dachte sich die Kommissarin. »Dann hat er es sich doch noch anders überlegt, so läuft's im Leben«, sagte sie trocken.

»Aber dass Sie bei mir hier so reinplatzen, das wird Ihnen den Kopf kosten. Das ist Hausfriedensbruch.« Stiller schäumte. Von seiner aalglatten Fassade war nichts mehr übrig geblieben.

»Nein, hier muss ich Sie grammatikalisch korrigieren. Sie benutzen den falschen Modus.«

»Wie? Was für einen Modus?« Der Staranwalt wusste nicht, wovon die Kommissarin sprach.

»Sie müssen im Konjunktiv II reden. Das ist kein Hausfriedensbruch, das wäre Hausfriedensbruch, wenn …«, sie zückte den Durchsuchungsbefehl und hielt ihn Stiller unter die Nase, »wenn ich dieses kleine unschuldige Papierchen nicht hätte.«

»Das muss eine Verwechslung sein«, stammelte der Anwalt.

»Wohl kaum. Übrigens schönen Gruß von Richter Baring. Ich darf sogar den Computer konfiszieren.«

»Wieso?« Stiller stellte sich vor seinen PC, als wollte er ihn vor einem feindlichen Angriff schützen.

»Haben Sie etwas zu verbergen?«, fragte Irene Rosen zurück.

»Er enthält Geheimnisse meiner Klienten, geheimste Daten von berühmten Menschen. Sie beschwören einen Skandal herauf. Ich verlange, sofort mit Kriminalrat Schliefing zu telefonieren.«

Die Kommissarin deutete auf das Telefon. »Bitte, tun Sie sich keinen Zwang an. Sie dürfen auch Ihren Anwalt anrufen. Das steht Ihnen zu. Wenn Sie wollen, liest Ihnen Kommissar Hartlinger Ihre Rechte vor.«

»Sehr witzig«, schnaubte Stiller. »Das können Sie sich sparen.«

Dann telefonierte er kurz mit »Arno«, wie er den Kriminalrat nannte, aber der konnte ihm auch nicht helfen. Die Kommissarin war aber froh, Schliefing nichts von der Durchsuchung erzählt zu haben, sonst hätte er womöglich seinem Spezi noch einen Wink gegeben.

»Sie müssen mir genau erklären, was gegen mich vorliegt, das verlangt auch Ihr Kriminalrat.« Mit verschränkten Armen stand Stiller in seinem Armanianzug da und blickte die Kommissare kämpferisch an.

»Sie haben am Morgen nach dem Mord erfahren, dass CastleNeo pleite ist. Ihnen war also klar, dass Sie fünf Millionen Euro in den Sand gesetzt haben, stimmt's?«

Der Anwalt zuckte mit den Achseln. »Na und? Was ist das für ein Verbrechen?«

»Das ist noch keines. Als Sie aber erfahren haben, dass Tobler ermordet wurde, kam Ihnen eine Idee. Wir haben Ihre Telefonlisten überprüft und festgestellt, dass Sie an diesem Morgen mehrmals mit Dolores Tobler telefoniert haben. Und zwar nachdem Kommissar Popolo der Witwe einen Besuch abgestattet hatte.«

»Na und? Es ist das Normalste auf der Welt, dass ich mich um die Witwe eines treuen Mandanten kümmere.« Stiller atmete schwer. Sein Gesicht glühte weiterhin.

»Ich glaube aber, Sie haben Ihr angeboten, das Testament verschwinden zu lassen, das Sie nachweislich aufgesetzt haben. Im Gegenzug dafür versprach Ihnen Dolores Tobler ein paar Milliönchen vom Kuchen. Ohne dieses Geld wären Sie nämlich pleite. Das war die schnellste Möglichkeit, Ihre Verluste auszugleichen. Und die lustige Witwe haben Sie dazu angestiftet, sämtliche Hinweise auf das Testament zu vernichten, darunter auch den Eintrag in Toblers Filofax, dass dieser am 19. Mai hier bei Ihnen einen Termin hatte. Den Job hat sie allerdings etwas grobschlächtig erledigt. Einfach so Seiten herauszureißen, ist nicht gerade elegant.«

»Und das soll ein Beweis sein? Ich werde Sie vernichten, das schwöre ich Ihnen. Sie haben nichts in der Hand.« Der Anwalt hatte die Selbstkontrolle verloren und meinte, sich mit Drohungen retten zu können.

»Noch nicht, aber Ihre Festplatte werde ich bald in der Hand haben. Okay, nicht ich, sondern unsere Experten. Denn Sie sind sicher so clever gewesen und haben alle problematischen Dateien gelöscht. Aber waren Sie auch so schlau und haben die Festplatte ausgetauscht? Das werden wir gleich sehen. Denn alle digitalen Leichen kann man exhumieren. Wussten Sie das?«

Stillers Gesichtsausdruck reichte als Antwort. Kommissar Lang, einer der ausgewiesenen Computerspezialisten, machte sich sogleich an die Arbeit. Er bat Stiller höflich, ihm den Platz freizumachen, setzte sich an den betriebsbereiten Computer und überprüfte erst einige Grundeinstellungen und die Hardware. Stiller stieß sich weiterhin in Drohungen hervor, auf die niemand mehr einging.

»Alles in Ordnung, Kommissarin, die Festplatte ist knapp drei Jahre alt.«

Irene Rosen lächelte Stiller an.

»Da hat wohl jemand nicht mit einer Überprüfung gerechnet.«

»Die meisten gelöschten Dateien kann ich auf jeden Fall wieder lesbar machen, zumindest die der letzten Monate.« Lang war in seinem Element.

Stillers Gesicht dagegen war mittlerweile bleich geworden.

»Hören Sie, es ist ganz anders, als Sie es dargestellt haben.« Der Anwalt schlug plötzlich einen sanften Ton an. Mit einem Seidentuch wischte er sich die Schweißperlen von der Stirn. »Das Ganze geht von Dolores Tobler aus. Sie hat mich gefragt, ob ich Mittel und Wege wüsste, dass sie zu ihrem Erbe kommt.«

»Und Sie hatten da gleich eine Idee.« Die Kommissarin hob die Augenbrauen. Sie wusste, jetzt hatte sie den Anwalt am Wickel. Es ging schneller, als sie erwartet hatte.

»Nein, Sie hat mich bearbeitet, nachgerade gelöchert. Sie bekniete mich, ich müsse das Testament verschwinden lassen.« Stiller war nervös, rührte sich aber nicht von der Stelle. Er wollte genau beobachten, was Lang alles mit seinem PC machte.

»Und da haben Sie irgendwann nachgegeben, weil Sie ein so weiches Herz haben?«

»Nein, aber es lag mir fern, mich zu bereichern. Glauben Sie mir, ich …«

»Herr Stiller, ich glaube eher, wir nehmen jetzt Ihren Computer mit und Kommissar Hartlinger und ich schauen uns noch etwas in Ihrem Büro um. Sie dürfen gern anwesend sein, aber bitte berühren Sie nichts. Kommissar Lang wird sich inzwischen um die Festplatte kümmern.«

»Hören Sie, lassen Sie den Computer hier und ich lege ein umfassendes Geständnis ab.«

Stiller schwitzte mittlerweile dermaßen, dass ihm keine Klimaanlage dieser Welt mehr hätte helfen können. Er merkte, wie es ihm den Boden unter den Füßen wegzog. Nun hatte er die Kommissarin aber erst richtig neugierig gemacht. Wer weiß, dachte sie, welche Schätze Lang noch in den unendlichen Tiefen des Stiller'schen Ozeans bergen könnte. Da wäre bestimmt auch einiges für den Kollegen Möhler dabei.

»Ich betrachte Ihre Aussagen bereits als Schuldeingeständnis. Den einzigen Gefallen, den Sie mir tun können, ist, dass Sie morgen freiwillig und in Ihrem eigenen Wagen zu einem Verhör auf das Revier kommen. Lässt das Ihr Terminplan zu?«

»Natürlich«, sagte er, wieder etwas gefasster, »ich stehe zu Ihrer vollsten Verfügung, ich will die Angelegenheit auch klären.«

Offensichtlich glaubte Stiller, dass nur noch Schleimerei seinen Hals retten konnte. Diana Hofer konnte sich auf jeden Fall einen neuen Anwalt suchen. Und den brauchte sie auch.

Denn als Irene Rosen im Kommissariat zurück war, lagen die Analyseergebnisse vor. Der Boden von Diana Hofers Zimmer war übersät mit Spuren von Kokain und Amphetaminen. Ein schöner Drogen-Cocktail, der nach Happy Hour klang.

Es war damit unumgänglich, Ronny Schwarze einen Besuch abzustatten. Er zählte mit Diana Hofer zu den Hauptverdächtigen. Es würde alles zusammenpassen, sinnierte die Kommissarin. Tobler überrascht die beiden beim Drogenkonsum, droht ihnen mit der Polizei und im Drogenrausch bringen sie ihn um. Sie hatten die Gelegenheit dazu und sie hatten ein Motiv. Die Frage war nur, wer hatte zugestoßen? Diana Hofer brauchte auf jeden Fall einen neuen Anwalt, und zwar einen verdammt guten.

18

Ellie erwartete die Kommissarin schon ungeduldig vor dem Olympia-Einkaufszentrum. Sie war in mancherlei Hinsicht das glatte Gegenteil von Irene und doch – oder gerade deshalb – ihre beste Freundin. So definierte sich Ellie als ausgewiesenen Serien-Junkie, der jede Folge von »Sex and the City« oder »Grey's Anatomy« mehrmals gesehen hatte, sodass sie bisweilen ganze Passagen rezitieren und im Privatleben einflechten konnte. Außerdem zählten Magazine wie InStyle, Donna oder Jolie zur monatlichen Pflichtlektüre. Auch wenn sie diese Zeitschriften mit allen Schmink- und Modetipps ernst nahm, freute sie sich, wenn sie Widersprüche bei den Trends entdeckte, wenn bei einem Blatt Strickwaren aus dem Pleistozän der Textilindustrie kamen, sie beim anderen aber zum heißen Tipp der kalten Jahreszeit ausgerufen wurden.

»Hi Süße, du siehst fantastisch aus!«, rief Ellie enthusiastisch aus, als sie Irene sah. »Und du wirst in einer Stunde noch viel fantastischer aussehen!« Dann drückte sie die Freundin an ihren üppigen Busen und schmatzte ihr auf die Wangen. »Ich bin ja so was von glücklich, dass du wieder einen hast.«

»Hör mal, Ellie, ich habe niemanden, nur ein Date mit einem Kollegen, den ich nett finde.« Die Kommissarin musste ein wenig auf die Bremse steigen, sonst, soweit kannte sie ihre Freundin, würde ihr Ellie heute noch ein Hochzeitskleid und Flitterwochen in der Südsee aufschwätzen. Sie war sehr enthusiastisch, wenn es um Herzensangelegenheiten ging, konnte schnell erhitzen, wenn ihr ein Mann gefiel, aber genauso schnell auch wieder erkalten, wenn er Fußschweiß, kein Geld oder vielleicht auch nur Pickel am Gesäß hatte. Irene Rosen dagegen war auf einen langsameren Temperaturanstieg und -abfall programmiert.

Erste Etappe ihrer Tour de Force durch das OEZ war ein Friseur. Ellie hatte dort schon einen Termin ausgemacht.

Der Friseur erinnerte die Kommissarin an Prince, als er noch Prince hieß, abgesehen davon, dass er nicht schwarz war. Aber er hatte einen ähnlich durchdringenden, fast provokanten Blick, einen gestylten Bart und glitzernde Klamotten.

»Zu Ihrem Haar kann ich nur drei Dinge sagen, es ist stumpf, stumpf, stumpf.« Dann wedelte er wild die Frisur durcheinander.

Irene Rosen lag auf der Zunge zu sagen, bei ihm fielen ihr nur drei Dinge ein, er sei schwul, schwul, schwul, verzwickte sich jedoch den Kommentar.

Allerdings klärte sie Ellie später auf und warf ihr vor, antiquierten Geschlechterbildern nachzuhängen, der Friseur sei nicht einmal metrosexuell, und das sei ja schon vollkommen out. Angeblich war er einfach nur ein extravaganter Mann, der nicht auf Männer stand.

»Schwung und Glanz, das braucht Ihr Haar. Es muss schwingen und klingen. Ihr Haar ist eine Harfe«, erklärte er affektiert.

»Das sagen Sie mir jetzt!«, entgegnete Irene Rosen. »Und ich habe es bislang für eine Trompete gehalten, oder schlimmer noch für ein Waldhorn. Bei manchen Einsätzen wurde es sogar wie eine Pauke behandelt.«

Der Friseur ging nicht mit einem Wort auf den Scherz ein und legte los. »Honey, ich mach es dir wie Eva Longoria, okay? Vertrau mir einfach.«

Natürlich kannte die Kommissarin Gabrielle Solis aus »Desperate Housewives« nicht und sah der Schauspielerin auch eine Stunde später nicht ähnlich. Aber die Frisur war schwungvoll und sein Geld wert. Es war allerdings viel Geld.

»Du siehst himmlisch aus!«, rief Ellie entzückt.

Der Verwandlung erster Teil war abgeschlossen. Eigentlich war damit die Mittagspause der Kommissarin zu Ende, doch Ellie schleppte sie in einen Kosmetikladen, wo sie auch schon einen Termin arrangiert hatte.

»Oh Ellie«, rief Rachel, die Kosmetikerin, in der Tonlage einer Mezzosopranistin. Noch zwei Töne höher und die Flakons hätten Risse bekommen. »Du hast wirklich nicht zu viel versprochen.«

Das machte die Kommissarin neugierig.

»Was hat sie denn versprochen?«, fragte sie Rachel.

»Brachland«, sagte diese so begeistert, als hätte sie gerade von einem gigantischen Lottogewinn erfahren.

Brachland? Irenes Miene verdüsterte sich bei diesem Wort, was Ellie nicht verborgen blieb.

»Ich habe Rachel nur gesagt, dass du bisher auf Kosmetikartikel verzichtet hast«, beschwichtigte sie.

»Genau. Und das ist Brachland.« Rachel blickte sie immer noch enthusiastisch an, dann wurde sie ernster.

»Ich sehe …«, sagte sie wie eine Wahrsagerin. Nur war ihre Kristallkugel Irenes Kopf. »Ich sehe … lila. Ja, lila.«

»Mädels«, rief Irene entsetzt, »die Milka-Kuh ist lila, nicht ich.«

»Die Milka-Kuh? Ach, das ist gut.« Rachel ließ mit einem schrillen Schrei, der eigentlich ein Lachen hätte werden sollen, die Luft erzittern. Dann holte sie Make-up, Lidschatten, Lippenstift, Kajal und womit man sonst noch so sein Gesicht zur Leinwand machen konnte und wollte mit dem Schminken beginnen.

»Danke«, wehrte Irene Rosen ab, »aber ich muss heute noch ein paar Verdächtige in die Mangel nehmen.«

»Na und?«, meinte Ellie. »Die sind vielleicht viel vertrauensseliger, wenn du adrett geschminkt bist.«

»Du meinst, die gestehen schneller, wenn ich angemalt bin?«

»Sie sind Polizistin?«, rief Rachel und riss die Augen auf, als hätte sie Scheinwerfer unterhalb der Stirn. »Oh, wie aufregend! Haben Sie schon mal einen echten Mörder gesehen?«

»Ich habe sogar schon einen erschossen. Er wollte mich mit einem Kajal anmalen.«

Kurzzeitig fiel Rachels Maske herunter, aber sie hatte sie sofort wieder aufgesetzt.

»Sie sind mir ja ein Spaßvögelchen«, sagte sie und stupste der Kommissarin gegen die Schulter.

»Okay, packen Sie das Zeug ein, ich nehme einfach alles mit und probiere es zu Hause aus.« Oder ich spende es der Caritas, dachte sich die Kommissarin.

»Aber die Nägel?«, rief Rachel empört aus.

»Was ist mit meinen Nägeln?«, fragte Rosen leicht genervt.

»Sie sind Brachland.«

»Ich kann ganz schön kratzen damit.«

Rachel blickte die Kommissarin verwirrt an. Die Chance, ihre Kundin des Tages zu werden, hatte Irene vertan. Die Maniküre ersparte sie sich genauso wie die falschen Fingernägel, dafür musste sie Nagellack und ein sündhaft teures Parfum kaufen, sonst hätte man ihr den Ausgang verweigert.

Irene war sich nicht mehr ganz sicher, ob die Shopping-Tour eine so gute Idee war. Klar, sie wollte sich ja für das Date mit Karsten wappnen. Und sie wollte sich auch verändern, zumindest ein bisschen. Ein bisschen femininer werden, was immer das heißen sollte.

Die Kommissarin reklamierte, die Mittagspause wäre vorbei, doch vergeblich. Ellie bestand auf einer letzten Station, eine Boutique.

»Deine Garderobe ist für den Besuch eines Eishockeyspiels geeignet oder für den Alten Wirt, aber nicht für ein Candle-Light-Dinner«, behauptete sie. »Du musst deinen Hintern besser betonen, Süße. Und du hast einen geilen Hintern.«

Zur Demonstration kniff Ellie ihrer Freundin ins Gesäß. Ihr erster Vorschlag zur besseren Akzentuierung des schmucken Hinterteils war ein Minirock aus schwarzem Leder. So schnell konnte die Kommissarin kaum schauen, dass sie schon einen anhatte.

»Schweineleder mit Formbund, nahtfreier Reißverschluss und einige Druckknöpfe zur Zierde. Sie sehen bezaubernd aus«, rief die Verkäuferin begeistert aus.

»Kann sein, aber ich habe zu viele Frauen mit solchen Röcken schon aufs Kommissariat geschleppt, um selbst einen zu tragen.«

Die Verkäuferin blickte sie leicht säuerlich an. Ihre Mode als Nutten-Look abzuwerten, behagte ihr nicht. Verständlicherweise. Aber Irene besänftigte sie, indem sie 300 Euro für ein anderes Schmuckstück liegen ließ.

Sie kaufte sich nämlich ein leichtes Sommerkleid, schwarzweiß mit grünen Ringen, und die passenden Schuhe, schwarze Stöckelschuhe, die sie zwar als akute Bedrohung ihres Bänderapparats betrachtete, aber Ellie fand alles todschick. Und das war vielleicht auch die Hauptsache.

Nach dieser anstrengenden Shopping-Tour freute sich die Kommissarin auf ihren nächsten Einsatz. Bevor sie Ronny Schwarze einen Besuch abstattete, hatte sie sich nicht nur seine Polizeiakte, sondern auch den betreffenden Eintrag bei Wikipedia durchgelesen. Sie wollte mehr als nur das Vorstrafenregister dieses Burschen kennen.

Schwarze kam aus einer gut situierten Familie. Schon als kleiner Junge drehte er Werbespots für Frühstücksflocken, Milchschnitten oder Familienkarossen. Im zarten Alter von zwölf Jahren stand er für seinen ersten Kinofilm vor der Kamera. Darin spielte er einen Jungen, der vor seinem bösen Vormund floh und sich mit seinem treuen Hund Sammy auf eine Odyssee durch Europa begab, um seine tot geglaubte Mutter zu suchen. Natürlich fand er sie, natürlich heulte das Familienpublikum am Schluss und ebenso natürlich erhielt der Junge eine Rolle um die andere.

Kaum dass er sich rasieren musste, drehte er seine ersten Teenie-Komödien, die ihm nicht nur Gagen im sechsstelligen Bereich einbrachten, sondern auch die Herzen der pubertären Mädchen.

Wie bei so vielen Jungstars wirkten der frühe Ruhm und das viele Geld wie ein schleichendes Gift auf den Charakter. Wer so beliebt ist und so angehimmelt wird, für den wird die Welt zum Spiegel, zum großen Abbild des eigenen Egos. Und wer sein Leben nur noch als Party begreift, bekommt nicht selten Drogen- und Alkoholprobleme.

Als er mit 19 zum ersten Mal eine Entzugsklinik von innen sah, behauptete er, bereits eine halbe Million für Drogen ausgegeben zu haben. Möglicherweise war es Kostenminimierung, die ihn dazu trieb, selbst zu dealen. Auf jeden Fall übernahm er bei Partys die Rolle des Großlieferanten, bis ihn ein diensteifriger Kommissar von der Drogenfahndung dingfest machte.

Natürlich hatte Schwarze den besten Anwalt, natürlich wurde er nur zu einer Bewährungsstrafe und ein paar Stunden Sozialdienst verknackt, aber die Bewährungsfrist war noch nicht abgelaufen.

Irene Rosen hatte ein ungutes Gefühl, als sie sich auf den Weg zu Schwarze machte. Als sie sich vormittags telefonisch ankündigen wollte, nahm erst nach mehreren Versuchen ein vollkommen zugedröhnter Zeitgenosse den Hörer ab und stammelte wirres Zeug. Sicherheitshalber hatte Irene den Kollegen Hartlinger mitgenommen. Sie schätzte seine ruhige Art, wusste aber, dass er ohne Umschweife richtig zupacken und austeilen konnte.

Die Villa des Jungstars lag am westlichen Rand von Starnberg auf einer Anhöhe mit Blick auf den See. Natürlich hätte sich Schwarze dieses Anwesen auch von seinen für deutsche Verhältnisse relativ hohen Gagen nicht leisten können, aber der Vater, ein mittelständischer Bauunternehmer, hatte ihm das Anwesen als vorgezogenes Erbe gekauft. Aus Stolz über dessen Leinwandkarriere.

Die Villa war mit zahlreichen Autos zugeparkt, sodass die Polizisten ein Stück weit weg ihren Wagen abstellen mussten.

»Schaut nach Party-Time aus«, meinte Rosen, als sie zu Schwarzes großzügiger Bleibe gingen.

»Mit Wachhund«, entgegnete Hartlinger, denn vor dem Eingangstor stand ein ganz in schwarz gekleideter Mann mit einer verspiegelten Sonnenbrille und einem Sender am Ohr. Auf dem Unterarm hatte er ein Tattoo mit einem Herz, in dem »Roxana« stand, dem Ring an seiner linken Hand zufolge war er mit ihr verheiratet. Ferner trug er gut sichtbar an der rechten Hüfte einen Gummiknüppel.

»Geschlossene Veranstaltung«, brummte er zu den beiden Polizisten mit unbewegter Miene.

»Wir sind auch nicht in Feierlaune«, entgegnete ihm die Kommissarin und hielt ihm die Dienstausweise unter die Nase.

Der Wachmann musterte sie ausführlich, machte aber keinerlei Anstalten, die Polizisten ins Haus zu lassen oder wenigstens anzumelden.

»Hören Sie, ich kann nicht bis zur nächsten Eiszeit warten, ich muss Herrn Schwarze in einer auch für ihn wichtigen Angelegenheit sprechen.« Noch freundlicher konnte es die Kommissarin nicht mehr formulieren.

Endlich drückte der Wachmann auf das rechte Ohr und nuschelte etwas auf Russisch in sein Headset. Kurz darauf schüttelte er den Kopf. »Heute leider nicht.«

Die Kommissarin hätte Schwarze eine Vorladung für den nächsten Tag hier lassen können, aber sie wollte nicht warten. Außerdem missfiel es ihr, wie der Wachmann mit ihr umsprang.

»Kein Problem.« Dann wandte sie sich zum Gehen, hielt aber sofort wieder inne und drehte sich um. »Nur zur Info: Wenn Sie mich jetzt nicht hereinlassen, komme ich in einer Stunde wieder. Mit ein paar Jungs von der Drogenfahndung. Die haben Hunde und Geräte, ich sage es Ihnen, die finden auch noch das letzte Staubkörnchen Kokain.« Die Kommissarin grinste ihn provozierend an. Der Wachmann drückte sich wieder auf das Ohr, nuschelte, lauschte, nuschelte wieder.

»Herr Bretsky kommt in zwei Minuten und holt Sie«, sagte der Wachmann schließlich.

Bretsky hatte ein Gesicht wie ein Hackstock. Mit Äxten mochte es zwar noch keine Bekanntschaft gemacht haben, aber mit Messern und Schlagringen sehr wohl. Der gebürtige Moskowiter betrieb in und um München eine Security-Firma, die ausschließlich Russen beschäftigte.

Mit unbewegter Miene bat er die Polizisten ins Haus. Sie gingen auf dem direkten Weg zum Pool. Dort lagen zahlreiche junge Menschen in Shorts und Bikini, bei deren Anblick so mancher Teenager vermutlich in Ohnmacht gefallen wäre. Auch Irenes beste Freundin Ellie hätte ihre Freude gehabt, Darsteller aus »Sturm der Liebe« oder »Lena – Liebe meines Lebens« live zu sehen, wie sie sich mit einer Margarita in der Hand auf einem Liegestuhl räkelten.

Einer dieser jungen Schönen leckte einer Soap-Darstellerin gerade den Whisky aus dem Nabel, den er ihr eben zu diesem Zweck ebendort hineingeschüttet hatte. Sie gluckste amüsiert auf. Das Schleckermaul war Schwarze. Die Kommissarin erkannte ihn sofort an seinen schwarzen Locken. Bretsky winkte ihn herbei.

Barfuß und nur mit einer braunen Shorts bekleidet, auf der Giraffen abgedruckt waren, wankte er den Polizisten entgegen, ein Glas Whisky in der Hand. Er und Bretsky wechselten ein paar Worte, dann wandte sich Schwarze der Kommissarin zu.

Ob er nur mit Alkohol zugedröhnt war oder auch mit Drogen, konnte sie nicht sagen. Er war auf jeden Fall in einem Zustand, in dem man nicht mit Polizisten sprechen sollte.

»Hi Baby, geile Frisur für 'ne Bullin«, gluckste er schwankend. Er hatte schwere Schlagseite.

»Danke für das Kompliment. Aber wenn Sie noch einmal Bullin zu mir sagen, stecke ich Sie zwei Tage in eine Ausnüchterungszelle.«

Schwarze lachte nur. Er lachte und lachte.

»Okay, genug gegackert«, sagte die Kommissarin ernst. »Ich möchte mit Ihnen über die Nacht vom 17. auf den 18. Juni reden.«

»Einen Scheiß wirst du«, lallte er. »Du bist doch die Bullin, mit deren Macker Diana gebumst hat, hä?«

Dann fing er wieder lauthals an zu lachen.

Kommissar Hartlinger bemerkte, dass es in seiner Kollegin rumorte. Er legte ihr kurz die Hand auf den Arm, ein Signal, sich zurückzuhalten.

»Das erfüllt den Tatbestand der Beamtenbeleidigung. Ihnen droht eine Anzeige«, sagte Hartlinger nüchtern. »Außerdem gibt Ihr Zustand Anlass zur Vermutung, dass Sie gegen das Betäubungsmittelgesetz verstoßen haben. Deshalb möchte ich Sie zu einer eingehenden Untersuchung mitnehmen.«

Dann ging alles sehr schnell. Schwarze ließ einen alterstypischen Fluch los und versuchte, Hartlinger ins Gesicht zu schlagen. Der Jungstar war durchaus muskulös. Man merkte, dass heutzutage für Filmschauspieler das Fitnessstudio mindestens so wichtig war wie die Schauspielschule. Aber in dem

Zustand war er für den Kommissar nicht mehr als ein Sack Kartoffeln. Binnen weniger Sekunden hatte Hartlinger ihn gepackt und an den Beckenrand geschleift. Dann drückte er ihn zu Boden und hielt ihm den Kopf ins Wasser.

»Mal schauen, ob dich das wieder nüchtern macht«, sagte er in ruhigem Ton.

Bretsky wollte seinem Schützling natürlich sofort beispringen, aber die Kommissarin hatte ihn schneller im Polizeigriff, als er schauen konnte.

Ein paar Girls der Partygemeinde schrien hysterisch auf, ein paar Jungs lachten und ein paar träumten weiter vor sich hin. Diese hätte auch eine Atombombe nicht aus ihrem Dämmerzustand gerissen. Zwei Männer sprangen auf und wollten einschreiten, wurden jedoch in ihrem Tatendrang gestoppt, als sie hörten, die Eindringlinge kämen von der Kriminalpolizei. Nicht aufzuhalten war dagegen ein zeittypisches Verhalten, dass nämlich einige Partygäste das Handy zückten und das Geschehen filmten oder fotografierten. Die Kommissarin schärfte ihnen ein, sie dürften auf keinen Fall die Bilder ins Netz stellen und drohte mit schweren Konsequenzen, sie war sich ihrer geringen Erfolgsaussichten jedoch bewusst.

»Das werden Sie noch bereuen«, drohte Bretsky mit gepresster Stimme. Als Reaktion zog Irene Rosen seinen Arm etwas höher, dass er schmerzvoll aufstöhnte.

Hartlingers Kopfwäsche hatte Schwarze offensichtlich etwas nüchterner gemacht. Er ging bereitwillig mit dem Kommissar ins Haus, um sich etwas anzuziehen. Sein Gang wurde dem, was man als aufrecht bezeichnete, wieder ähnlicher.

Die Kommissarin ließ Bretsky los und sagte ihm, er solle sich ruhig verhalten. Nach zehn Minuten kam Schwarze mit Hawaiihemd und Sandalen bekleidet heraus. Er hatte eiskalt geduscht und einen dreifachen Espresso getrunken, um sich einigermaßen auszunüchtern.

»Es tut mir leid«, murmelte er. »Ich war nicht ganz Herr meiner Sinne.« Er streckte Hartlinger entschuldigend die Hand entgegen, die der Polizist sofort annahm.

»Sind Sie's jetzt?«, fragte die Kommissarin Schwarze.

Schwarze nickte. »Könnten wir das Verhör hier machen? Ich reagiere allergisch auf Polizeireviere.«

»Wir planen kein Verhör«, beruhigte ihn die Kommissarin, »wir wollen uns nur hier in Ruhe mit Ihnen unterhalten. Sie haben mit dem Theater begonnen.«

Er zuckte mit den Achseln und sah die Polizisten mit leeren Augen an.

»Ich will genau wissen, was in der Mordnacht passiert ist«, fuhr die Kommissarin fort. »Und binden Sie mir keinen Bären auf, ich habe bereits eine Menge in Erfahrung gebracht.«

Was genau, wollte sie ihm freilich noch nicht verraten.

»Gut, aber gehen wir hinein. Das müssen die anderen nicht mitbekommen.« Er zeigte kurz auf die Partygäste, die es sich am Pool wieder gutgehen ließen. Die kurze Aufregung hatte sich schnell wieder gelegt.

Die Kommissare und Bretsky folgten Schwarze durch eine Glastür in das großzügige Wohnzimmer, wo es aufdringlich nach Gras roch. Der Raum war spartanisch eingerichtet. Eine Wand war mehr oder weniger komplett von einem Heimkinosystem bedeckt. Gegenüber stand eine Gruppe weißer Ledermöbel. Dort nahmen alle Platz.

»Ich bin am Montag in die Klinik gekommen, weil da normalerweise dieser Tobler nicht da ist«, begann Schwarze sogleich seinen Bericht. »Das hat Diana zumindest gemeint. Also, es war so halb acht was. Diana ließ mich rein. Dann haben wir erstmal ausgiebig gevögelt.« Fast entschuldigend blickte er die Polizisten an. »Ich meine, wir haben uns eine Woche nicht gesehen.«

»Die intimen Details dürfen Sie in Ihrem Bericht weglassen«, entgegnete Irene Rosen.

»Okay. Also, ich hatte was dabei, ein bisschen Koks und Amphetamin. Diana wollte erst nicht, schließlich war sie im Katharsis, um clean zu werden. Aber dann hat sie auch was genommen. Und plötzlich knallte da die Tür auf und dieser Typ, dieser Tobler, stand vor uns. Er blutete wie eine Sau an der Hand. Darum wackelte er schnell ins Bad und schnappte sich das erstbeste Handtuch. Das hat er sich dann wie 'nen Verband um seine Wunde gewickelt. Erst dann hat er geschnallt, was in dem Zimmer gerade abging. Tobler war voll von den Socken, als er uns sah und, na, unsere Substanzen.«

Die Kommissarin lächelte über die Wortwahl von Schwarze.

»Tobler schrie uns an und drohte uns mit Anzeige. Und dann hörten wir diesen Irren von nebenan. Tobler lief hinaus und die Treppe runter und dieser Bekloppte rannte ihm mit dem Schwert hinterher. So was haben Sie noch nicht gesehen. Ein echtes Schwert. Später hörten wir ihn wieder raufkommen. Der Kerl trampelte wie ein Elefant. Dann sind wir runter und wollten in Ruhe mit Tobler reden. Aber er war nicht zu besänftigen. Der wollte uns anzeigen und Diana rausschmeißen.«

»Und da war Ihnen klar, dass Ihnen das Gefängnis droht und dann haben Sie ihn getötet«, folgerte die Kommissarin und blickte Schwarze durchdringend an. Schwarze riss die Augen auf.

»Um Himmels willen, nein, ich habe ihn bestochen, nicht erstochen.«

»Ach kommen Sie«, winkte Irene Rosen ab, »Tobler hatte genügend Geld.«

»Er schon, aber seine Stiftung nicht. Ich musste ihm versprechen, eine stattliche Summe dafür zu spenden, dann würde er mich nicht anzeigen. Das habe ich auch gemacht. Soll ich den Kontoauszug holen?«

Sogleich stand er auf und kehrte kurze Zeit später mit seinen Unterlagen zurück. Tatsächlich hatte Schwarze am Morgen nach dem Mord hunderttausend Euro an die Stiftung gespendet. Das konnte eine Finte sein, entkräftete den Mordverdacht aber.

»Und was war mit der Brille von Frau Hofer?«, fragte die Kommissarin.

»Diana hat von all dem nichts mitbekommen. Sie ist in Ohnmacht gefallen. Da ist ihr die Brille runtergefallen. War ein teures Stück. Ich habe Diana die Treppe raufgetragen und ins Bett gelegt. Aber ich war so kaputt, dass ich selbst mit eingeschlafen bin. Irgendwann um Mitternacht bin ich aufgewacht und abgedampft. Ich hatte die Schnauze voll von der Klinik, echt.«

»Haben Sie noch etwas bemerkt, als Sie gegangen sind?«

Schwarze überlegte kurz, schüttelte dann aber den Kopf. »Nein, war alles ruhig.«

»Haben Sie im Büro von Tobler ungewöhnliche Utensilien entdeckt?«, fragte Rosen nach.

»Ja, da lag das Schwert auf dem Schreibtisch. War echt nicht zu übersehen. Und noch ein paar so komische Formen. Wie so zum Plätzchen ausstechen.«

»Sag mal, wie du den Schwarze am Pool gepackt hast, Respekt. So impulsiv kenne ich dich gar nicht«, sagte Rosen zu Hartlinger, als sie zu ihrem Wagen zurückgingen.

»Ich war wohl in letzter Zeit zu viel mit dir unterwegs«, lachte er.

»Und, was meinst du, war er's?« Rosen entriegelte das Fahrzeug.

Hartlinger schüttelte den Kopf und stieg ein.

»Unwahrscheinlich. Seine Aussagen decken sich genau mit denen von Ferner und er wirkte glaubwürdig. Die Geschichte mit der Spende traue ich diesem Schönling als Finte nicht zu.«

»Du hast vielleicht Vorurteile!«, grinste die Kommissarin.

»Bei männlichen Blondinen schon.«

»Im Ernst, ich sehe es genauso«, sagte die Kommissarin und startete den Wagen. »Dann wollen wir doch mal Lola Ries auf den Goldzahn fühlen.«

»Fahren wir ins Katharsis?«, fragte Hartlinger überrascht.

»Nein, zu Frank C. Gumminger, der wohnt gleich um die Ecke.«

Gummingers Anwesen in Pöcking konnte man schwerlich als Haus bezeichnen, es war auf jeden Fall noch eine Nummer protziger als Schwarzes Villa. Bei der Auffahrt wurde man von einem ganz in Weiß gekleideten Dienstboten und einem Springbrunnen empfangen. Drei klassische Nymphen spuckten Fontänen in den blauen Sommerhimmel, sodass sich kleine Regenbögen bildeten.

Die Kommissare wurden erwartet. Der Hausherr selbst kam, sie zu empfangen. Er trug einen schneeweißen Anzug und einen ebenso weißen Panama. Sein längst ergrautes Haar war dagegen dunkelbraun getönt.

Gumminger war der Produzent von Lola Ries' Teenie-Komödie. Er begrüßte die Polizisten überschwänglich, als wären sie seine besten Freunde oder zumindest große Stars, mit denen er einen Film machen wollte.

Sogleich führte er sie auf die Veranda, wo es schattig und einigermaßen kühl war. Auf dem Mahagonitisch standen Erfrischungsgetränke bereit. Cocktails, Wasser mit Limetten, eisgekühlte Cola. Hartlinger und Rosen bedienten sich und schenkten sich alkoholfreie Getränke ein, Gumminger genehmigte sich einen Daiquiri.

»Sie wollen also über Lola Ries mit mir sprechen«, meinte der Produzent und lachte. Er hatte ein feistes, rundes Gesicht. »Ich sag Ihnen was, die Frau ist heute noch explosiver als das gesamte französische Atomwaffenarsenal. Die geht ab und macht bumm, bumm, bumm. Ist alles nur eine Frage der Schminke. Aber ich habe eine Maskenbildnerin, die macht aus dem Arsch meiner Oma noch ein Model für das Titelblatt vom Playboy.«

»Das Gesäß Ihrer Verwandten interessiert mich weniger, Herr Gumminger«, sagte die Kommissarin betont nüchtern. »Können Sie mir sagen, warum Sie die Explosivität von Lola Ries etwas verspätet schätzen gelernt haben?«

»Ach, nicht ich, das war Winnie, mein Co-Produzent. Der Kerl ist ein Korinthenkacker der übelsten Sorte. Ein Erbsenzähler, so ein professioneller Bedenkenträger. Der sieht nur Probleme, Probleme, Probleme, aber«, Gumminger hielt kurz inne und tippte sich auf die Nase, »der Kerl hat einen unsagbaren Riecher für Kohle. Der macht aus einem Haufen Pferdemist Goldbarren.«

»Und was hat Lola Ries mit dem Pferdemist zu tun?«

Gumminger lachte. Sein ganzes Gesicht war dabei in Bewegung.

»Winnie sah nur das Problem. Die liebe Lola hat sich bei den letzten Dreharbeiten nicht gerade wie ein Chorknabe verhalten. Drei Tage Pause am Set, weil in ihren Adern mehr Whisky als Blut fließt, kosten 'ne Stange Geld.«

»Und dieser Winnie hat sich bei Tobler erkundigt, ob Ries fähig ist zu drehen und der Doktor verneinte.«

»Ja, so war es.«

Das wusste die Kommissarin alles bereits.

»Was mich interessiert ist: Woher kam der plötzliche Meinungswandel?«

Gumminger nahm einen Schluck von seinem Daiquiri, schüttelte den Kopf und lachte dann mal wieder.

»Im Prinzip gibt es keinen plötzlichen Meinungswandel. Winnie ist immer noch dagegen, diese Viagra-Hexe mit der Ries zu besetzen, aber nicht mehr ganz so stark. Allerdings ich bin dafür, und ich habe mich durchgesetzt. Lola hat mich am Morgen nach dem Mord angerufen.« Dann beugte sich Gumminger nach vorn und änderte den Tonfall. »Glauben Sie mir eins, ich hatte schon mit den ausgebufftesten Geschäftemachern zu tun, darunter auch richtige Gangster, aber die Ries schlägt alle um Lichtjahre. Dieses Weib ist die Personifizierung von Gott und Teufel gleichzeitig.«

Er nahm wieder einen Schluck von seinem Cocktail.

»Ich sag Ihnen was, erst hat sie gewinselt wie ein verstoßenes Schoßhündchen, mich angefleht, gebettelt um die Rolle, dass es einem das Herz erweicht. Und eine Sekunde später bedroht sie dich mit sämtlichen mittelalterlichen Foltermethoden. Die Frau hat eine Fantasie.« Gumminger winkte ab. »Was die alles mit meinen Weichteilen machen wollte. Junge, Junge, an der ist ein Kerkermeister verloren gegangen. Und dann, bums, spielt sie dir die Unschuld vom Lande vor und mimt das sittsame Mädchen, das noch nie einen Tropfen Alkohol angerührt hat. Wenn's einen Telefonoscar gäbe, den würde ihr keiner streitig machen. Dieses Telefonat war die größte Schauspielleistung, die ich jemals erlebt habe. Ich musste ihr einfach die Rolle geben. Irgendwann strecken Sie die Waffen, weil jeder Abwehrversuch zum Scheitern verurteilt ist. Ihr die Rolle zu geben, sichert mir auch meinen Seelenfrieden.«

Die Kommissarin überzeugte die Version noch nicht. Das war noch nicht die ganze Wahrheit, da war sie sich sicher.

»Und wie wurde Ihr Partner Winnie dazu gebracht, dass er nicht mehr ganz so stark gegen die Ries war, wie Sie meinten?«

Gumminger blickte kurz gedankenverloren in den Sommerhimmel.

»Okay, Sie finden's ja sowieso raus, wenn Sie mit Winnie

reden. Sie hat ihn auch angerufen und gesagt, er würde genauso abgestochen wie Tobler, wenn sie die Rolle nicht bekäme. Wie die meisten Korinthenkacker ist Winnie nicht gerade ein Held.«

»Das ist ja fast ein Mordgeständnis«, rief die Kommissarin aus.

»Nein, das glaube ich nicht. Das ist nur Ihre beste von tausend möglichen Drohungen gewesen. Allerdings war Winnie davon immer noch unbeeindruckt. Aber dieser andere Doktor, wie heißt der gleich wieder?«

»Doktor Wengerbauer?«, tippte die Kommissarin.

»Genau. Der hat eine Sitzung mit ihr abgehalten und ihr einen Persilschein ausgestellt. Das haben wir akzeptiert. Sie hat sich übrigens bei uns bedankt.«

Gumminger zog einen Brief aus seiner Aktenmappe, die auf dem Tisch lag, und zeigte ihn den Kommissaren.

»Winnie hat den gleichen bekommen.«

Den Brief zierte ein dicker Kussmund von Lola Ries. In großen, schwungvollen Lettern hatte sie ein kurzes Dankeschön geschrieben und das Versprechen gegeben, sie werde spielen wie nie zuvor.

»Interessanter Brief«, sagte die Kommissarin, »den würde ich gern als Beweisstück mitnehmen. Sie bekommen ihn nach Abschluss der Ermittlungen wieder zurück.«

»Okay«, sagte Gumminger und schob ihn Irene Rosen zu. Hartlinger nahm eine der typischen Plastikhüllen und tütete den Brief sorgfältig ein.

Der Produzent nippte wieder von seinem Cocktail, leckte sich die Lippen und sah Rosen lächelnd an.

»Herr Gumminger, eine Frage muss ich Ihnen noch stellen«, sagte die Kommissarin.

»Ob ich glaube, dass unser geliftetes Superweib Ihren Doc wegen der Rolle abgestochen hat, wie?«

»Scharf kombiniert, Herr Gumminger. Wenn's mal einen Logik-Oscar gibt, schlage ich Sie vor.«

Er lachte. »Hey, eine Polizistin mit Humor. Sie gefallen mir, echt. Die Polizistinnen, die bei sonst so rumschnüffelten, waren alles so, wie soll ich sagen, so Gewitter-Amazonen.«

Sein Ausdruck amüsierte ihn prächtig, bei Hartlinger und Rosen bewegten sich die Mundwinkel nicht. Als er bemerkte, dass seine Pointe nur bei ihm selbst angekommen war, wurde er wieder ernst.

»Lola hat Ihren Doc nicht ermordet. Darauf wette ich meinen Arsch. Und wissen Sie wieso?«

»Wenn ich's wüsste, säße ich nicht hier, aber Sie machen mich garantiert gleich ein bisschen schlauer.«

»Sie sind wirklich gut, Frau Rosen. Aber ich sag's Ihnen, Lola, die ist sicher fähig, einen abzumurksen, wenn er ihrer heiligen Karriere im Weg ist. Die hat den Teufel im Leib, wirklich. Aber sie würde niemals mit einem gezielten Stich ins Herz killen. Wenn bei der Ries die Sicherungen durchbrennen, dann macht sie Hackfleisch aus dem Kerl. Die sticht so oft zu, dass der Typ nur noch entfernte Ähnlichkeit mit einem Menschen hat. Das sieht nach Moussaka aus oder einem überdimensionierten Burger.«

»Mord aus Raserei trauen Sie ihr zu, aber keinen kalkulierten?«, folgerte Irene Rosen.

»Das haben Sie schön gesagt.«

Die Kommissarin nickte. Gummingers Erklärung klang plausibel. Als sie sich verabschieden wollte, hielt sie der Produzent allerdings noch auf.

»Frau Rosen, wir planen da gerade eine neue Krimiserie. So eine Art Supertruppe, die Berlin aufmischt. Wir bräuchten noch Fachleute als Berater. Ist gut bezahlt, da kann man sein Konto aufbessern. Wie klingt das?«

Die Kommissarin stutzte. Erst seine Komplimente und jetzt ein Jobangebot.

»Sagen Sie, Herr Gumminger, haben Sie derzeit Schwierigkeiten mit der Polizei?«

Nun war ihm das Lächeln vergangen. Er nippte noch einmal von seinem Daiquiri.

»Hey, ich sag Ihnen was, die war willig und sagte, sie sei 19. Ich meine, man kann sich nicht jedes Mal den Ausweis zeigen lassen.«

»Und wie alt war sie wirklich?«

»15. Die sah aber aus wie 20, ehrlich. Die wollte diese Rolle und hat mich verführt, verführt sage ich. Ich bin das eigentliche Opfer. Ich meine, ich bin auch nur ein Mann, was machen Sie, wenn Ihnen so ein Zuckerpüppchen an die Wäsche geht?« Gumminger streckte die Arme aus, als wollte er kapitulieren.

»Den Hosenlatz zulassen«, meinte Kommissar Hartlinger trocken. »Was meinen Sie, was Nutten und weibliche Junkies schon bei mir probiert haben? Und die waren zum Teil auch ziemliche Zaubermäuse.«

»Sie sitzen also in der Patsche, weil Sie einer Minderjährigen nicht widerstehen konnten, und ich soll Ihnen informell helfen? Mal hier ein bisschen mauscheln, mal da ein bisschen was drehen?«, folgerte die Kommissarin.

Gumminger nickte. »Dafür biete ich Ihnen einen verdammt lukrativen Job. Da können Sie mehr verdienen als in einem Jahr bei der Polizei. Eine Hand wäscht die andere.«

»Meine ist aber sauber«, sagte die Kommissarin.

»Hey, so dreckig ist meine auch wieder nicht. Außerdem finde ich Sie einfach sympathisch, Sie sind ein Typ, mit dem ich zusammenarbeiten könnte.«

»Das ehrt mich, aber ich bin ausgelastet.«

Mit diesen Worten stand Irene Rosen auf und verabschiedete sich.

»Überlegen Sie sich's noch, ist wirklich ne Menge Schotter für Sie drin. Schöne Frisur haben Sie übrigens.«

»Lieber hause ich unter der Wittelsbacher Brücke, als diesem Kinderschänder aus der Patsche zu helfen«, schimpfte die Kommissarin voller Abscheu. Wütend stieg sie in den Wagen ein und fuhr mit quietschenden Reifen davon.

»Wenn du nicht auf sein Angebot eingehen willst, hat die Stippvisite nicht viel gebracht, oder?«

»Ein bisschen schon. Mir geht es auch darum, den Abend lückenlos zu rekonstruieren«, sagte sie, wieder etwas ruhiger. »Und langsam nimmt das Puzzle Gestalt an. Im Obduktionsbericht war von Kratzspuren am Hals die Rede, und zwar hinten. Außerdem hatte Tobler kleinere Ödeme an den Genitalien. Ich glaube, dass beides von Lola Ries stammt.«

»Tobler hatte an dem Abend einen Streit mit ihr, das wissen wir ja von Popolo«, pflichtete Hartlinger bei.

»Genau. Und ich denke, Lola hat ihn angefleht, ein gutes Wort bei Gummingers Produktionsfirma einzulegen, aber der gute Doktor wollte sich nicht erweichen lassen. Als er sich umdrehte, packte ihn Lola von hinten und verpasste ihm noch einen Tritt dahin, wo's euch Männern besonders weh tut.«

»Wie können wir das beweisen?«

Rosen grinste. »Mit Lolas Kussmund. Wir müssen nur eine Genanalyse davon mit den Fingernagelpartikeln in Toblers Kratzspuren vergleichen.«

»Das war clever«, lobte Hartlinger.

»Danke für das Kompliment, Herr Kommissar, einen Besuch hätte ich noch auf der Tagesordnung. Ist nicht zu weit weg. Willst du noch weiter mein Beifahrer sein?«

»Aber nur, wenn wir endlich auf einen Rolls Royce umsteigen.«

19

Das Haus von Martha und Arthur Brögerl befand sich in Maisach, einem hübschen Vorort von München nahe Fürstenfeldbruck. Praktischerweise konnten die Polizisten dorthin über die Landstraße fahren und so den Großstadtverkehr meiden, sodass die Fahrt nicht allzu lange dauerte. Die Wohngegend war keine große Adresse, aber gehobener Durchschnitt. Die Immobilienpreise erreichten hier noch nicht das absurde Münchner Niveau, lagen aber deutlich über den beispielsweise in Niederbayern üblichen Summen.

»Hoffentlich nicht wieder so ein Palast, sonst bekomme ich langsam Minderwertigkeitskomplexe mit meiner popeligen Zweizimmerwohnung«, meinte Kommissar Hartlinger.

»Kaum. Die Brögerls haben sich hier vor neun Monaten ihren Traum vom eigenen Haus erfüllt. Was mich eh wundert. Er ist Lagerist und sie jobbt ein bisschen bei Aldi«, erklärte Rosen, als sie von der Autobahn abfuhren.

»Regale einräumen?«

»Nein, Kasse. Außerdem haben sie drei Kinder.«

»Wow«, sagte Hartlinger anerkennend. »Dann müssen sie aber ganz schön sparsam gelebt haben.«

»Oder geerbt.«

Das Haus der Brögerls befand sich in Maisach-Gernlinden, wo mehrere Neubauten standen. Ein bisschen größer und Kommissar Hartlinger hätte wirklich Komplexe bekommen. Es war ein großzügiges Einfamilienhaus mit einem gepflegten Garten, in dem Dahlien, Löwenmaul, Lilien und andere Sommerblumen prächtig gediehen.

»Entweder hat die gute Frau einen Gärtner oder zu viel Zeit«, kommentierte Rosen den üppigen Garten.

»Genau so einen wollte meine Ex-Frau auch immer haben«, seufzte Hartlinger.

»Und hat ihn nie bekommen?«

»Doch, aber erst nach unserer Scheidung mit der zweiten Hochzeit.«

Irene Rosen stieg alleine aus. Da Martha Brögerl bei ihrem Telefonat diesen Vormittag einen äußerst abweisenden Eindruck gemacht hatte, wollte sie lieber ohne männliche Begleitung auftauchen. Hartlinger sollte sich inzwischen mit dem Kommissariat in Verbindung setzen und sie auf den neuesten Stand bringen. Nebenbei durfte er noch ein wenig Polizeifunk hören.

Als Martha Brögerl die Tür öffnete, wirkte sie so einladend wie ein Haifischbecken. Die Kommissarin stellte sich vor und erläuterte ihr Anliegen. Nur widerwillig bat sie die Polizistin herein. An der Garderobe musterte Irene Rosen die Einrichtung und Kleidungsstücke. Abgetragene Sandalen, beige Cordjacken, eine Baseballmütze. Dann führte sie Martha Brögerl ins Wohnzimmer. Dort saß ein junges Mädchen auf dem Sofa.

»Lea, geh auf dein Zimmer.« Die Mutter bellte den Satz wie ein Feldwebel. Das war keine Bitte, sondern ein Befehl. Und Lea gehorchte. Sie stand auf, ging hinaus und dann die Treppe hoch. Sie war hübsch, sehr hübsch sogar. Und körperlich voll entwickelt. Sie hatte einen üppigen Busen, den sie mit ihrem engen T-Shirt und ihrer geraden Haltung gut zu betonen wusste. Dazu sinnliche, runde Lippen, die jeden Teenager zum Küssen einluden, lange, dunkle Haare und einen frechen Blick.

Die Kommissarin dachte unweigerlich an Gumminger. Sie war willig und sah aus wie 20, hatte er gesagt.

»Eigentlich wollte ich auch mit Lea reden«, warf die Kommissarin ein.

»Nein, meine Tochter fühlt sich derzeit nicht wohl. Sie ist psychisch etwas labil und leidet unter Schulstress. Die Abschlussprüfungen stehen an und ich will nicht, dass sie abgelenkt wird.« Martha Brögerl hatte schnell etwas vom Tisch weggeräumt und in eine Schublade am Fernsehregal gesteckt.

»Wo geht sie denn zur Schule?«

»Orlando-di-Lasso-Realschule in Maisach, sie macht ihre Mittlere Reife.«

Also zehnte Klasse, dachte sich die Kommissarin, dann ist sie höchstens 16.

»Frau Brögerl, ich wollte mit Ihnen über den Tod Ihres Schwagers Luis Brögerl sprechen.«

»Aber ich will nicht mehr darüber reden. Und Lea auch nicht.« Ihr Gesicht war wie tiefgefroren. »Wir haben damals alles zu Protokoll gegeben, was wir wussten. Gehen Sie in Ihr Archiv, aber lassen Sie uns in Ruhe.« Die Hausherrin wurde zusehends abweisender und unfreundlicher, was Irene Rosen stutzig machte. Was hatte sie zu verbergen?

»Ein paar Fragen habe ich aber noch. Was hat Lea mit der Geschichte zu tun?«

Martha Brögerl hatte ihr keinen Platz angeboten. Deshalb standen sich beide in dem einfach wie rustikal eingerichteten Wohnzimmer gegenüber.

»Nichts. Sie hatte nur ein enges Verhältnis zu Luis. Sie war seine Lieblingsnichte. Er selbst hatte keine Kinder. Deshalb hat er Lea viel Geld vermacht. Und wir konnten uns dieses Haus hier leisten. Das bedeutet mir sehr viel. Mein Mann und ich kommen aus einfachen Verhältnissen. Ich bin in einer Dreizimmerwohnung aufgewachsen – mit drei Geschwistern.«

Da muss so ein Einfamilienhaus den Einzug ins Paradies bedeuten.

»In welcher Beziehung stehen Sie zu Tommy Martin?«, fragte die Kommissarin.

»In keiner Beziehung«, entgegnete Martha Brögerl, machte dazu aber ein verächtliches Geräusch, das sie verriet.

»Ihr Schwager war doch sein Manager, haben Sie ihn nie kennengelernt?«

»Nie. Wir sind einfache Leute, was sollen solche Stars von uns wollen?« Martha Brögerl kniff die Lippen zusammen.

»Und Ihre Tochter, kennt sie Tommy Martin?«

»Nur vom Radio.«

»Aber der Onkel wird doch seiner Lieblingsnichte mal den großen Star vorgestellt haben, wenn er schon der Manager war.« Irene Rosen ließ nicht locker.

»Ich habe doch gesagt, wir kennen diesen Martin nicht.«

Sie log schlecht, so schlecht, dass nicht einmal ihre Nase lang werden musste, um es zu erkennen, dachte sich die Kommissarin.

»Kennen Sie Lola Ries?«

Martha Brögerl zuckte kurz zusammen.

»Die Schauspielerin?«

»Genau, die gealterte Diva.«

Martha Brögerl lachte, aber es war ein gekünsteltes, aufgesetztes Lachen. »Wen soll ich denn noch kennen? Den Papst? Oder Til Schweiger?«

Die Kommissarin schaute sie durchdringend an, aber Martha Brögerl hielt ihrem Blick stand. Dann sah Irene Rosen kurz auf die Uhr und zückte ihr Handy. »Entschuldigung, ich muss kurz telefonieren.«

Sogleich ging sie auf den Gang und rief Kommissar Hartlinger an, der es sich im Dienstwagen bequem gemacht hatte.

»Hör mal«, flüsterte sie, »du gehst jetzt bitte zur Tür und hältst die Dame des Hauses ein paar Minuten auf. Erzähl ihr etwas von einer Einbrecherserie in der Gegend oder von einem Tiger, der einem Zirkus entlaufen ist und hier im Viertel schon drei Hausfrauen angeknabbert hat. Hauptsache ich kann mich kurz ungestört umsehen.«

Genaueres wollte Hartlinger gar nicht hören und beendete das Telefonat.

Dann ging die Kommissarin zurück. Wenige Sekunden später klingelte es bereits an der Tür. Martha Brögerl stand auf, um zu öffnen.

Kaum war sie draußen, ging Irene Rosen zu der Schublade, in der die Hausherrin etwas versteckt hatte. Darin lagen ein paar Zeitschriften und Prospekte und obenauf eine unterschriebene Autogrammkarte von Lola Ries sowie ein Kuvert. Es war derselbe Umschlag, in dem auch der Brief an Gumminger steckte. Zu Rosens Leidwesen war er verschlossen. Sie hielt ihn gegen das Licht, sah aber nicht, was sich darin befand. Es war auf jeden Fall sehr leicht, wog weniger als ein Blatt Papier. Auch ohne den Inhalt genau zu erkennen, hatte sie eine Idee, um welch wertvolles Schriftstück es sich handeln könnte.

Schnell legte sie wieder alles zurück und verschloss die Schublade. Dann ging sie zur CD-Sammlung der Brögerls. Sie umfasste drei große CD-Ständer, war penibel alphabetisch sortiert und ohne Freiräume. Nur zwischen Mando Diao und Massive Attack waren drei Fächer frei. Ob da jemand seine Tommy Martin-Platten weggeworfen hat, fragte sich die Kommissarin. Dann musterte sie noch etwas das Zimmer. Ein großes Kreuz hing in einer Ecke, die wenigen Bilder zeigten biblische Motive, Jesus am Kreuz, die Rückkehr des verlorenen Sohns, Mariä Verkündigung. Die Familie war offensichtlich religiös. Ansonsten war das Wohnzimmer eingerichtet wie in Millionen anderen deutschen Haushalten auch.

Als Martha Brögerl wieder zurückkam, wechselte die Kommissarin noch ein paar belanglose Sätze mit ihr und verabschiedete sich dann. Fürs Erste hatte sie genug gesehen. Außerdem wusste sie, dass sie aus Martha Brögerl heute nichts mehr rausbringen würde.

Als sich Irene Rosen ins Auto setzte, fühlte sie sich erschöpft. Der Tag war anstrengend. Aber Kommissar Hartlinger grinste sie an.

»Ich habe ihr erzählt, dass wir einen Vergewaltiger suchen. Meine Beschreibung passte zufällig haargenau auf unseren Freund Gumminger.«

Irene lachte kurz auf, hielt aber dann inne. Sie war minderjährig, sah aber etwas älter aus, hatte Gumminger gesagt. Dieser Satz ging ihr nicht aus dem Kopf. Denn diese Beschreibung passte auch auf Lea Brögerl. Tommy Martin, der Unwiderstehliche, der es kaum drei Nächte lang mit derselben aushielt, der würde so ein junges, knackiges Ding nicht von der Bettkante stoßen. Während der Fahrt nach München berichtete Rosen ihrem Kollegen von dem Besuch.

»Ich arbeite für dich den Tod von Luis Brögerl auf«, versprach Hartlinger.

»Und ich werde dem Liebling der Massen, Tommy Martin, ein bisschen auf den Zahn fühlen müssen«, erwiderte die Kommissarin.

»Wenn das nicht schon Popolo erledigt hat.«

Die Kommissarin verdrehte die Augen. »Wahrscheinlich hat er mit ihm Bruderschaft getrunken.«

»Was treibt unser kleiner Italiener eigentlich in der Klinik?«, wollte Hartlinger wissen.

»Er ist eine Mischung aus männlichem Groupie und Promi-Versteher.«

»Das heißt, er schleimt sich ein«, grinste der Kommissar.

»Ja, aber das macht er gut.«

Gegen 19 Uhr war die Kommissarin endlich zu Hause. Sie hatte nicht einmal eine Stunde, um sich zu duschen und zu stylen. Um 20 Uhr war sie bereits im Savanna verabredet. Sie fühlte sich ausgelaugt, kaputt und war völlig verschwitzt. Minutenlang stand sie unter dem dampfenden Strahl und versuchte, die vielen Aufregungen des Tages zu vergessen beziehungsweise zu verarbeiten und sich mental auf das Date vorzubereiten, was ihr aber kaum gelang.

Als der Zeiger weiter vorrückte, spürte Irene, wie sie Nervosität befiel. Ein seltsames Gefühl, da sie in Gefahrensituationen in der Regel einen kühlen Kopf behielt. Aber vielleicht war das nur natürlich, dachte sie. Vielleicht war das ihre weibliche Seite, wie es die Groß nannte.

Vergeblich versuchte sie, sich die Haare so zu föhnen, wie es der nicht-schwule, nicht-metrosexuelle Friseur geschafft hatte. Aber sie sah trotzdem ganz passabel damit aus. Dann schminkte sie sich. Lidschatten, ein bisschen Kajal, aber nur dezent, Lippenstift und einen Hauch Rouge. Der schien ihr aber dann doch übertrieben. Also wischte sie ihn wieder weg, um sofort ihre Meinung zu ändern, schließlich sollte sie so weiblich wie möglich aussehen. Deshalb trug sie wieder ein wenig Rouge auf.

Schließlich betrachtete sie sich im Spiegel und fragte sich ernsthaft, wer sie daraus ansah. Und wie dieser Papagei in dem Kosmetikladen auf lila als passende Farbe für sie kam, würde ihr wohl zeitlebens ein Mysterium bleiben.

Aber das Kleid saß. Es lag eng an und betonte Irenes sportliche Figur. Sie betrachtete sich wieder im Spiegel. Darin sah sie eine nicht unattraktive Frau. Als sie allerdings auf den Spiegel zuging, merkte sie, dass sie sich mit den neuen Schuhen und dem Kleid bewegte wie Donald Duck auf Stelzen. Musste sie noch üben, wie man sich auf dem Laufsteg bewegte?

Sie ließ die Arme baumeln, legte sie aber an den Hüften an und wackelte etwas mit dem Gesäß. Sogleich musste sie lachen. Das sah viel zu übertrieben aus. Aber nach ein paar Versuchen hatte sie die Peinlichkeitsstufe unterschritten. Und sie musste ja nicht wie Diana Hofer rumstolzieren.

Allerdings erschrak sie, als sie auf die Uhr blickte. 10 vor 8, es war höchste Zeit, ins Auto zu steigen und Gas zu geben. Pünktlich würde sie sowieso nicht mehr kommen. Da meldete sich plötzlich das Handy.

Verdammt, wahrscheinlich ruft jetzt, da sie ihn gar nicht brauchen konnte, Popolo an, dachte sie sich, doch das Display zeigte einen anderen Namen an. Es war Kommissar Möhler.

»Hi Irene, wir haben Hecker«, jubelte er.

Was diese Festnahme bedeutete, war ihr sonnenklar.

»Gratuliere zu dem Fang. Aber das heißt, dass unser Date heute ins Wasser fällt.«

Sie konnte ihre Enttäuschung kaum verbergen. Aber das verlangte der Polizisten-Job, und dieses Problem kannte sie zur Genüge.

»Ja, mir tut es auch furchtbar leid, aber ich muss sofort nach Salzburg. Hecker hat sich dort versteckt gehalten. Verkleidet.« Möhler lachte.

»Lass mich raten«, sagte Irene, die ihren Humor nicht verloren hatte. »Er trug einen Vollbart und lief als Wiedergänger Saddam Husseins durch die Gegend.«

»Knapp daneben.« Möhler hatte Schwierigkeiten, ernst zu bleiben. »Stell dir vor, er war als Araberin mit Burka verkleidet. Muss eine bildschöne Frau abgegeben haben, aber sein Pech war, dass er kein Arabisch spricht und so ein paar Leuten aufgefallen ist.«

Auch Irene lachte. Sie hatte Fotos des flüchtigen Managers gesehen, der ein rechter Hänfling und kaum mehr als 1,70 Meter groß war.

»Dann kümmere dich mal um ihn – oder soll ich sagen um sie?«

»Um ihn. Er hat die Burka schon abgelegt. Irene«, sagte er plötzlich ernst und mit einer samtigen Stimme. »Ich habe mich unheimlich auf den heutigen Abend gefreut.«

Irene Rosen spürte einen warmen Schauder.

»Können wir das Essen auf morgen Abend verschieben?«

»Klar können wir das«, antwortete sie ihm. »Gleicher Ort, gleiche Zeit?«

»Ich freue mich darauf«, sagte er und legte auf.

Irene sank in den Fernsehsessel und blieb minutenlang wie gelähmt sitzen. Dann stand sie auf, schminkte sich ab und zog sich eine Laufhose und ein weites T-Shirt an.

Im Prinzip hätte sie noch ins Katharsis fahren können, aber sie wollte nicht. Wenn sie schon ihre Gefühle rauslassen sollte, dann musste sie sich jetzt auch ihrer Enttäuschung und der Schwermut hingeben. Vielleicht hatte sie aber auch nur Sehnsucht, Sehnsucht nach Karsten, nach Liebe und einem ganz anderen Leben.

Als sie gerade am Einschlafen war, klingelte das Handy noch einmal. Kommissaranwärter Popolo meldete sich zum allabendlichen Rapport. Überschwänglich berichtete er, wie gut er mittlerweile mit seinen Idolen stehe. Stolz schwang in seiner Stimme mit, als er erzählte, dass er und Laura Groß einen extrem raren Track von Tommy Martin besser singen konnten als der Popstar selbst.

»Die Psychotante ist ein Tommy-Martin-Fan?«, fragte Irene Rosen erstaunt. »Sieht ihr gar nicht ähnlich.«

»Ja, ich war auch ein wenig erstaunt«, gab Popolo zu.

Ansonsten lieferte er einen detaillierten Frontbericht vom Zickenkrieg und bestätigte, dass Lola Ries für Tommy Martin etwas außer Haus erledigt hatte.

»Ich halte weiterhin die Augen und Ohren offen, Frau Oberkommissarin«, versprach Popolo.

»Machen Sie das«, sagte die Polizistin müde. »Buona Notte.«

20

Als Irene Rosen am nächsten Tag aus der Haustür trat, verlor die Luft gerade die letzten Reste morgendlicher Frische. Es würde ein heißer Junitag werden, heiß und arbeitsreich. Ihre erste Station war die Orlando-di-Lasso-Realschule in Maisach.

Sie kam kurz nach Unterrichtsbeginn, um dem Schülertrubel zu entrinnen. Der Hausmeister führte sie zum Direktor, dem sie ihr Anliegen darlegte. Nach kurzem Zögern willigte er ein, Lea Brögerl aus dem Unterricht zu holen. Die Alternative wäre eine Vorladung auf das Polizeirevier gewesen, für ein solches Mädchen mit Sicherheit keine schöne Erfahrung.

Die Kommissarin wartete im Pausenhof auf Lea. Als die Schülerin herauskam, erkannte sie Irene sofort wieder.

»Sie sind die Polizistin, die gestern bei uns war.«

»Ja. Aber deine Mutter wollte nicht, dass ich mit dir rede.«

»Sie sind aber hartnäckig.« Lea lächelte Irene Rosen provozierend an. Was für ein Früchtchen, dachte sich die Kommissarin. Das Mädchen hatte es faustdick hinter den Ohren, das sah sie auf den ersten Blick.

»Berufskrankheit. Lea, deine Mutter hat mir gestern nicht die ganze Wahrheit erzählt«, sagte Irene Rosen ohne Umschweife.

»So? Was hat sie denn gesagt?«

Sie schlenderten langsam über den Hof. Ein bisschen Bewegung lockerte solche Gespräche oft auf. Allerdings war der Kommissarin klar, dass sie bei solchen Teenies höllisch aufpassen musste. Man durfte sie auf keinen Fall wie Kinder behandeln, sonst wurden sie bockig. Da sie aber nicht die Reife eines Erwachsenen hatten, musste man sie als Jugendliche behandeln, ohne es sie spüren zu lassen. Das war der Trick. Irene Rosen versuchte es gleich mit einem Frontalangriff.

»Sagen wir lieber, was sie mir nicht gesagt hat, nämlich dass du mit Tommy Martin in die Kiste gestiegen bist.«

Der Frontalangriff verfehlte seine Wirkung nicht. Das frühreife Mädchen wurde rot.

»Wo ... Woher wissen Sie das?«, stammelte sie.

»Es war vor gut einem Jahr, stimmt's?«, fragte die Kommissarin zurück, ohne auf Lea einzugehen.

Das Mädchen nickte. »Ich habe ihn über Onkel Luis kennengelernt. Nach einem Konzert haben wir alle gefeiert. Wir haben getrunken und ...« Sie hielt plötzlich inne.

»Und Drogen genommen?«

Die Schülerin schwieg.

»Lea, das sind Dinge, die interessieren mich nicht. Ich bin von der Mordkommission und muss einen Mord aufklären. Vielleicht sogar zwei. Diese Details bleiben unter uns.«

»Ist ja auch egal. Auf jeden Fall haben wir's in der Nacht getrieben, Tommy und ich. Ich war besoffen und zugekokst, aber das ist scheißegal, verstehen Sie? Das spielt keine Rolle. Mit Tommy hätte ich auch nüchtern gevögelt. Aber ...«

Sie hielt plötzlich inne. Man sah, dass es in ihr brodelte.

»Aber?«

»Nichts«, antwortete sie.

Sie wandte sich von der Kommissarin ab und blickte zu Boden.

»Aber nüchtern hättest du verhütet?«

Lea blickte die Polizistin erstaunt an. »Sie wissen ja schon alles.«

Weibliche Intuition, dachte die Kommissarin. Frau Groß, Sie können mich mal.

»Luis hat getobt, als er erfahren hat, dass ich schwanger bin. Er wollte Tommy umbringen. Hat ihn einen Vergewaltiger genannt. Aber das war Schwachsinn. Das war keine Vergewaltigung.« Lea schüttelte leicht den Kopf und runzelte die Stirn.

»Aber eine Straftat.«

»Ich scheiß auf eure spießigen Gesetze«, sagte das Mädchen trotzig. Gemütslage und Tonfall änderten sich bei jedem Satz.

»Und was ist dann mit deinem Onkel passiert?«

»Er ist in diese Junkie-Klinik gefahren, wo Tommy einsaß, und wollte ihn zur Rede stellen«, entgegnete sie wieder ruhig.

»Und dann war er tot.«

Sie waren am Ende des Hofs angelangt und drehten wieder um.

»Ja. Aber ich raffe das nicht. Ich meine, er hat doch gar nicht mehr gedrückt. Soweit ich weiß, war er total clean. Ich weiß auch nicht, wie das passiert ist.«

Lea liefen Tränen die Wangen runter. Die Erinnerung an ihren toten Onkel schmerzte sie sehr. Sie nahm aus ihrer Handtasche erst ein Taschentuch und dann ein Bild. Es zeigte Luis Brögerl und Thomas Martin. Der Sänger war durchgestrichen und auf der Rückseite stand in krakeliger Schrift. »Ich mache ihn fertig. Für dich.«

»Es ist das letzte, was ich von Onkel Luis habe. Er hat es am Tag seines Todes geschrieben.«

»Seine Handschrift ist aber seltsam«, merkte Irene Rosen an. »Sie sieht aus, als hätte es ihn gefroren, so zittrig ist die Schrift.«

»Ach, er hat das mit links geschrieben. Er hatte irgendwas mit der rechten Hand. Irgendeinen Scheiß mit den Nerven. Keine Ahnung.«

Die Kommissarin stutzte. Der Geschichte wollte sie nachgehen. Währenddessen schlenderte ein junger Bursche seelenruhig über den Schulhof. Die Verspätung war ihm offensichtlich egal.

»Du hast das Kind aber nicht bekommen?«, fragte die Kommissarin sicherheitshalber nach.

Lea schüttelte den Kopf.

»Aber deine Eltern sind doch sehr religiös. Waren sie nicht gegen eine Abtreibung?«

Nun nickte sie.

»Wie hoch war Thomas Martins Scheck, der die christlichen Bedenken ausräumte?«

»Eine halbe Million«, hauchte sie.

Damit konnten sich die Brögerls ihren Kleinbürgertraum vom eigenen Haus im Grünen erfüllen. Für eine halbe Million, die einem den Weg aus der beengten Münchner Stadtwohnung ebnet, kann man schon mal seine Prinzipien aufgeben. Luis Brögerl hat seinem Bruder und dessen Familie nämlich keinen Cent vererbt, wie Irene Rosen von dessen Witwe am Telefon erfuhr. Das war nur die offizielle Version. Irgendwie mussten die Brögerls den plötzlichen Geldsegen ja erklären.

»War's schlimm?«, fragte die Kommissarin Lea.

Das Mädchen verzog das Gesicht und schaute zum Himmel hoch, wo ein paar Tauben vorbeiflogen.

»Gibt Schlimmeres. Hab's überlebt.« Sie flüchtete sich in pubertäre Wurstigkeit. Das wollte die Kommissarin sofort unterbinden.

»Lea, wann hast du Tommy Martin zum letzten Mal gesehen?«

Sie zögerte kurz, blickte dann wieder zum Himmel hoch.

»Was weiß ich, so vor gut 'nem Jahr halt.«

Sie log.

»Kennst du Severin Tobler?«

Sie schüttelte den Kopf.

»Seltsam, denn er kannte dich. In seinem Terminkalender hat er einen Tag, bevor er ermordet wurde, um 14 Uhr deinen Namen eingetragen.«

Da hatte die Kommissarin wieder mal eine Vermutung als Tatsache dargestellt, tatsächlich stand nur LB in Toblers Filofax.

»Scheiße, Scheiße, Scheiße«, fluchte sie. Dann riss sie die Arme hoch. »Ich will nicht mehr mit Ihnen reden.« Sie drehte sich um und ging zum Schulgebäude. Die Kommissarin lief ihr hinterher und griff ihr so sanft wie möglich an die Schulter, aber das Mädchen riss sich sofort los.

»Lea, glaubst du, dass Thomas Martin deinen Onkel umgebracht hat?«

Nun blieb sie stehen und hielt sich die Hände vors Gesicht.

»Ich weiß es nicht, vielleicht«, beteuerte sie und schluchzte.

Die Kommissarin ging zu ihr, legte ihr den Arm über die Schulter und tröstete sie.

»Was wolltest du bei Tobler?«, fragte Irene Rosen, als sich Lea wieder beruhigt hatte.

»Onkel Luis hatte ein Schließfach, von dem keiner was wusste. Und das war irgendwie für ein Jahr oder so bezahlt und jetzt hat man es aufgelöst. Mit irgendwelchem Kram und auch so einem Umschlag, auf dem mein Name stand. Aber es war nur so ein Teil, so ein Diktafon.«

»Wieso hat er ein Diktafon deponiert?« Die Kommissarin stutzte.

»Keine Ahnung. Vielleicht wollte er, dass es keiner findet.«

Vielleicht hatte er es aber auch als seine Lebensversicherung deponiert. Oder dass im Falle seines Ablebens die Wahrheit ans Licht käme, dachte sich die Kommissarin.

»Und was gab es darauf zu hören?«

Lea atmete tief durch.

»Onkel Luis hat diese ganze Scheiße mit mir und Tommy draufgelabert. Er hat geschworen, dass er ihn fertig machen würde. Das Schwein werde er vernichten, hat er getobt. Er wollte ihn wegen Vergewaltigung einer Minderjährigen hinter Gitter bringen. Und er werde dafür sorgen, dass Martin nie wieder irgendwo ein Lied singen kann.«

»Er wollte ihn also beruflich und privat zerstören«, meinte Irene. »Für Vergewaltigung einer Minderjährigen wäre er schon ein paar Jahre in den Knast gewandert.«

»Scheiße, es war keine Vergewaltigung«, schrie sie hysterisch.

»Ist okay, ich wollte dir nur die möglichen Folgen dieser Anschuldigungen aufzeigen.« Die Kommissarin versuchte, das Mädchen zu beruhigen. »Im Übrigen reicht es, eine 15-Jährige mit Drogen vollzustopfen und dann zu verführen. Warum bist du mit dem Diktafon zu Tobler gegangen?«

»Na, weil Onkel Luis dort umgekommen ist. Und weil Thomas Martin wieder in diesem Katharsis war. Ich wusste auch nicht, was ich tun sollte. Einerseits hat Tommy unser Schweigen erkauft, andererseits war er vielleicht der Mörder meines Onkels.« Dieser Zwiespalt nagte tief an dem Mädchen.

»Was hat Tobler gesagt?«

»Er war fassungslos, sagte mir aber, dass ihm der Tod von Onkel Luis schon damals komisch vorgekommen wäre. Er würde gern noch einer Spur nachgehen und wollte das Diktafon behalten. Ich hab's ihm dagelassen und er hat's in seinen Safe oder so was eingesperrt.«

Der Safe, durchzuckte es die Kommissarin. Das also war der entwendete Gegenstand. Nun passte alles zusammen.

»Und deine Mutter?«

»Die war im Katharsis dabei. Klar, wie wäre ich sonst hin gekommen.«

»Hat sie mit Tommy Martin gesprochen?«

Lea nickte.

»Aber nur kurz. Zwei Minuten vielleicht. Ich habe ihn nur von unten gesehen. Er sah ziemlich mies aus. Ich glaub, Mom hat ihm noch mal ganz schön Dampf unterm Arsch gemacht.«

Das konnte sich Irene Rosen vorstellen. Und sie war sich ziemlich sicher, dass sie den Grund für Martha Brögerls Drohungen kannte.

»War gestern Lola Ries bei euch?«

»Wer?« Lea verzog das Gesicht. »Ach, Sie meinen diese abgetakelte Schauspielerin da?«

»Genau die.« Die Kommissarin konnte sich ein Lächeln nicht verkneifen. »Was wollte sie bei euch?«

»Keine Ahnung«, sagte Lea zu zögerlich.

»Auf wie viel beläuft sich der Scheck diesmal, den euch Thomas Martin ausstellte? Eine ganze Million?« Irene Rosen ließ nicht locker.

»Ach Scheiße, lassen Sie mich doch in Ruhe.« Lea ging wieder trotzig zum Schulgebäude. Sie bebte. Die Unterhaltung hatte sie zutiefst erschüttert. Die Erinnerung an den Sex mit Martin, an die Abtreibung und den Tod des geliebten Onkels war schmerzhaft. Vermutlich war sie von ihrer geldgierigen Mutter noch dazu überredet worden, den Mund zu halten und nichts hinauszuposaunen. An der Tür hielt Lea inne.

»Tun Sie mir einen Gefallen?«, fragte sie die Kommissarin.

Diese zuckte mit den Schultern. »Wenn es möglich ist.«

»Bitte sperren Sie Tommy nicht ein. Er ist der tollste Typ, den es überhaupt gibt.«

Das war so ziemlich das letzte Versprechen, das sie dem Mädchen geben konnte.

»Wenn er keinen Mord begangen hat, sperre ich ihn nicht ein. Versprochen.«

Dann ging Lea hinein.

Auf der Fahrt ins Kommissariat erledigte Irene Rosen noch einige wichtige Telefonate. Erst entlockte sie Luis Brögerls Witwe die Namen der Ärzte ihres Mannes. Dann sprach sie mit dem Labor. Die Kollegen bestätigten ihre Vermutung: Die Kratzer auf Toblers Hals stammten von derselben Person, die auch den Kussmund auf den Brief gemacht hatte: Lola Ries.

Die Kommissarin hatte nun ein nahezu lückenloses Bild der

Mordnacht. Ihr Problem war nur, dass sie kaum etwas beweisen konnte. Ein Multimillionär wie Tommy Martin war in der Lage, sich ein Heer der besten Anwälte des ganzen Planeten zu leisten. Mit einer Theorie und ein paar mageren Indizien brauchte sie nicht vor Gericht gehen.

Aber sie wusste, dass sie auf der richtigen Spur war. Und das beseelte sie. Einen Typen wie Martin zu verhaften, das war etwas Besonderes.

Als sie ins Kommissariat kam, wartete eine Bombe auf sie. Eine Zeitungsbombe. In der TZ war ein Foto von ihr abgebildet. Das Problem war, dass sie nicht allein zu sehen war, sondern mit Bretsky, dem Oberwachmann bei Schwarze. Sein Gesichtsausdruck war nicht sehr entspannt, um nicht zu sagen, er war verdammt schmerzverzerrt. Das Foto war wohl gerade in dem Moment aufgenommen worden, als die Kommissarin den Polizeigriff etwas angezogen hatte.

Offensichtlich waren nicht alle Partygäste zugedröhnt gewesen. Und schon gleich gar nicht hatten sie die Anweisung der Polizisten, ihre Aufnahmen nicht zu veröffentlichen, befolgt.

Neben diesem Foto befand sich auch noch ein Bild mit Kommissar Hartlinger, als er Schwarzes Kopf aus dem Swimmingpool zog. Die Wassertropfen spritzten wie glänzende Perlen. Eine zweifellos gelungene Aufnahme.

Der Text dagegen war weniger poetisch. Der Journalist mutmaßte, dass Schwarze wieder mit Drogen gedealt hätte. Soweit war der Artikel für die Polizisten nicht kompromittierend, ganz im Gegenteil, wenn der Arm des Gesetzes auch die Schönen, Reichen und Prominenten erwischte, freute sich das Volk umso mehr.

Allerdings stellte der Journalist auch die Frage in den Raum, wie lange man sich in dieser Stadt noch solche Wildwest-Methoden von Polizisten gefallen lassen musste. Der Artikel befand sich auf Seite fünf. Dem Gesichtsausdruck nach zu schließen, hatte Schliefing allerdings an diesem Tag schon mehr als das Titelblatt und die Sportergebnisse gelesen.

»Ich habe Sie gewarnt. Keine Skandale mehr. Sie sind endgültig von dem Fall abgezogen«, sagte er kühl, aber mit einem Ton der Genugtuung.

Die Kommissarin blieb aber gelassen.

»Klar, Kollege Manner übernimmt wieder. Mit wie vielen Handgranaten und Panzerfäusten fährt er ins Katharsis?«, fragte Rosen sarkastisch. Ihr Widerwillen gegen Schliefing war enorm und sie hatte keine Lust, aus ihrem Herzen noch eine Mördergrube zu machen.

Doch der Kriminalrat grinste hinterhältig. »Kommissar Mainland ist gestern Abend frühzeitig aus seinem Urlaub zurückgekommen. Bitte bringen Sie ihm alle Ihre Unterlagen.«

Dann ging er. Irene Rosen war vollkommen paralysiert. Das war ihr Fall, ihr Promi-Fall, und sie war ganz nah dran, ihn zu lösen. Und nun das. Wütend wollte sie das Kommissariat verlassen, als ihr Kommissar Lang entgegenkam.

»Servus Irene, ich habe da ein paar wunderbare Fundstücke für dich. Hochexplosives Material!«

Sie teilte ihm mit, dass sie der Fall nichts mehr angehe und sie auf dem Weg ins Nirwana sei oder wenigstens an den Südpol.

Aber Lang nahm sie zur Seite.

»Bitte besuch die Pinguine erst, nachdem du gesichtet hast, was ich aus den Tiefen von Dietmar Stillers Computer gefischt habe.«

In Kommissar Langs Büro roch es förmlich nach Rechnern. Die vielen Bildschirme verbreiteten eine Hitze, gegen die kaum eine Klimaanlage eine Chance hatte. Auf dem einzigen freien Fleckchen stapelten sich Papiere, die der Computerspezialist sogleich an sich nahm. Er reichte Irene einige aneinandergeheftete Blätter.

»Hier ist Toblers Testament, das Stiller gelöscht hatte. Er und die Witwe haben sogar eine schriftliche Vereinbarung gemacht. Lustig, dass man sich eine so illegale Aktion gegenseitig bescheinigt.«

»Die beiden sind eben keine Profis.«

»Täusch dich nicht.« Lang verzog das Gesicht zu einem hinterlistigen Grinsen. Er hatte etwas auf Lager, etwas Überraschendes, und er freute sich diebisch, es Irene zu offenbaren. Er reichte ihr einen weiteren Ausdruck von dem Stapel. »Ein nettes Bömbchen. Lass es hochgehen.« Rosen überflog das Papier, umarmte Lang und lief dann sofort in Schliefings Büro.

Die Kommissarin ging hinein, ohne zu klopfen, und schloss die Tür hinter sich.

»Rosen, was soll das?«, erboste sich Schliefing.

»Kriminalrat, man kann jemanden erpressen, um etwas zu bekommen, oder man kann jemandem ein Tauschgeschäft vorschlagen, Gefälligkeit gegen Gefälligkeit. Worin besteht der Unterschied?« Ohne einen Platz angeboten zu bekommen, setzte sie sich hin.

»Reden Sie keinen Müll. Erpressung ist strafbar, das andere nicht.« Mit zusammengekniffenen Schweinsäuglein blickte er sie an.

»Wenn Sie mir den Gefallen täten, mir wieder meinen Fall zu geben, würde ich Ihnen auch einen Gefallen tun.«

»Niemals, was erlauben Sie sich?!«

»Ich erlaube mir, eine gelöschte Datei, die wir in Dietmar Stillers Computer fanden, nicht in meinem Bericht zu erwähnen, weil sie nichts mit dem Fall zu tun hat.«

Schliefing fing urplötzlich an zu schwitzen.

»Was soll das für eine Datei sein?«

Er war schon eine ganze Spur leiser geworden.

»Ach, wissen Sie, Stiller war ja ein Anwalt der Reichen und Schönen und hat sich rührend um seine Klienten gekümmert. Und wenn so ein ganz Prominenter mal eine Dummheit begangen hat, hat er ein paar Zeilen geschrieben, so für manchen Politiker und sogar manchen Polizisten. Allerdings hat er diese Zeilen nicht in sein Poesiealbum geschrieben, sondern in sein Scheckheft.«

Die Kommissarin legte ihm den Ausdruck auf den Schreibtisch. Sogleich nahm Schliefing das Papier und zerriss es.

»Das ist Verleumdung.«

»Ich weiß«, sagte die Kommissarin lächelnd.

»Aber ich muss zugeben, dass Sie gute Arbeit geleistet haben. Vielleicht habe ich etwas überreagiert.«

»Das kann ja mal passieren.« Irene Rosen schwankte zwischen Freude und Abscheu. Freude, dass sie ihren Fall wieder hatte, und Abscheu vor Schliefings Heuchelei und Bestechlichkeit.

»Gut, Sie haben den Fall wieder. Aber das Verhör von Stiller und der Witwe übernehme ich persönlich.«

»Danke für den Gefallen, Kriminalrat.« Sie stand auf und ging, ohne zu grüßen.

21

Im Salon des Katharsis war nicht alles wie gewöhnlich. Lola Ries saß auf dem Sofa, das Textbuch in der Hand. Am Tisch lag ihr mit Single Malt Whisky gefüllter Knirps. Das war das Übliche. Ungewöhnlich war dagegen, dass Martin auf dem Sessel daneben mit sich selbst Scrabble spielte.

»*Liebe ist Magie. Und ich* bin *die Königin der Magie.*« Lola Ries probte mit ausladenden Gesten ihren Text. »Wenn ich zaubern könnte, würde ich den Drehbuchautor von seiner Legosthenie heilen«, kommentierte sie höhnisch.

»Es heißt Legasthenie«, korrigierte sie Martin, der dabei aber geistesabwesend klang.

»Echt? Ich wunderte mich schon immer, was das Reden mit den Legos zu tun hat. Der Kerl ist auf jeden Fall ein Analphabet«, meinte Lola Ries.

»Und du«, entgegnete Martin belustigt, »bist ein Oralphabet? Oder ist noch was drin im Knirps?«

»Das ist nur für meine Stimme«, sagte Lola leicht verärgert. »Sag mal, was machst du da eigentlich?«

»Im Prinzip dasselbe wie du. Ich spiele mit Wörtern. Allerdings lautlos.«

»Hey Schätzchen, geh ich dir auf den Zeiger?«, fragte Lola Ries gereizt.

»Nein, aber der schwachsinnige Text. Ich muss mich konzentrieren.«

»Worauf? Dass du nicht gegen dich selbst verlierst?«, spottete die Schauspielerin.

»Ja, ich bin eben ein Gewinner«, entgegnete Martin mit einer Portion Selbstironie.

»Was sagt denn die Groß zu deinen schizophrenen Schüben?«

»Sie ist sehr zufrieden mit uns. Tommy wird von Tag zu Tag trockener und Thomas ist langsam wieder bei sich selbst zu Hause.« Der Sänger meinte seine Worte mit vollem Ernst.

»Oh, schick mir 'ne Einladung, wenn du 'ne Einweihungsparty bei dir daheim machst.«

Martin reagierte nicht mehr auf diesen Spott und brütete weiter über seinem Spiel. Lola Ries nahm deshalb ihr Textheft wieder zur Hand und probte.

»*Ich soll mit meinem Zauberstab deinen Zauberstab heilen? Für mich ist nichts unmöglich.* Aber es ist unmöglich, diesen Schwachkopf von Autor zu heilen. Der Kerl ist der lebende Beweis, dass sich der Rinderwahnsinn doch auf den Menschen übertragen lässt. Was meinst du, Thomas oder Tommy? Mit wem rede ich gerade?«

»Arsch«, rief der Sänger.

»Hey, jetzt mal runter vom Gas, ja.« Lola war langsam über Martins abweisendes Verhalten sauer.

»Ich hab das Wort ARSCH gelegt und dein Drehbuch, das durchaus einen Teil der vielköpfigen Schar von Käufern meiner CDs anspricht, geht mir an selbigem vorbei.«

»Tu nicht so. Du stehst doch auf Teenies, oder?«, sagte sie zweideutig.

»Still«, entgegnete Martin und hielt den Zeigefinger vor den Mund.

»Komm, das Püppchen war 15, als du sie vernascht hast.«

»Das war nicht ich, das war Tommy. Und der ist geheilt. Und außerdem hast du ein Schweigegelübde abgelegt.«

Lola Ries legte ihr Textbuch beiseite und ging auf Martin zu. »Tommy, du kennst mich, ich kann doch den Mund nicht halten, das ist unmenschlich, ich muss tratschen. Das ist genetisch bedingt.«

»Schweigegelübde.« Martin blieb eisern.

»Ist ja gut. Mein Schweigen ist billiger als das von Martha.«

Martin blickte auf und richtete seinen Zeigefinger auf Ries. »Ich kenne keine Martha und du auch nicht.«

»Ist okay«, sagte Ries genervt und nahm ihr Textheft wieder. »Wo war ich?« Sie überflog die Seite, bis sie die betreffende Zeile fand. »*Für mich ist nichts unmöglich!*«

»Lola, kannst du nicht für eine Stummfilmrolle üben?«, fragte Martin genervt.

»Ist ja gut«, schimpfte Lola beleidigt.

Sie schmollte, aber nicht lange, denn dann wurde die Tür aufgerissen und Kommissar Popolo kam mit einem großen Blumenstrauß herein. Er wurde von Ries und Martin herzlich begrüßt.

»Oh, sind die für mich?«, rief die alte Diva aus.

Popolo nahm die Glückwunschkarte, die zwischen den Rosen steckte heraus.

»Schauen wir mal. Hier steht: ›Für die größte Schauspielerin aller Zeiten‹. Ja, die sind für Sie.«

Dann überreichte er den Strauß der überglücklichen Lola.

»Oh, Gianni, Sie sind ein wahrer Gentleman.«

»Hey, Gentleman«, sagte Martin fast eifersüchtig, »spielen wir eine Partie Scrabble?«

»Gern«, antwortete Popolo.

»Später. Gianni«, warf Lola ein, »Sie müssen mit mir Text lernen. Allein ist es so öde.«

»Von den Kommentaren abgesehen«, meinte Martin bissig.

»Du bist scheußlich«, giftete Lola.

»Das sehen ein paar Frauen auf dieser Welt anders, so ein- bis zweihundert Millionen.«

»Nicht streiten, Leute. Wir sind hier zur Entspannung. Was soll ich denn machen, Lola?«, fragte Popolo, der seine Strategie weiter konsequent verfolgte und sich mit den Promis gut stellte.

»Nicht nur Sie«, entgegnete Lola, »ihr müsst zwei pubertäre Jungs lesen.«

»Dann teilen wir das Ganze auf«, schlug Popolo vor. »Thomas, Sie lesen einen und ich einen. Und danach spielen wir zu dritt eine Partie Scrabble.«

Popolo fungierte mehr als Vermittler denn als Ermittler. Sein Ziel bestand darin, die verkrachten Stars zu versöhnen und ihnen so noch mehr die Zunge zu lockern. Ihr Vertrauen hatte er längst schon gewonnen.

»Scrabble?«, schimpfte Lola. »Hör mal, solange ich noch Sex habe, spiel ich nicht Scrabble.«

Dann begannen die drei mit der Textprobe.

»*Ich weiß nicht, was Liebe ist. Alle reden davon, aber ich fühle nichts*«, las Martin vor. »Kommt mir verdammt bekannt vor.«

»*Und ich hätte äh gern ihr Kräuterviagra*«, deklamierte Popolo.

»*Kräuterviagra. Wer hat dir denn sowas erzählt?*«, meinte Ries in ihrer Rolle als mysteriöse Apothekerin.

»*Ihr Apothekenengel*«, sagte Martin, »*da kommt er ja.*«

In diesem Moment trat Diana Hofer ein.

»Das ist kein Apothekenengel, das ist der Drogenteufel«, schimpfte Lola Ries. Der Satz stand freilich nicht in ihrem Drehbuch.

»Nein, Lola, Diana ist wunderbar. Und sie sollte die Rolle der Melanie lesen.« Popolo nahm wieder seine Rolle als Vermittler ein.

»Danke«, meinte das Model, »aber mit der alten Schabracke lese ich nicht mal im Kaffeesatz.«

»Hey Flittchen, ich …«, setzte Lola zur Retourkutsche an, wurde aber von Popolo unterbrochen.

»Bitte, bitte. Hey, hört mal, ihr seid zwei Weltstars, Damen mit Grazie und Klasse, wie sie in jeder Generation nur einmal vorkommen, und ihr führt euch auf wie beim Dschungelcamp.«

»Sie hat mit den Gehässigkeiten angefangen«, sagte Diana Hofer und deutete auf ihre Gegenspielerin.

»Und du würdest bestimmt Maden fressen, um deinen flachen Hintern stundenlang im Fernsehen zu zeigen«, konterte Ries.

»Meine Güte, vertragt euch endlich.« Popolo sprach ein Machtwort. Widerwillig stimmten die beiden Frauen ein. Es herrschte ein brüchiger Burgfrieden.

»Gut. Was soll ich lesen?«, fragte Hofer leise.

»Hier, die Melanie.« Lola zeigte ihr die Stelle im Drehbuch. »Aber eins will ich noch sagen, nämlich dass Nora Tschirner mehr Grazie und Klasse als Diana hat.«

»Ist schon gut, Lola.« Martin sprach zu ihr wie zu einem trotzigen Kind, das es zu beruhigen galt.

»Und Natalia Avelon auch.« Lola Ries ließ nicht locker.

»Und wie sieht's mit Scarlet Johansson und Keira Knightley aus?«, fragte Martin genervt.

Dann stellten sich die vier eng zusammen und lasen aus dem Drehbuch.

»Da waren wir stehen geblieben«, sagte Martin, der auf eine Textstelle deutete. »*Ihr Apothekenengel. Da kommt er ja.*«

Und wieder ging bei diesem Einsatz die Tür auf. Diesmal kam die Kommissarin mit Laura Groß im Schlepptau herein.

»Das ist wieder kein Apothekenengel«, flüsterte Lola, »das sind Frau Columbo und Frau Freud.«

»Was wollen Sie noch hier?«, fragte Martin argwöhnisch. »Sie haben doch den Mörder.«

Das hättest du gern, dachte sich Irene Rosen und klärte die Patientenriege darüber auf, warum Ferner nicht der Täter sein konnte. Dann erzählte sie Diana Hofer, was sie über sie und ihren Freund herausgefunden hatte. Das Model ließ sich aufs Sofa fallen und begann zu schluchzen. Popolo wollte sie gleich wieder trösten, aber ein böser Blick der Kommissarin wirkte wie ein Befehl, die Verbrüderung mit Hofer zu unterlassen.

»Der Fall hat eine komplett neue Wendung genommen«,

meinte Rosen. »Herr Martin, was sagt Ihnen der Name Lea Brögerl?«

Die Kommissarin konfrontierte ihn ohne Umschweife mit dem Namen, um ihn aus der Reserve zu locken. Da sie kaum Beweise hatte, setzte sie auf Überrumplungstaktik und spekulierte auf ein Geständnis. Bei Profis funktioniert so etwas selten, bei Laien durchaus. Martins Reaktion fiel heftiger aus, als sie erwartet hatte. Er sank neben Diana Hofer auf das Sofa und schüttelte resigniert den Kopf.

»Sie wissen alles?«, hauchte er.

»Ja«, bluffte Irene Rosen, »aber ich würde es gern auch aus Ihrem Mund hören.«

»Das war nicht ich«, sagte Martin. »Das war Tommy. Mein Bühnengespenst. Der macht solche Sachen. Tommy muss mit allen vögeln.«

»Auch mit einer 15-Jährigen?«, warf die Kommissarin ein.

»Er wusste nicht, dass sie erst 15 war«, entgegnete der Sänger.

»Und hat sie trotzdem geschwängert.«

»Es ist aus. Tommy ist tot«, sagte Martin in einer Mischung aus Resignation und Erleichterung.

»Ist er nicht, Herr Martin«, warf plötzlich Laura Groß ein. Dabei klang sie ungewohnt emotional.

»Woher wollen Sie das wissen?«, fragte Irene Rosen irritiert.

»Ich bin seine Psychologin«, antwortete Laura Groß mit ihrer unbewegten Miene.

Die Kommissarin stutzte, wandte sich dann aber wieder dem Popstar zu. »Herr Martin, können Sie mir erzählen, was passiert ist, als Sie Lea geschwängert hatten?«

»Lassen Sie ihn doch in Ruhe«, warf Laura Groß wieder ein. »Er ist völlig am Ende, sehen Sie das nicht?«

»Nein, Laura, es geht schon«, sagte der Sänger und erzählte bereitwillig und offen die ganze Geschichte. Sie deckte sich bis auf ein paar Details mit Leas Schilderungen.

»Und wie hat Luis Brögerl auf die Affäre reagiert?«, fragte die Kommissarin nach.

»Fürchterlich«, gab Martin zu. »Als er davon Wind bekam, war ich gerade hier bei meinem ersten Entzug. Er hat mich aufgesucht und mir eine Riesenszene gemacht. Ich würde für Jahre in den Knast wandern wegen Vergewaltigung einer Minderjährigen. Und außerhalb der Gefängnismauern würde keiner mehr je ein Lied von mir hören, er wolle mich vollkommen vernichten.«

»Aber nicht Sie, sondern er wurde gewissermaßen vernichtet«, resümierte die Kommissarin.

Martin nickte.

»Er starb an einer Überdosis, obwohl er seit Längerem clean war. Kommt Ihnen das nicht komisch vor?«, fragte Irene Rosen.

»Das ist keinesfalls komisch, solche Rückfälle passieren immer wieder«, warf die Psychologin ein.

»Ich fand es schon seltsam«, widersprach Martin, »aber ich weiß auch nicht, wie es passiert ist.«

»Diese Form der Amnesie kenne ich«, sagte die Kommissarin provozierend.

»Ehrlich. Luis hat mich an dem besagten Abend zur Sau gemacht und mir ein paar komische Faustschläge verpasst, sodass ich ganz benommen war. Als ich ihn später fand, war er tot. Hier im Salon.«

»Ja, das stimmt«, rief Laura Groß, »ich kann das bezeugen.«

In dem Salon hatte sich eine knisternde Spannung breit gemacht. Sogar Diana Hofer und Lola Ries lauschten der Vernehmung und hielten sich ausnahmsweise zurück.

»Welche Erfahrung haben Sie mit Heroin, Herr Martin?«, fuhr die Kommissarin mit ihrer Befragung fort.

»Alles, aber kein H«, behauptete der Popstar.

»Haben Sie eine Ahnung, woher Luis Brögerl welches gehabt haben könnte?«

»Keinen Schimmer.«

»Gibt es hier im Haus Drogen?« Irene Rosen wandte sich an Laura Groß.

»Kein Heroin«, sagte sie, »aber es gibt einen Giftschrank in Herrn Toblers Büro, eher eine Art Tresor. Dort bewahren wir die konfiszierten Drogen auf. Es gibt leider immer wieder Patienten, die sich nicht an die Regeln halten.«

»Hey Diana, die spricht von dir.« Diese Steilvorlage konnte Lola Ries nicht ungenutzt lassen.

»Und wo ist dieser Giftschrank?«, wollte die Kommissarin wissen.

»In Toblers Zimmer direkt hinter dem Bacchus-Bild. Das habe ich Ihnen doch gezeigt, als Sie den Tatort begutachteten.«

»Tatsächlich? Da könnte ich mich aber daran erinnern.« Die Kommissarin stutzte und war sich sicher, dass ihr Laura Groß einen Bären aufband. »Dann zeigen Sie ihn mir bitte jetzt.«

»Kann ich machen, aber ich habe keinen Schlüssel. Den hatte nur Herr Tobler. Aus Sicherheitsgründen«, beteuerte Laura groß. »In dem Tresor waren auch starke Medikamente wie Morphium.«

»Wenn Tobler ein paar Flaschen Whisky gebunkert hat, bringt Lola den Tresor mit den Zähnen auf«, stichelte Diana Hofer.

»Vielleicht hat er auch deine letzte Hirnzelle drin deponiert. Wäre schade um sie«, schoss Lola Ries zurück.

Irene Rosen ging der Zickenkrieg gehörig auf den Zeiger, aber sie hielt sich zurück und bat lediglich um Ruhe und Pietät. »Wir haben hier schließlich zwei Mordfälle aufzuklären.«

Plötzlich herrschte eine angespannte Stille.

»Wieso zwei Morde?«, fragte Martin schließlich.

»Weil Luis Brögerl ermordet wurde. Herr Martin, wissen Sie noch, wie Ihr Manager Sie in seiner Todesnacht geschlagen hat?«

»Klar. Er schlug mich immer aufs Auge. Fünfmal oder so.«

»Richtig«, bestätigte die Kommissarin. »Und zwar auf das rechte Auge, das sieht man auf den Fotos in der Regenbogenpresse.«

»Das heißt aber, dass Brögerl mit links zugeschlagen hat«, folgerte Popolo.

»Exakt. Und das als Rechtshänder. Nun waren meine Kollegen letztes Jahr nur bei Brögerls Hausarzt und nicht bei seinem Neurologen. Sonst hätten Sie erfahren, dass der Manager an einer vorübergehenden Nervenlähmung in der rechten Hand gelitten hatte.«

»Ich verstehe«, sagte Popolo, in dem sich endlich die Polizistenseele wieder regte. »Der Einstich für die Heroinspritze befand sich am linken Arm.«

»Genau. Aber er wäre gar nicht fähig gewesen, sich den goldenen Schuss selbst zu verpassen.«

»Und wer war's dann?«, fragte Martin, der eine bestimmte Antwort fürchtete.

»Der einzige mit einem Motiv sind Sie«, sagte die Kommissarin prompt.

»Das ist doch absurd«, empörte sich Laura Groß.

»Herr Martin, wussten Sie, dass Lea Brögerl am Morgen des Mordes hier war?«

»Woher sollte ich?« Martin setzte eine Unschuldsmiene auf.

»Weil Lea mir gesagt hat, dass Sie verstohlen aus Ihrem Zimmer zu ihr heruntergesehen haben.«

»Aber Sie haben nicht miteinander gesprochen. Ich habe das Mädchen die ganze Zeit begleitet«, wandte Laura Groß ein.

Die Kommissarin merkte wieder auf. Dann hatte auch die Psychologin das Gespräch von Lea und Martha Brögerl mit Tobler mitbekommen. Das heißt, sie wusste von dem Päckchen. Hatte sie Martin davon erzählt?

Die Kommissarin berichtete allen offen von dem verschwundenen Diktafon und davon, dass Tobler einen Verdacht hegte.

»Und wen hat er verdächtigt?«, fragte die Psychologin.

»Das Geheimnis hat er mit ins Grab genommen«, antwortete Irene Rosen.

»Tommy, ich glaube, die Bullentante hat dich auf dem Kieker«, meinte Lola Ries spitz.

Die Kommissarin ging langsam zu Lola Ries, blickte ihr in die Augen, bis sie wegsah, und sagte in ruhigem Ton: »Ries, wenn Sie noch einmal zu mir Bulle sagen, dann steck ich Sie wegen Beamtenbeleidigung 48 Stunden lang in unsere Großraumzelle in der Ettstraße. Dort parken wir derzeit eine Horde Islamisten. Ich garantiere Ihnen, die werden einen Riesenspaß haben mit Ihnen!«

Diana Hofer konnte über sich über die Drohung prächtig amüsieren, die anderen nicht.

»Bitte, Kommissar, beleidigen Sie nicht unsere Gäste«, maßregelte Laura Groß.

»Und wo ist das Diktafon jetzt?«, fragte Martin.

»Weg. Ich vermute, der Mörder hat es mitgenommen und vernichtet.«

»Tommy, was für ein Glück für dich«, stichelte Lola Ries.

»Halt die Klappe, Lola«, bellte der Sänger zurück.

Die Kommissarin überließ die Stars ihren Gehässigkeiten und ging mit Laura Groß in Toblers Büro.

Die Psychologin nahm behutsam das Bacchus-Gemälde ab. Es entbehrte nicht einer gewissen Ironie, hinter einem Bild des römischen Gottes des Weins und des Rausches Drogen und Betäubungsmittel zu verstecken. Sie befanden sich in einer holzverkleideten Vertiefung in der Wand, die mit einer dicken Glasscheibe versperrt war. Um diese zu öffnen, brauchte man einen Schlüssel.

Durch das Glas sah man allerdings den Inhalt des »Giftschranks«, wie ihn die Psychologin nannte. Pillen und Tabletten in allen Formen und Farben, ein paar Spritzen, Morphium und zwei Säckchen Kokain. Für einige der Patienten im Katharsis zählte das wohl zum leichten Marschgepäck.

»Sie verdächtigen Tommy Martin zu Unrecht«, meinte Laura Groß unvermittelt.

»Woher wollen Sie das wissen?«

»Ich kenne seine Seele. Und er hat nicht die Seele eines Mörders.«

»Ach Gott, die Seele«, sagte Irene Rosen lapidar. »Mich interessieren mehr die Fakten, und die sprechen alle für Martin als Mörder.«

Laura Groß schüttelte den Kopf.

»Sie können den Mörder nur finden, wenn Sie sich auf seine Psyche einlassen. Sie müssen nicht nur denken wie er, Sie müssen fühlen wie er.«

Und wieder dachte sich die Kommissarin, dass die Psychologin recht hatte. Und dass sie ihr genau manchmal so unsympathisch war. Sollte sie wieder ihre »weibliche Seite« kultivieren?

»Was ich momentan brauche, sind keine altklugen Ratschläge, sondern handfeste Beweise«, entgegnete Irene Rosen abwehrend.

»Das sind keine altklugen Ratschläge.«

Dann blickte sie die Kommissarin durchdringend an. »Und was Ihre Beweise anbelangt, Sie glauben doch wohl nicht, dass der Mörder noch mit dem gestohlenen Diktafon in der Hosentasche herumläuft.«

»Nein, Frau Groß«, sagte die Kommissarin leicht verärgert, »so naiv bin ich auch nicht. Und außerdem habe ich das vorhin auch verlauten lassen.« Psychologin hin oder her, aber solche Ratschläge für ihre Ermittlerarbeit empfand die Kommissarin als anmaßend und auch ein wenig ehrenrührig. Sie war die Kommissarin.

»Ich glaube weiterhin, dass es Ferner war«, fuhr Laura Groß mit ihren Ausführungen fort. Sie stand vor Toblers Schreibtisch und lehnte sich lässig an, als wäre sie der neue Chef. »Ein intelligenter und gerissener Mann wie er ist locker im Stande, diese entlastenden Indizien zu türken. Wenn Sie mich fragen, ist das alles ein Fake von Ferner. Er sticht aus der Hocke zu, macht mit links seine Abdrücke und verteilt dann die Beweismittel auf irrationale Weise – und schon sagen alle, er kann's nicht gewesen sein. Er war's aber.«

»Was macht Sie da so sicher?« Irene Rosen runzelte die Stirn. Allerdings gestand sie sich innerlich ein, dass diese Darstellung etwas für sich hatte.

»Ferner hat die Seele eines Mörders«, sagte Laura Groß unterkühlt.

Dann hängte sie das Bild wieder an seinen Platz und betrachtete Bacchus. Der Gott des Weines, des Rausches und der Hingabe. Wie hatte Ferner gesagt, erinnerte sich die Kommissarin. Ratio und Rausch sind zwei Seiten einer Medaille. Die Vernunft allein genügt dem Menschen nicht, er braucht das Wilde, das Ungezähmte.

Die Kommissarin blickte Laura Groß an. Die Rationalität in Person. Was war ihre wilde Seite?

Irene Rosen hatte sich eine Theorie zurechtgezimmert und auf ein Geständnis von Martin gehofft. Sie konnte einigermaßen genau rekonstruieren, wie er Brögerl und Tobler getötet hatte. Es gab nur wenige Unbekannte in ihrer Rechnung, eine war, wie er an das Heroin gekommen war. Allerdings konnte man einem Promi auf Entzug schon zutrauen, dass er einen Vorrat für Notfälle dabei hatte.

Laura Groß freilich rüttelte an dieser fragilen Konstruktion. Aber auch Psychologen konnten nicht immer recht haben.

»Wir werden sehen«, sagte die Kommissarin und ging wieder hinaus in den Salon.

Popolo und seine drei Idole probten weiter, was Irene Rosen in hohem Maß lächerlich fand, vor allem weil ihr Kollege kein Schauspieler war. Aber als Kitt in diesem brüchigen Quartett war er unerlässlich.

»Denken Sie an meine Worte«, sagte Laura Groß noch zur Kommissarin. Dann wies sie Diana Hofer noch auf ihre bevorstehende Therapiesitzung hin und verließ den Salon. Irene Rosen atmete tief durch. Der Fall schien ein weiteres Mal gelöst und wieder hatte sie Zweifel. Bedrückt setzte sie sich in den Sessel. Ohne groß nachzudenken, nahm sie die Zeitschrift mit dem Artikel über das Katharsis. Sie schaute sich die Bilder an und lauschte gleichzeitig den Proben.

Das Drehbuch war eine Teenie-Klamotte vom Allerschlimmsten. Zwei pubertäre Vollidioten brachen bei einer Kräuterhexe ein, öffneten den geheimen Schrank mit den Liebesarzneien und soffen sich gleich durch die ganze Bar mit den Zaubertränken.

»*Ihr dummen Jungen, was habt ihr gemacht?*«, rief Lola Ries in ihrer Rolle als Ober-Hexe aus. »*Mit dem Liebe-Sofort-Trank verliebst du dich in die erste Person, die du siehst. Und das war dein Spiegelbild.*«

»*Könnte ich mich in eine schönere Person verlieben?*«, antwortete Martin in seiner Rolle.

»Nein, natürlich nicht, Tommy. Jetzt weißt du, warum ich die Rolle von dir lesen lasse«, sagte Lola lachend. Dann wandte sie sich in ihrer Rolle Popolo zu. »*Und du hast eine halbe Flasche Anti-Schlaff geschlürft. Wahnsinniger. Du wirst einen Monat lang mit einer Erektion rumlaufen.*«

Gott, dachte sich die Kommissarin, das war ja an Peinlichkeit nicht zu überbieten.

»*Wie kommt ihr Bengel eigentlich rein?*«, fragte die Kräuterhexe.

»*Eine gute Fee hat uns die Tür geöffnet. Da kommt sie*«, sagte Martin.

»*Was, Melanie? Meine treue Gehilfin Melanie hat euch reingelassen?*«

»*Ja, Meisterin. Ich war's*«, antwortete Diana Hofer in ihrer Rolle als verräterischer Pharma-Lehrling.

»*Aber warum nur?*«, wollte die Apothekerin wissen.

»*Weil ich ihn liebe. Ach Steven, du hast mich vom ersten Blick an fasziniert. Ich komme nicht los von dir.*«

Dann folgten einige zotige Dialoge, bis Lola Ries schließlich die Kardinalfrage stellte.

»*Melanie, woher hast du den Schlüssel zum Giftschrank? Das einzige Exemplar trage ich immer bei mir.*«

»*Aber nicht, wenn Sie baden. Dann hängen Sie ihn auf das Telefonkästchen. Dort habe ich ihn mir geholt und einen Wachsabdruck gemacht.*«

Plötzlich wurde die Kommissarin hellhörig. Ein Wachsabdruck.

»*Du Biest. Du kleines Stück Scheiße*«, schimpfte die Kräuterhexe auf ihre untreue Gehilfin.

»Hey, das steht da gar nicht«, protestierte Diana Hofer.

»Ich improvisiere immer ein bisschen, nicht persönlich nehmen, Diana«, meinte Lola spitz.

Diana Hofer antwortete mit einer Beleidigung und verließ erbost den Salon. Popolo, Ries und Martin machten ohne das Model weiter.

Die Kommissarin aber schaute sich die Bilder noch einmal genau an. In dem Artikel fand sich zudem eine Großaufnahme von Tobler am Morgen nach Luis Brögerls Tod. Er hat seinen Schlüsselbund in der Hand. Und genau an diesem Schlüsselbund irritierte die Kommissarin etwas. Und zwar ein Schlüssel mit einem gelben Plastikschutz. Denn der befand sich nicht mehr an Toblers Schlüsselbund, den Irene Rosen als Beweismittel an sich genommen hatte. Hatte der Klinikbetreiber nach dem Mord an Brögerl ein Schloss ausgetauscht?

Weil er wusste, dass jemand den Schlüssel nachgemacht hatte, und zwar den Schlüssel zum Giftschrank? Und wer konnte das wohl gewesen sein? Und warum? Nun fiel der Kommissarin ein, was ihr Popolo spät in der Nacht erzählt hatte, dass Laura Groß einen der ganz raren Songs von Tommy Martin besser kannte als der Sänger selbst. Eine ungeheure Idee kam ihr in den Sinn.

22

Mia Groß war überrascht, als sie den Polizeiausweis sah. Wie viele andere anständige Menschen überkam auch sie beim Anblick eines Polizisten sofort eine Art Schuldkomplex.

»Was habe ich denn verbrochen?«, fragte sie ängstlich.

»Nichts«, beruhigte sie Irene Rosen. »Es geht um Ihre Tochter.«

Diese Aussage verängstigte sie jedoch noch mehr.

»Ist etwas mit Laura passiert?« Sie zuckte regelrecht zusammen. Der Rest an Farbe wich aus ihrem blassen, faltigen Gesicht.

»Nein, es geht ihr gut. Ich muss Ihnen nur ein paar Routinefragen stellen.«

Mia Groß bat die Kommissarin herein. Lauras Mutter war eine hagere Frau Anfang 50. Sie hatte dunkelblonde, strohige Haare, trug ein unscheinbares braunes Kleid mit Blumenmuster und machte ein bekümmertes Gesicht.

Sie setzten sich in das kleine Wohnzimmer. Die Familie Groß hatte eine sehr einfache Dreizimmerwohnung in Oberföhring, was die Kommissarin nach all den Villen der letzten Tage als wohltuend empfand.

Das Zimmer war mit dunklen Holzmöbeln ausgestattet, die Wände zierten Raufasertapeten, ein Relikt aus den 80er Jahren. Ein paar Landschaftsbilder, ein kleiner Fernseher und eine Monstera, das war's.

»Ihre Tochter steht Ihnen sehr nahe«, sagte die Kommissarin.

Mia Groß nickte.

»Nach dem Tod von Herbert ist sie alles, was ich habe«, entgegnete Mia Groß mit brüchiger Stimme.

»Wann ist Ihr Mann gestorben?«

»Vor 17 Jahren.« In den Augen der Witwe sammelten sich Tränen. Den frühen Tod des geliebten Partners hatte sie auch nach all den Jahren noch nicht überwunden. Laura Groß war also knapp zehn Jahre, als der Vater starb. Und dann war sie im Klammergriff der besorgten Mutter, schloss Irene Rosen.

Mia Groß nahm ein Bild von einem Fenstersims und zeigte es der Kommissarin. Darauf war ein lachender, nicht unattraktiver Mann zu sehen, der ein kleines Mädchen auf den Schultern trug.

»Herbert war Architekt. Ein guter Architekt. Er entwarf öffentliche Gebäude, vor allem Schulen. Und dann fiel dieser Eisenträger herunter und …«

Der Rest ging in Schluchzen unter, aber es brauchte nicht viel an Fantasie, um den Satz zu vervollständigen. Die Kommissarin wollte aber etwas von der Mutter hören, nicht von der Witwe.

»Wie war Laura als Kind, als Teenager?«, fragte Irene Rosen in der Hoffnung, dass die Mutter nicht zurückfragen würde, warum sie das wissen wolle. Aber Mia Groß hatte ein Redebedürfnis.

»Sie war das liebste Kind, das man sich vorstellen konnte. Immer brav, strebsam. Sie war die Klassenbeste, Jahr für Jahr, nur in der elften Klasse hatte sie einen Durchhänger. Aber sie hat sich bald wieder gefangen.«

»Hatte sie Freunde?«

»Laura war immer sehr beliebt.«

»Nein, ich meine Beziehungen«, konkretisierte die Kommissarin ihre Frage.

»Spät. Sie war ein Spätstarter. Ich glaube, sie hatte mit 19 ihren ersten Freund. Aber es hielt nicht lange. Sie hatte immer nur sehr kurze Beziehungen, was mir gar nicht gefiel. Und dann kam Heiner. Das war vor drei Jahren. Es war eine perfekte Beziehung. Sie verlobten sich und wollten zusammenziehen. Aber vor einem Jahr hat sie einfach Schluss gemacht.«

»Einfach so?«, stutzte die Kommissarin. »Was hat sie denn für einen Grund angegeben?«

»Nichts, was ich wirklich nachvollziehen konnte. Heiner auch nicht. Für den Jungen ist die Welt zusammengebrochen. Er hat auch nicht locker gelassen und sie dauernd angerufen und ihr aufgelauert. Irgendwann hat sie ihm gesagt, dass sie einen anderen mehr liebe, deshalb könne sie nicht mit ihm, also Heiner, zusammen sein.«

»Und wissen Sie, wer dieser geheimnisvolle Mann war?«

Mia Groß zuckte mit den Schultern.

»Sie hat nie etwas erwähnt.«

»Können Sie sich noch an den Monat erinnern, an dem Ihre Tochter die Beziehung beendete?«

»Ich denke, es war Mai.«

Vor einem Jahr kam Thomas Martin zum ersten Mal ins Katharsis. Es war Mai. Und nur wer noch an den Osterhasen glaubte, konnte das für einen Zufall halten.

»Hat Laura eigentlich immer hier bei Ihnen gewohnt?«

»Ja, wo sollte sie denn sonst wohnen?«, fragte Mia Groß entrüstet zurück. »Als sie studierte, hätten wir uns keine zweite Wohnung leisten können. Und das mit Heiner hat ja nicht geklappt.«

»Frau Groß, kann ich Lauras Zimmer sehen?«

»Ich weiß nicht …« Sie zögerte.

Irene Rosen musste aber das Zimmer sehen, und zwar sofort. Sie konnte sich ein wenig bei der Mutter einschleimen oder ihr mit einem Durchsuchungsbefehl drohen, den sie freilich nie bekommen würde.

»Laura hat mir so vorgeschwärmt von der schönen Wohnung und ihrem tollen Zimmer, ich muss es einfach sehen.« Dazu setzte Irene Rosen ein gewinnendes Lächeln auf.

Bei Mia Groß hatte das Bauchpinseln gewirkt. Sie freute sich offensichtlich über das Lob für ihr Heim.

»Aber erwarten Sie sich nicht zu viel. Es ist ein richtiges Teenie-Zimmer geblieben. Oder genauer gesagt, wieder geworden.«

Als die Mutter die Tür öffnete, traf die Kommissarin fast der Schlag. Sie hatte etwas in der Richtung erwartet, aber niemals in diesem Ausmaß. Es war wirklich das Zimmer einer 15-Jährigen. Die Wände waren nicht mit Raufasern tapeziert, sondern mit Postern von Tommy Martin. Sie waren alle älteren Datums und teils schon verblichen.

Martin live in Action, Martin mit nacktem Oberkörper mit einem Tigerfellschurz, Martin als Verführer.

»Laura scheint ein großer Fan von diesem Martin zu sein«, sagte Irene so neutral wie möglich.

»Ja, sie ist manchmal so ein Kindskopf. Aber das war nicht immer so. Als sie mit Heiner zusammen war, hat sie all die Poster abgenommen und ein paar Kunstdrucke aufgehängt.«

»Und vor einem Jahr im Mai hat die große Wiederkehr von Tommy Martin stattgefunden.«

»Ja«, meinte die Mutter und schüttelte etwas den Kopf über die kindische Anwandlung ihrer Tochter.

An einer Pinnwand hingen Konzertkarten. Sie waren neun Jahre alt. Und vor neun Jahren hatte Laura Groß ihren Durchhänger in der Schule.

Laura hatte vier Konzerte von Tommy Martin gesehen, in München, Stuttgart, Köln und Karlsruhe. Und neben den Karten hing ein Backstagepass. Was das bei einem Womanizer wie Tommy Martin zu bedeuten hatte, war der Kommissarin klar.

Ein Foto hing noch an der Pinnwand, es zeigte ein junges, hübsches Mädchen mit einer langen Mähne und einen smarten Sänger. Laura Groß war kaum wiederzuerkennen. Und

Tommy Martin hatte sie acht Jahre später als Psychologin in einer Entzugsklinik garantiert nicht mehr erkannt. Für ihn war sie eine von Tausenden.

Irene Rosen hatte genug gesehen.

Vom Auto aus rief sie Karsten Möhler an.

»Servus Irene, alles klar heute Abend?«

»Sorry Karsten, du hast gestern deinen Chris Hecker gefangen, ich fange meinen Chris Hecker heute Abend«, sagte Irene entschuldigend.

Möhler lachte.

»Gratuliere. Wem legst du Handschellen an?«

»Das erzähle ich dir morgen bei Kerzenschein.«

»Ich freue mich.«

Polizisten hatten eben Verständnis dafür, dass bei ihren Dates die Stornierung immer inklusive war.

23

Die heiße Nacht hatte sich wie ein schwarzes Tuch über dem Katharsis ausgebreitet. Es brannte kaum mehr ein Licht, als Lola Ries den Salon betrat. Sie trug ein enges Abendkleid, das ihr nicht viel Luft zum Atmen ließ.

Ihren falschen Knirps hatte sie auf dem Zimmer gelassen, für solche Kleinigkeiten war der Anlass zu groß. In der rechten Hand hatte sie eine Flasche Chivas Regal, in der linken ein paar Gläser. Sie schaltete das Licht an, dimmte es aber herunter, sodass nur ein leichter Schimmer den Salon erhellte.

»Heute wird gefeiert, gefeiert, gefeiert«, sang sie leise, aber dennoch ausgelassen. Dann nahm sie einen kräftigen Schluck aus der Flasche. »Und am Ende wird gereihert, gereihert, gereihert.« Mit derben Ausdrücken hatte sie noch nie ein Problem gehabt. Eher mit dem engen Kleid, an dem sie herumzurrte. »Wenn ich nicht vorher in Ohnmacht falle in diesem Mistteil.«

Sie stellte die Flasche und die Gläser ab und holte den Kerzenleuchter, der sich auf der Ablage neben den Zeitungen befand. Dann zündete sie die Kerzen an und schaltete das elektrische Licht ganz ab. Kurz darauf ging die Tür leise auf. Kommissar Popolo und Tommy Martin kamen herein.

»Oh, Sie sehen bezaubernd aus in diesem Kleid«, schleimte Popolo.

»Stimmt«, meinte Martin, »aber gibt's das Teil auch in deiner Größe, Lola?«

»Alter Stinkstiefel. Ich hänge an dem Kleid.«

»Es hängt aber nicht an dir, ich würde eher sagen, es strafft sich an dir.«

Thomas Martin war, seit er sich von seinem Bühnen-Alter-Ego Tommy verabschiedet hatte, bei Weitem nicht mehr so charmant. Der Druck, allen Frauen gefallen zu müssen und möglichst viele rumzukriegen, war gewichen.

»Ist schon gut, Schätzchen. Du machst jetzt einen auf Frauenschreck, damit dich die 15-Jährigen nicht mehr verführen. Aber dass an mir alles straff ist, hat auch einer Armee von Schönheitschirurgen die Yacht finanziert. Vielleicht sollte ich eher ein paar Biotechniker sponsern, damit die einen mitwachsenden Stoff erfinden.«

»Ich kenne das Kleid«, meinte Popolo. »Sie haben es bei einer Bambi-Verleihung getragen.«

»Wahnsinn, das wissen Sie! 1985, als ich für ›Tiger Lady‹ nominiert war.«

»Es war 1981 für ›Nachtgedanken‹.«

»Ich bin platt. Gianni, wollen Sie nicht meine Memoiren schreiben?«

»Aber es gibt doch schon sieben Biografien über Sie«, wehrte Popolo ab.

»Und ebenso viele Prozesse habe ich geführt. Diese Schmierer, diese Schleimbeutel, diese Aasgeier. Autoren sind samt und sonders fauliger, stinkender Gesellschaftsmüll«, giftete Lola Ries.

»Ausgenommen Journalisten, die sind noch schlimmer«, warf Martin ein.

»Ja, Brechmittel auf zwei Beinen, wenn ich einen sehe, kommt mir schon das Abendessen hoch.«

»Aber Lola, du bist undankbar. Deine erste Sucht war doch nicht der Alkohol, sondern die Publicity. Ohne Journalisten wärst du nicht so berühmt geworden.«

»Journalisten sind wie Darmbakterien: Sie ernähren sich von Scheiße, aber man braucht sie«, entgegnete die Ries in ihrer drastischen Bildlichkeit.

»Bei deinen Darmspiegelungen früher hat man aber auch regelmäßig die Reporter von ›Bunte‹ und ›Frau im Spiegel‹ rausgezogen«, spottete Martin.

Lola brach in ein derbes Lachen aus. »Klar, die haben auch gut gelebt da drin.«

In diesem Moment betrat Diana Hofer den Salon. Sie hatte ihre Handtasche dabei und trug ein schwarzes Cocktailkleid, das ein Mailänder Designer eigens für sie entworfen hatte.

»Wenn man von der Scheiße spricht …«, sagte Lola boshaft.

»Wirst du schon wieder ekelhaft oder ist dein Hirn nicht ausreichend durchblutet bei dem engen Kleid?«, feuerte das Model zurück. »Das muss dich doch erwürgen.«

»Ist ja gut«, beschwichtigte Lola Ries. »Ich will heute mit euch feiern.«

»Und was?«, fragte Hofer spitz. »Dass dir das Kommunionskleid wieder passt?«

»Nein, ich feiere meinen Ausstand.«

»Wieso?«, fragte Popolo überrascht.

»Ich verlasse morgen diese Ausnüchterungszelle in Richtung Geiselgasteig. Nächste Woche beginnen die Vorbereitungen zu dem Film.«

»Und was sagt die Groß dazu?«, fragte Martin.

»Die kann mir die Stöckelschuhe aufblasen, die ist mir egal. Außerdem sind wir hier alle freiwillig und können gehen, wenn wir wollen. Und darauf möchte ich mit euch anstoßen.«

Die Schauspielerin goss die Gläser voll und reichte sie ihren Partygästen.

Popolo nahm dankend an, Martin lehnte das Gläschen ab.

»Danke, ich trinke nichts mehr. Keinen Schluck.«

»Okay, wenn du den Weg des Mönchs antreten willst, geh ihn. Und du Diana? Ein Versöhnungsschlückchen?«

»Ich bin ja wegen Drogenentzug hier. Also her mit der Pulle.«

Lola gab ihrer Rivalin ein Glas Whisky.

»Tommy, du bist doch wegen Alkoholentzug hier, oder?«, fragte ihn Diana Hofer.

»Genau genommen ja, nicht genau genommen wegen so ziemlich allem«, gab der Sänger unumwunden zu.

Hofer öffnete daraufhin ihre Handtasche, nahm ein weißes Pulver heraus und reichte es Martin.

»Damit du nicht nur zuschauen musst.«

»Oh, da kann ich nicht widerstehen. Gianni, auch 'ne Nase voll?«

»Nein, Koks ist nichts für einen Po…« Um ein Haar hätte Popolo sich fast wieder verplappert und als Polizist geoutet, aber die anderen drei waren sein Popo-Stottern schon gewohnt.

»Klar, für den Arsch ist es nicht«, meinte Diana Hofer.

Hofer, Popolo und Ries stießen auf Lolas Ausstand an, während sich Martin auf dem Tisch eine Straße legte und gekonnt hochzog. Dann schüttelte er sich.

»Oh, das tut gut«, rief Lola Ries, nachdem sie ihr Glas auf ex ausgetrunken hatte.

»Das kannst du laut sagen«, pflichtete ihr Thomas Martin bei.

Das verstand Lola Ries als Aufforderung und sie schrie lauthals »Oh, das tut gut!«.

»Hey, sei ruhig«, beschwichtigte Martin die Diva, »sonst kommt noch die Groß, die hat heute Nachtdienst.«

Doch Lola Ries war jetzt nicht mehr zu bremsen.

»Die Groß kann mich mal an dem Körperteil lecken, mit dessen Reinigung Gianni seine Milliönchen macht«, brüllte sie, so laut sie konnte.

»Pst, Lola«, mahnte selbst Diana Hofer.

Doch die Party war im Gange. Martin entdeckte in dem Beutelchen Koks noch ein paar Tabletten, die er sofort schluckte. Lola Ries warf ihr Glas an die Wand, dass es laut zerbarst, und trank aus der Flasche.

»Die Groß ist eine vertrocknete Nonne«, schrie Lola.

»Oh wow. Was für ein Flash«, rief Martin aus, nachdem er die letzte Tablette geschluckt hatte.

»Was haben Sie da eingeworfen?«, fragte Popolo, der sich als Polizist inmitten einer Drogenorgie nicht sonderlich wohl fühlte.

»Keine Ahnung, aber es kesselt.«

»Überraschungseier«, gluckste Diana Hofer.

»Genau. Ich bin der Osterhase!« Thomas Martin stieg umständlich auf den Tisch und begann zu tanzen. Zur Melodie von White Christmas sang er »I'm dreaming of a white Easter«.

Diana Hofer lachte. »Kaum hat er Schnee intus, sieht er schon überall welchen.«

»Ich glaube, mich machen deine Eier an, du heißer Osterhase«, rief Lola lasziv.

In diesem Moment öffnete sich leise die Tür und Laura Groß trat herein.

»Du nicht, nur die Groß darf dem Osterhasen an das Säckchen greifen«, schrie Thomas Martin.

»Ach, darf ich das?«, fragte die Psychologin plötzlich und alle blickten sie an.

»Ja, bitte sofort«, meinte Thomas Martin. Er wollte auf sie zugehen, vergaß dabei, dass er auf einem Tisch stand, und stürzte. Er schrie auf vor Schmerz. Laura Groß, die natürlich auch in Erster Hilfe ausgebildet war, lief sofort zu ihm und untersuchte ihn.

»Um Himmels willen, Tommy. Ist dir etwas passiert?«, fragte sie besorgt.

»Ah, mein Wirbel, mein Kreuz«, schrie Martin und krümmte sich.

»Wir müssen einen Krankenwagen holen«, sagte die Psychologin.

»Nein, bloß nicht«, rief Diana Hofer entsetzt. »Er hat Drogen genommen. Von mir. Bitte bitte, keinen Krankenwagen, sonst bin ich geliefert.«

»Und der Osterhase auch«, meinte Martin mit gepresster Stimme.

»Aber er braucht Hilfe«, meinte die Groß aufgelöst. »Er hat furchtbare Schmerzen.«

»Morphium«, stöhnte Martin. »Ich brauche Morphium.«

»Das haben wir hier nicht«, sagte die Groß zögerlich.

»Bitte. Bitte. Diese Schmerzen. Und dann kannst du meinen Hausarzt anrufen.« Martin nahm die Hand von Laura Groß und drückte sie fest. Er sah zum Erbarmen aus. »Bitte, Laura!«

Er hatte sie noch nie so genannt. Zumindest in der Klinik nicht.

»Okay«, sagte die Psychologin und eilte in Toblers Büro. Dort hob sie schnell das Bacchus-Bild von der Wand, zog einen Schlüssel aus ihrer Tasche und öffnete den »Giftschrank«. Dann nahm sie eine Dose mit Morphiumtabletten.

Schnell ging sie damit hinaus, reichte Martin zwei Tabletten und strich ihm zärtlich durch das Haar.

»Hier, Tommy, die zwei musst du schlucken, dann geht es dir gleich besser.«

Doch Martin verschmähte die Tabletten. Er streckte sich und sagte in ganz normalem Tonfall: »Ach, ich fühle mich jetzt schon ganz beschwingt.«

»Wie? Was?«, fragte Laura Groß konsterniert.

In diesem Moment trat die Kommissarin aus dem Büro von Tobler. Sie hatte sich hinter der Tür versteckt und die Szenerie beobachtet. Schließlich war die ganze Show ihre Idee gewesen.

»Woher haben Sie denn diesen Schlüssel, Frau Groß?«, fragte Irene Rosen.

»Was machen Sie hier?« Laura Groß blickte die Kommissarin erschrocken an.

»Sie überführen«, entgegnete die Polizistin kühl.

»Aber Tommy, du … Sie … Sie haben sich doch verletzt?« Laura Groß, die rationale Psychologin, wusste immer noch nicht, was gespielt wurde.

»Ach nein«, winkte Thomas Martin ab, »ich habe mal eine Zeitlang Judo gemacht. Beim Werfen war ich zwar eine Null, aber ich hab dabei gelernt, wie ich mich geschickt fallen lasse.«

»Und die … die Drogen?«

»Na ja, Puderzucker würde ich jetzt nicht als Droge bezeichnen«, entgegnete der Popstar.

»Und die Süßstofftabletten auch nicht«, ergänzte Diana Hofer.

»Und ob ihr's glaubt oder nicht, das ist nur Tee in der Whiskyflasche«, lallte Lola Ries.

»Dann war alles nur Show?«, fragte die Psychologin konsterniert.

»Wie Ferner immer sagte, hier ist nichts so, wie es scheint«, sagte die Kommissarin und ging auf die Psychologin zu. »Kommen wir aber zu den Fakten: Frau Groß, Sie haben vor einem Jahr Luis Brögerl getötet.«

Die Psychologin, die immer noch auf Knien neben Martin hockte, sah ins Leere. »Ja«, gestand sie unumwunden. Dann setzte sie sich fast lautlos auf das Sofa und blickte starr zur Wand.

»Aber warum?«, fragte Thomas Martin, der noch nichts verstanden hatte.

»Frau Groß hat gehört, wie Ihr Manager drohte, Sie, Herr Martin, zu vernichten. Als Brögerl die Klinik verlassen wollte, hat Sie ihn mit etwas Äther betäubt und ihm eine Überdosis Heroin verpasst, die sie aus dem Tresor von Herrn Tobler hatte.«

»Ja«, hauchte die Groß. Sie wusste, dass sie überführt war.

»Wissen Sie, was mich darauf brachte? Das Foto in der Psychologischen Rundschau. Tobler hat den gelben Schlüssel für den Giftschrank in der Hand und sieht Sie argwöhnisch an. Der Schlüssel fehlte jetzt aber an seinem Bund. Das sagte mir, Tobler hat das Schloss ausgewechselt. Und warum? Weil Sie von dem Schlüssel einmal einen Abdruck gemacht haben, als Tobler badete oder so etwas Ähnliches.«

»Das ist ja wie bei deinem Teenie-Horrorfilm, Lola«, bemerkte Diana Hofer.

»So gruselig ist er auch nicht«, entgegnete die Diva.

»Ich habe die Schlüssel nachgemacht, als Severin im Fitnessraum war«, sagte Laura Groß tonlos.

»Genauso wie den Tresorschlüssel.«

»Ja.«

»Aber Tobler hatte keinen Beweis.«

»Er hat gesehen, dass etwas Heroin fehlte, aber er wollte keinen Skandal«, gab sie zu.

»Nicht nur die Patienten, auch der Ruf der Klinik muss clean bleiben«, wandte Lola Ries ein.

»Aber warum? Ich verstehe immer noch nicht, warum sie Luis umgebracht hat.« Martin sah verständnislos zwischen der Ärztin und der Kommissarin hin und her.

»Sie verstehen Ihre Fans zu wenig, Herr Martin«, stellte die Kommissarin fest. »Laura Groß war ein braves, strebsames Mädchen, sie liebte die Schule, aber noch mehr den Sänger Tommy Martin. Ihr Zimmer ist heute noch mit seinen Postern tapeziert. Und ganz geschehen ist es um sie, als sie mit 18 auf einem Konzert bei ihrem Idol war.«

»Es war die Flame-Tour, du hast dich am Ende verbrannt und mich entzündet, wie es nie wieder geschehen ist«, sagte Laura Groß.

»Ja, war eine geile Tour«, meinte Martin selbstgefällig.

»Ja, das Konzert war geil, und auch das, was danach kam. Ich war backstage.« Laura Groß schluckte.

»Oh Gott, nein«, rief Thomas Martin und verdrehte die Augen. Er wusste, was nun folgte.

»Ich war schon 18, aber es war mein erstes Mal. Und es war so wunderbar.« Laura Groß liefen heiße Tränen die Wangen herunter. »Ich komme nicht weg von dir. In jedem Freund sehe ich nur dich. Tommy, bei jedem Sex spüre ich dich, wie hätte ich es zulassen können, dass dich dieser Brögerl vernichtet?«

»Und Tobler?«, fragte Martin ungläubig.

»Tobler hatte das Pech, an seinem Kegelabend doch hier zu sein«, führte die Kommissarin aus. »Er kam allerdings wegen Ferner. Und er erlebte einen höllischen Abend. Erst wurde er von Ferner bedroht und mit dem Schwert in die Hand geschnitten, dann überraschte er Diana Hofer und Ronny Schwarze beim Drogenkonsum. Die beiden folgten ihm in sein Büro und beknieten ihn, sie nicht anzuzeigen. Diana fiel vor lauter Betteln auch noch in Ohnmacht. Schwarze dagegen kaufte sich mit einer üppigen Spende frei.«

»War ein teurer Trip, Diana«, meinte Lola Ries spitz.

»Und dann kommen wir bei Toblers Leidensweg auch schon zu Ihnen, Frau Ries.« Die Kommissarin wandte sich der Diva zu. »Er hat Sie aufgesucht, weil Sie damit drohten, Sie würden den Ruf seiner Klinik ruinieren, wenn Tobler Ihnen weiterhin ein schlechtes Zeugnis ausstellte.«

»Hey, kann ich drehen oder nicht in meinem Zustand?«

»Eher nicht. Obwohl, bei dir dreht sich doch alles in deinem Zustand«, lästerte Diana Hofer und zog eine Grimasse.

»Sie haben Tobler wüst beschimpft an diesem Abend, aber es hat alles nichts gefruchtet«, fuhr Irene Rosen fort. »Er wandte sich zum Gehen, da haben Sie ihn von hinten gekratzt und ihm einen Tritt in die Weichteile verpasst.«

»Blödsinn. Ich bin eine Dame. So was würde ich nie tun«, wehrte Lola ab.

»Herr Martin, Sie sind Augen- und Ohrenzeuge, das weiß ich.«

»Natürlich stimmt alles«, bekräftigte Martin. »Aber das spielt doch jetzt keine Rolle mehr.«

»Das ist wohl war«, nickte die Kommissarin. »In der Zwischenzeit war Laura Groß in die Klinik gekommen, weil sie dachte, Tobler wäre außer Haus. Sie ist der Schatten auf dem Video.«

»Natürlich, ich weiß, wo die Kamera ist«, gab die Psychologin, wieder einigermaßen gefasst, zu.

»Sie haben Martha und Lea Brögerl sofort begleitet, als diese am Tag zuvor aufgetaucht waren, weil Sie schon das Unheil witterten. Und ihre Ahnung wurde bestätigt. Sie haben das ganze Gespräch mitgehört. Lea war, im Gegensatz zu ihrer Mutter, nicht gewillt, sich ein zweites Mal mit Geld mundtot machen zu lassen. Die Geschichte mit dem Diktafon hatte sie völlig verwirrt. Herr Martin, Sie haben Lea in der Klinik gesehen und dann mit Martha Brögerl Kontakt aufgenommen. Nur haben Sie lebenslanges Hausverbot. Also überbrachte gestern Frau Ries den zweiten Scheck für das Schweigen der Brögerls.«

»Sie wissen aber auch alles, Hut ab.« Martin verneigte sich respektvoll.

»Fast alles. Den Betrag auf dem Scheck kenne ich nicht.«

»Wieder eine halbe Million.«

»Hübsche Summe«, meinte die Kommissarin. Da konnte sich die katholische Martha Brögerl endgültig von ihrer ärmlichen Herkunft verabschieden.

»Kommen wir zurück zu Ihnen, Frau Groß. Nachdem Sie das Gespräch zwischen Tobler und den Brögerls gehört hatten, war Ihnen klar, dass das Diktafon verschwinden müsste. Sonst würde der Fall vom letzten Jahr wieder aufgerollt und entweder Sie oder Ihr Idol würden hinter Gitter wandern. Also kamen Sie abends in die Klinik und öffneten den Tresor, um das belastende Objekt zu stehlen.«

»Ja, das war der letzte Beweis«, gab Laura Groß unumwunden zu.

»Aber Tobler war entgegen seinen normalen Gepflogenheiten an diesem Abend in der Klinik. Er kam mit schmerzenden Weichteilen in sein Büro und überraschte Sie, als Sie gerade den Tresor öffneten. Den Schlüssel haben Sie gleichzeitig mit dem des Giftschranks nachmachen lassen. Er stellte Sie zur Rede und bezichtigte Sie des Mordes an Luis Brögerl.«

»Ja.«

»Und dann haben Sie mit dem Brieföffner zugestoßen.«

Laura Groß nickte. »Ich wollte ihn nicht töten.«

»Mag sein. Aber Sie verfielen nach dem Mord nicht in Panik«, warf die Kommissarin ein.

»Eine Psychologin handelt fast immer rational. Aber leider nur fast.« Beschämt blickte Laura Groß zu Boden.

»Sie haben die Formen von Ferner entdeckt und Tobler damit quasi tätowiert. Zwei Formen ließen Sie liegen. Diese holte Ferner später zurück, die andere versteckten Sie auf seinem Zimmer. So lenkten Sie den Verdacht auf Ferner.«

»Ja.« Die Stimme von Laura Groß war hauchdünn.

»Raffiniertes Biest, hätte ich ihr echt nicht zugetraut«, kommentierte Lola Ries.

»Aber wie sind Sie auf mich gekommen, Frau Rosen?«, fragte Laura Groß, die offensichtlich immer noch überrascht war.

»Indem ich Ihre Ratschläge befolgte. Ich habe mich auf die Psyche einer Mörderin eingelassen und bin in Ihre Gefühlswelt eingetaucht. Aber erst, nachdem einige Fakten für Sie als Täterin sprachen. Sie waren die einzige Person, die das Heroin für Brögerl besorgen, den Tresor aufbrechen, Ferner seine eigene Form unterjubeln und unerkannt in die Klinik eindringen konnte. Nur warum, fragte ich mich. Skeptisch machte mich, dass Sie Martin im Gegensatz zu Ihrer normalen ruhigen, eher unterkühlten Art leidenschaftlich verteidigten. Schließlich hörte ich, dass Sie ein seltenes Lied von Tommy Martin besser singen konnten als er selbst. Da wurde ich stutzig. Und als ich dann Ihr Zimmer sah, hatte ich das Motiv: Sie wollten Ihr Idol schützen, weil Sie Tommy Martin abgöttisch liebten, obwohl er Sie nach einer Nacht wegwarf wie Tausende andere auch.«

»Hey, ich verspreche keiner von den Chicks was«, rechtfertigte sich Martin.

»Tommy, halt jetzt bitte die Klappe«, riet ihm sogar Lola Ries.

»Nach Ihrer Nacht mit Martin konnten Sie keine Beziehung zu Männern mehr aufbauen, keiner konnte dem großen Vorbild standhalten. Aber vor drei Jahren lernten Sie Heiner kennen und Sie hatten das Gefühl, dass Sie endlich Thomas Martin überwunden hatten. Doch dann kam er in Ihre Klinik, er, der große Popstar, die Liebe Ihres Lebens, und Sie haben Heiner den Laufpass gegeben, obwohl Sie ihn heiraten wollten.«

»Ich konnte nicht mehr mit ihm zusammen sein. Ich konnte nicht mehr. Verstehen Sie das nicht?« Laura Groß klang fast schon hysterisch. Von ihrer rationalen Fassade war nichts mehr übrig geblieben.

»Nein, ich verstehe Sie nicht«, sagte die Kommissarin trocken und kühl. »Laura Groß, ich verhafte Sie hiermit wegen Mordes an Severin Tobler und Luis Brögerl. Kommissar Popolo, klären Sie sie über ihre Rechte auf, wenn sie will, und verhaften Sie sie.« Irene Rosen nahm ihre Handschellen und warf sie ihrem jungen Kollegen lässig zu.

»Kommissar Popolo?« Lola Ries machte große Augen.

»Der Bulle mit dem Klopapier?« Auch Martin blickte ungläubig.

»Ähm, ich bin Polizeikommissaranwärter Popolo«, gestand der falsche Insasse etwas verschämt.

»Der Popo-Spezialist hat uns verarscht«, meinte Hofer konsterniert.

Kommissar Popolo legte Laura Groß die Handschellen an. Die Psychologin leistete keinen Widerstand.

»Es tut mir leid«, rechtfertigte sich der junge Italiener, »aber ich musste undercover ermitteln.«

»Und das haben Sie wunderbar erledigt«, lobte die Kommissarin Popolo. »Ich hätte aus dieser Mischpoke ja nichts rausgebracht. Also, gehen wir.«

»Tommy, besuchst du mich mal im Gefängnis?«, fragte Laura Groß vorsichtig ihr Idol.

»Na ja ... das ist nicht so mein Traumort«, antwortete der Sänger.

»Wenn Sie nur einen Funken Anstand im Leib haben, dann kommen Sie einmal die Woche, Sie haben was gutzumachen – an einer 18-Jährigen«, sagte die Kommissarin voller Abscheu.

»Okay. Aber Thomas kommt, Tommy ist tot und wird nie wieder auferstehen.«

»Frau Rosen, was werden Sie mit mir und meinem Freund machen?«, fragte Diana Hofer plötzlich unterwürfig.

»Wegen eurer Drogenorgie? Ich bin nicht von der Drogenfahndung, sondern von der Mordkommission. Der Fall liegt nicht mehr auf meinem Schreibtisch. Aber ich sag dir eins, Mädel, lass den Scheiß einfach sein und«, Irene Rosen machte eine Kunstpause, »und komm mir einfach nie wieder unter die Augen.«

Dann ging die Kommissarin mit Popolo und der überführten Mörderin hinaus, wo ein Polizeiwagen auf sie wartete.

»Ich hab's Ihnen gleich gesagt, es ist eine Frau«, meinte Popolo, der die Überführung auch als seine Leistung ansah. Ohne seine Hilfe wäre die Kommissarin gegen eine Wand gelaufen. Und letztlich hatte die Überführung nur geklappt, weil Popolo die zerstrittenen Promis einigermaßen versöhnt und zu dieser Scharade überredet hatte.

»Ja«, sagte die Kommissarin, »Sie hatten recht. Es war eine Frau, eine mit gebrochenem Herzen.«

24

Der Fall war abgeschlossen, aber er hatte noch so einige Nachwehen. Allein die vielen kleinen und großen Schweinereien, die ans Tageslicht gekommen waren. Dietmar Stiller verlor seine Zulassung als Anwalt und wurde mit der Witwe Tobler angeklagt. Sie bekamen beide Bewährungsstrafen. Ein viel zu mildes Urteil. Das fand zumindest Antonia Helmrich. Die schöne Ärztin übernahm die Leitung im Katharsis. Eine ihrer ersten Handlungen war es, Zachie Blanck zu feuern, den sie für nicht seriös genug hielt.

Ronny Schwarzes und Diana Hofers Drogenexzess im Katharsis ließ sich nicht völlig verheimlichen, die beiden bekamen ein paar Tage Sozialarbeit aufgebrummt, die medienträchtig vor zahlreichen Kameras abgeleistet wurden.

Das Verfahren gegen Ferner wurde eingestellt, da der Geschädigte bereits tot war. Der Autor wurde allerdings unehrenhaft aus seiner Freimaurerloge entlassen. Zudem hat er seinen Thriller »Die Bestie in der Klinik« nie geschrieben.

Lola Ries hatte aufgehört, mit dem Trinken aufzuhören. Sie akzeptierte, dass sie ohne einen gewissen Sprit nicht leben konnte. Bei den Dreharbeiten zur »Liebeshexe« war sie dagegen brav und diszipliniert. Nur einmal kotzte sie auf die Kamera, was ihren Angaben zufolge jedoch an verdorbenen Scampis lag. Der Film freilich floppte und wurde von der Kritik mit einem Kübel Spott überschüttet.

Andrea Popolo sah keinen Cent mehr von CastleNeo. Pleite blieb pleite. Der Großteil steckte in der Bauruine und den Rest hatte Hecker so geschickt versteckt, dass nichts zu holen war. Dafür wurde Popolo für seine Verdienste ausgezeichnet. Er wollte unbedingt weiterhin mit seiner Mentorin zusammen arbeiten, was diese ungemein freute. Als Zeichen ihrer Sympathie für den Neuling bot sie ihm das Du an.

Thomas Martin stach sein schlechtes Gewissen und er besuchte Laura Groß einmal in der Woche, bis ihr Gefängnis-Psychiater den Kontakt unterband. Er meinte, sie könne sonst nie erfolgreich therapiert werden.

Die Kommissarin dachte noch lange über das Schicksal von Laura Groß nach. Der Ruhm frisst seine eigenen Kinder, das kennt man von all den Britney Spears oder Lindsey Lohans dieser Welt. Gerade die Jungstars, die schon als Teenager oder gar Kinder ein Millionenpublikum anziehen, verkraften die Prominenz seelisch nicht. Die Geschichten sind Legion. Und sie schreien einen von jedem Zeitschriftenkiosk und aus jedem Fernsehapparat an.

Aber auch die Seelen der Fans können getrübt oder sogar vergiftet werden. Da gibt es die Stalker, da gibt es die Nachmacher, da gibt es Leute wie Laura Groß, die krankhaft in ihr Idol verliebt sind. Und da gibt es die ebenso Irren, die einen krankhaften Hass auf einen Promi entwickeln. Und wenn sie diesen nicht gerade umbringen, erzählt ihre armselige Geschichte nur der Wind.

Irene Rosens nächster Mordfall war eine Schießerei zwischen rivalisierenden Banden. Sie empfand ihn als willkommene Abwechslung. Dieser Fall würde sie auch nicht verändern, ganz im Gegensatz zu dem Mord im Katharsis.

Sie war nicht mehr dieselbe und hatte viel über sich selbst gelernt. Ihr war klar geworden, dass sie Emotionen nicht mit Ironie und Sarkasmus ersetzen konnte. Und ihr war klar geworden, dass bei ihr die traditionell weibliche Seite wenig ausgeprägt war. Aber was sollte das im 21. Jahrhundert bedeuten? Falsche Fingernägel, die neue biothermische 3-Phasen-Gesichtspflege und der Leder-Mini, das war nichts für sie. Und sie ging nun mal lieber in den neuen Tarantino als in eine Nicholas-Sparks-Verfilmung.

Deshalb trug sie bei ihrem ersten Date mit Karsten Möhler eine klassische Levi's und ein weißes T-Shirt. Kein Kleid, kein Rouge und schon dreimal nichts Lilafarbenes. Nur auf den Lippenstift, von dem Ellie so begeistert war, hatte sie nicht verzichtet.

Irene traf als Erste im Savanna ein. Die Atmosphäre war anheimelnd, wenngleich keine Kerzen auf den Tischen standen. Hinter afrikanischen Holzmasken tauchten die Lampen den Raum in ein warmes Licht. Irene konnte sich nicht entscheiden, ob sie die Masken gruselig oder schön finden sollte. Irgendwie war sie auch zu nervös, um darüber nachzudenken.

Ihre Nervosität verstärkte sich, als Karsten auch nach zehn Minuten noch nicht da war. Würde er sie versetzen? Das Date war schon zweimal kurzfristig verschoben worden, warum nicht auch noch ein drittes Mal?

Doch dann erschien er in der Tür. Er trug ein weißes Sakko und ein dunkles Hemd, bei dem die beiden obersten Knöpfe offen waren. Offensichtlich wollte er seine wenigen Brusthaare zur Schau stellen.

Er wirkte glücklich und entspannt. Sein ganzes Gesicht war ein großes Lächeln. Und Irene fühlte etwas, als sie ihn sah. War es Glück? War es sogar schon Liebe? Es war auf jeden Fall ein Gefühl, das sie lange vermisst hatte.

»Entschuldige die Verspätung, aber ein übereifriger Kollege hat mir gerade einen Strafzettel verpasst und da musste ich noch ein wenig verhandeln.«

»Macht nichts, ich warte seit zwei Tagen auf das Date, da machen zehn Minuten das Kraut auch nicht fett.«

»Irene, du trägst Lippenstift?«, fragte er erstaunt. »Ich dachte, du wärst auf Kosmetika so allergisch wie der Teufel auf 'ne Hostie?«

Irene Rosen zuckte etwas verlegen mit den Schultern.

»Was macht man nicht alles für die Schönheit.«

Dann nahm Karsten eine Serviette und wischte ihr den Lippenstift weg.

»Ich mag dich naturbelassen am liebsten.«

Und den kleinen Rest an Lippenstift küsste er ihr einfach weg.

Werner Gerl (Hg.):

Wehe, wenn der Krampus kommt

Zwölf bayerische Weihnachtskrimis

Adventszeit – staade Zeit? Weihnachten – Fest der Liebe und Besinnlichkeit? Von wegen! Nicht in Bayern ...
12 hochkarätige Autoren haben zur Feder gegriffen und eine literarische Blutspur im Schnee hinterlassen: Martin Arz, Max Bronski, Angela Eßer, Nicola Förg, Werner Gerl, Gabriele Kiesl, Roland Krause, Iny Lorentz, Beatrix Mannel, Irene Rodrian, Veronika Rusch und Moses Wolff. Schwarzhumorig, schaurig-spannend und immer mit einem höchst verblüffenden Finale.

Mit Illustrationen von Lena Ertl

168 S., Paperback, ISBN 978-3-86906-748-3